# 生活本该如此简约

陈凤华作品集

陈凤华 ◎ 著

长春出版社

全国百佳图书出版单位

图书在版编目（CIP）数据

生活本该如此简约 / 陈凤华著. -- 长春：长春出
版社，2025. 1. -- ISBN 978-7-5445-7579-9

Ⅰ. I267

中国国家版本馆CIP数据核字第2024M7S985号

## 生活本该如此简约

著　　者　陈凤华

责任编辑　于　雷

封面设计　宁荣刚

出版发行　长春出版社

总 编 室　0431-88563443

市场营销　0431-88561180

网络营销　0431-88587345

地　　址　吉林省长春市南关区长春大街309号

邮　　编　130041

网　　址　www.cccbs.net

制　　版　长春出版社美术设计制作中心

印　　刷　长春天行健印刷有限公司

开　　本　880mm×1230mm　1/32

字　　数　245千字

印　　张　11.625

版　　次　2025年1月第1版

印　　次　2025年1月第1次印刷

定　　价　59.80元

# 目　录

# 第一辑：一衣不舍

最朴素的往往是最华丽，最简单的往往最时髦，素妆淡抹常常胜过浓妆艳服。

——莫鲁瓦

## 热爱新衣

不论男人还是女人，用新衣装扮自己是人之常情。新衣，虽归结于服装类，却也算是生活中的奢侈品。提及奢侈品，自然都会想到国际大牌，让人望而生畏，想想都会战战兢兢。贫穷时代，首要任务是饱腹，保暖次之，就甭提拥有奢侈品了，新衣自然也就成为奢望了。其实，奢侈之心接近于富裕。富裕为此成为每一个人的心愿。

我拥有新衣的奢侈梦从儿时的春节开始。

那时我很小，还生活在农村。平日的服装都是长我几岁的姨妈和舅舅家表哥穿小的衣物，不合身，还破旧，根本无法讲究美丽和光鲜，所以盼着过年，盼着过年的新衣。母亲心灵手巧，一进冬月，她就背回一卷花布和一卷深色的棉布，开始为亲朋家的孩子们缝制新裤新袄。

这段日子，我乐此不疲地围着缝纫机前不辞辛劳制作新衣的母亲，时不时问询母亲自己的新衣何时才能缝制好，母亲总说："先为叔叔大爷姨妈舅舅家的孩子做，因为你是我家大丫头，要有大样儿，最后给你做。"连续几年，都因布料紧张而削减了我的新衣和新裤，还有一次因除夕临近，时间紧迫，我的新衣新裤还只是一款布料。就这样，我童年的春节很少穿过新衣新裤。为此，除夕夜伙伴们都去玩耍和放鞭炮时，我独坐屋中怄气。那时，春节并不在我的世界中存在。

上初中后，母亲不再亲手缝制新衣新裤子，而是让我和小妹去商场自己挑选布料，再去服装店找裁缝师傅做。那年，我和小妹每人捏着三十元钱去买布料，小妹看了几块布料后对我说："做的衣服不好看，咱俩合伙买套成装，多时髦，咱俩换着穿好不好。"看着小妹祈求的目光，我点了头。当成装买回后，小妹穿在身，衬着她姣好的面容，甭提多靓丽时髦了。看着心里挺欢喜，便揣想着若穿在自己身上的感觉。然而，这套衣服小妹穿在身，除睡觉外基本不离身，哪还有机会换到我的身上。当小妹终于过了新鲜劲儿，衣服穿在我瘦小的身上，也捉襟见肘了，再也没有当初的精气神。

结婚后，自己做了户主，虽然生活不宽绰，但每到春节，我都要为自己置办一套新衣裙，穿与否并不在意，似乎在弥补内心的某种缺憾。渐渐地，先生悟出我的癖好，每次春节临近，他都会提醒我添置新衣新裙。久之，春节的新衣裙成了先生春节的作业。为了迎合春节的喜庆，许多衣裙的颜色过于喜庆，无法正常穿于日常生活中，只好藏在衣柜里成了"古董"，用于怀想那时那刻的心得，那年那节的感受。每一件衣裙如同一本翻过的日历，记载着时光的碎片，记录着流年的足痕，记忆着曾经的心绪。

有一年春节前夕，我莫名对生活生出许多消极，或许因那一年身体之故，频频往来医院的无奈，扼杀了内心的那份自信和阳光，对于春节的到来，少了期盼和喜悦，反之平添厌倦和恐惧。我无意间在微博上写道："本想买件红色的裙装，装点春节的心情。左思右想，不妥，毕竟已走过不惑，已不是穿红裙的年龄。纵然喜欢，也要克制。无奈，买来红袜，用那一抹微红点缀满目的沧桑。"其实只是无意的随想，却被闺蜜领悟深意。次日，闺蜜来电告知，她已为我添置了一条红彤彤的羊毛连衣裙。听罢，无法言表的激动，隔着电波，克制了这份喜悦和感动之情。虽然同在一座城，但由于距离和琐事之因，这条裙子飘过了除夕，正月十六才与我完成一场迟来的约会。除夕夜没有穿上闺蜜的新红裙，然而这份心意和祈愿无时无刻不在陪伴我，让我温暖，让我快乐，让我踏实。

眼下，又一个春节临近，先生早早为我买回了一条红色的裙子。其实，对红裙对新衣只是一种热爱，也算是情感的寄托，真正用红裙用新衣装扮自己时，反觉得自己在装嫩，在张扬。其实，红色只能藏于心，无法秀于身，这件千鸟格红裙，放在眼前，爱不释手，若是穿着在节日里招摇，尚无自信。但是，这条红裙一定会成为衣柜中又一道风景，又一脉记忆，又一种风情。

热爱新衣，并不是我喜新厌旧。我的热爱，是对美好生活憧憬和寄托的热爱。身外衣物，是否焕然一新并不重要，重要的是我借助春节来临，给自己内心注入一片暖意和期盼。日子过得如何，新衣的档次如何，都可忽略不表，只因新衣裙中深藏着爱，才会唤起情感的高涨，才会让人心生向往。

有爱的新衣更令人热爱。

## 衣柜里的真爱

前些日子做了一个梦，始终难忘：先生给我买件雪白色的连衣裙，我穿上后，幸福地跳起舞。突然间跌倒，当我睁开眼睛时，已变成婴儿，躺在先生的怀里……我清晰地记得，在梦里穿白裙的兴奋，躺在先生怀抱的安全。虽然只是一个梦，却让我感到生活的无畏和温暖。

平日在整理衣柜时，只有我自己知道，每一件服饰都有一个似乎相同的背景，那里浸满故事，正是这些故事，使得我总会陶醉，总会回忆，总会遥想。这些故事里，先生永远是主角。

先生对日期有超强的敏感度，譬如情人节送巧克力，生日送鲜花，三八妇女节送服饰，结婚纪念日送首饰……礼物已是节日的符号，储存在他的大脑磁盘之上。每每特殊日子，我都会收到与众不同的惊喜，心中对衣柜自然会多出一份份情愫。

如今，衣柜里许多服饰，都是先生的礼物。结婚后，每逢特殊的日子，先生都会买礼物，既满足了我爱美的需求，又成为我积淀情感的宝藏。结婚第一年的三八妇女节，我们的收入极低，维系正常生活都很艰难，但这并没有成为借口，他依然为我买了一条淡粉色丝巾，价格虽低廉，我却爱不释手。至今，我还时常拿出，环绕脖颈，暖暖的色泽，让我回想曾经的芳华；柔柔的感觉，让我回味沁心入脾的温热。

随着收入递增，礼物的档次也随之攀涨。从地摊到专卖店，从杂牌到品牌，从仿版到正品……无论礼物低劣，还是高档，都是先生的一片心意，更说明先生眼中有我。我自然欣喜地领受，之后悄然地迷醉。

2007年，为根除我的顽疾，医生选定的手术日期恰巧是我的生日。那天，我很消沉，也很迷茫，手术签字单上罗列的术后危险令我恐慌，看着先生签字时，哆嗦的手，皱紧的眉，我的眼前一片阴霾。似乎感觉到进了手术室就走到了生命的尽头。当我被推进手术室的那一刻，眼中浸满冰凉的泪水。手术很顺利，当我醒来时，先生站在我眼前，激动地喊着："醒来了，醒来了，可把我急坏了……"之后，先生又握着我的手说："今天是你生日，前几天就买好礼物，陪你来医院时也拿来了，藏在衣柜里。早晨光想着手术，忘记祝福你生日了……"此刻我还在恍惚中，却涌出滚烫的泪。

我静躺病床上，一遍遍问先生："生日买的啥礼物？"先生笑而不答，只好让我在浮想中熬过九日。当我虚弱地站起时，先生从床头柜里取出一条柔绿色的连衣裙，对我说："绿色是健康的颜色，穿上这条裙子，身体就无病无灾了。"说来也怪，不知是心情使然，还是先生期望灵验，我的身体在这条绿裙子的感召下，奇迹般好起来。如今，这条裙子已落伍，自然成了衣柜里的风景。但是，每每翻看时，我眼圈总会湿润，心情总会慰悦。

如今，每每节日，先生都会问我，需要什么礼物？收入已稳定，服饰也随心情随时购入，满满的衣柜中，总有一些衣裙还未曾张扬，就被新衣新裙而取代。况且体态容颜也不是青春的模样，便失望地对先生说："买啥买，女人老了，穿啥都不漂亮。"先生说："你嫁给我那天起，我就发誓给你一个体面的婚姻。其实服饰只是让旁人去感受你的幸福，而我绝不会嫌弃你衰老的容颜……"先生不是文化人，这番话却比爱情小说的台词更让我感动。先生注重生活中的每一个与我有关的细节，他想让温暖和幸福时时围绕着我。这是他婚姻的初衷，更是对爱情的诠释。

此刻，再度想起梦中的白裙，还有先生的怀抱，突然我明白，先生打扮我，也是在打扮我们的生活，更是在丰盈我们的婚姻。

其实，在我们的婚姻里，真爱才是他送给我的最体面的礼物。

## 五个春节一件衣

儿时盼春节，无非就是盼着穿新衣，盼着吃美食，盼着放鞭炮。

而我的儿时，每逢春节对新衣服的盼望总在失望中降温。

妈妈的缝纫手艺甚好，每年腊月，妈妈便成卷买回花布和棉布，开始自己剪裁自己制作新衣。那时，购买花布需要布票，妈妈需节省全家一年的布票，就是为了春节给孩子们做新衣裳，孩子包括我和妹妹，还有舅舅家，姨妈家，叔伯家……在妈妈眼里，只要还在学校读书，就都是孩子。

腊月是妈妈最忙碌的月份，不仅要做新衣，还要准备年货，尽管忙碌，也没有搁浅做新衣的事情。也就是从妈妈扛回布料的那一刻，我的盼望就此发芽，盼望着，盼望着春节快些来，这样便有了新衣服。每当妈妈踩着缝纫机时，我托腮瞅着妈妈，时不时问：妈妈，哥哥的衣服做好了，就给我做了，我的衣服口袋要做大点，这样我就可以装好多糖。

妈妈一边干活，一边点头。

在盼望中春节来到，我的新衣没有完成，有时不是因为妈妈没有空闲，而是没有多余的棉布，也没有多余的布票再去购买。期望夭折了，对于女孩子的春节，没有比新衣裳的期盼更有诱惑力。

那年，我十岁。也是那年，姨妈新婚。当时，姨父在上海托人给姨妈买回一件橘红色的外套，翻领，双排扣，这件衣服姨妈在婚礼上穿，婚后，姨妈觉得橘红色太艳丽，不适合教师的身份，姨妈便将衣服送给了我，并告诉妈妈说等我长高了再穿。

就是这一年的春节，这件橘红色的外套成了我春节的新衣。虽然外套很大，袖子挽起，肥大的衣身，感觉我穿件风衣一般。可是，对于当时的我，很兴奋，毕竟这是从大城市买来的，且还是涤纶面料，那时最流行的料子。妈妈很喜欢涤纶，她自己都没舍得购买。我穿上肥大的新衣，跑东家串西家，很开心。春节过后，这件衣服被妈妈收起，妈妈说：衣服大，等长高再穿。

为了这件衣服，我盼着自己快些长高。

十一岁那年春节，我又在盼望中失望。这次不是因为布票欠缺，而是因为妈妈太疲惫了，除夕当天才完成除我之外的所有孩子的新衣。妈妈拿出橘红色的外套，让我穿着过年，因为这件衣服崭新，且样式还是流行。尽管衣服还不合体，但我穿着依然很开心。

十二岁和十三岁的春节，尽管橘色外套还是崭新的样子，可我对它已不再稀罕。我想穿妈妈亲手为我缝制的衣裳，妈妈却说：做的外套哪有买的好看，过年还穿那件橘色外套。我想反驳妈妈，但见妈妈疲惫的眼神，嘴边的话又咽了回去。尽管个子长了些，可是这件外套依然很长。

十四岁，橘色的外套九成新，妈妈"故伎重演"，我没有反驳，只是，除夕换衣服时，我把橘色外套放入柜中。不知为何，对这件橘色的外套有种厌恶感，虽然橘色是我偏爱的颜色。除夕夜，妈妈剁饺子馅时与爸爸说：大丫头长大了，有主意了，宁可穿旧衣服，也不穿那件橘色外套。

的确，也就是从那时起，我内心似乎横亘着天平，开始衡量大人们的世界。

这件橘色的外套，因为我拒穿而被妈妈送给她人。只是可惜，在这件衣服送人时，我的身高与衣服仍不匹配，如果留到迄今，依然不会合身，因为姨妈身高一米六五，比我高过近十厘米。

也许因橘色外套在心底埋下阴影，如今，每到春节，我都要为自己添置一件外套，似乎在弥补时光的缺失，还有岁月的慢待。

# 不知为谁相思

我喜欢丝巾，一直以为，没有丝巾的女人没有前途。重要的是丝巾一直在呵护我的颈项。于她人，丝巾是点缀，于我而言，丝巾不仅是喜欢，还是保健，更是爱的见证。与先生恋爱时，先生送的第一件礼物，一条廉价的淡粉色丝巾，牢牢系住我的心，之后心甘情愿嫁给他。多年来，先生陆续为我添置很多丝巾，久之，我成了丝巾控。

情人节前一天，收到一条红色欧根纱丝巾，颜色，质地，好喜欢。只可惜，发货单看不出是谁寄来。

看颜色，瞅款式，懂我者所为，可是，懂我的人会是谁?

多年来，风来雨往，阅人无数，却未能博得所谓情人的心。没情人，平日尚好，不尴尬，可是，每逢情人节，便少了送花，或送巧克力的人，挺遗憾。

种下怎样的花，便会结出怎样的果。而我未种下情花，又怎会收获情果。

捧着丝巾，迷惑又窃喜，暂且算是有人暗恋于我。

心无挂碍，便把丝巾拿给先生看，先生居然云淡风轻，并无诧异和不悦。难道是他所为? 这只是短暂的猜测。转念想，先生不会网购。

闺蜜所为? 因为几年前闺蜜匿名买花送我，成了单位的焦点，让我好一阵难堪。恶作剧是她们的特长。可是，ID 并不是闺蜜的地址。

不知谁送来丝巾，便无法知悉谁为我相思，我又为谁而苦恼。

只好顺藤摸瓜，去淘宝网店打探。不管我如何求助，淘宝客服一直强调：他看不到买家信息。

万般无奈，只好借助万能的朋友圈：寻人启事，今收丝巾一条，可我并没有网购。不知哪位亲所赠，无情不受禄。谁在恶作剧？明日情人节，后果很严重。

消息发去，朋友圈沸腾，有人发来祝贺，有人说是炫耀，有人提议送人，有人猜测是先生或是孩子所为……众说纷纭，还有卖呆者，不怕乱子大，居然让我如实招来。

老女人已残花败柳，若能有人暗恋，抑或有人送礼物，该是多幸福的事。可惜，这个人，心中空白，生活中未知。

与此同时，亲属来电嘱咐：快快删除朋友圈，一把年纪也不省心……孩子也来电警告：老妈生活要检点，儿子可把你当榜样了……

听罢，极度郁闷。丝巾是导火索，朋友圈是炸弹。一时间，我成了"坏女人"。

如若不删朋友圈，便会有狂风暴雨。与其解释，不如让暴风雨来得更猛烈些。朋友圈，不删！

从来不知相思苦，不知谁为我相思才苦。就这样，为丝巾相思一夜，却不知与谁诉说，恍恍惚惚，情人节莅临。

上班后，同事纷纷问询，是否找到送丝巾的"情人"？摇头。同事诡秘地笑。此情此景与曾经闺蜜送花的情景雷同。连连叫苦，这是哪位大侠让我如此难堪和无助。

一位小同事安慰道：姐夫恶作剧吧，试探你收到丝巾的态度，敢给他看，说明心底无私，若藏起来，证明心里有鬼。

同事这番话，暂且也不排除。可我心底无私，自然装不下鬼。

下班后告诉先生：丝巾我送人了。先生依旧风和日丽，这种态度让我进退维谷。难道先生心中无我？还是全然信任于我？再来恶作剧捉弄我？

为一条丝巾，好端端一个情人节，愣是在揣测和担忧中度过。其实，我更担心先生会因丝巾而与我动怒，发生不必要的争吵。

在我陷入极度苦恼中，不知如何缓解无助时，学姐来电：刚刚看你朋友圈，才想起来，春节前寄了丝巾让你春节美美，快递休息延误发货，没想到会在情人节前一天到，也好，要不你哪有故事可写。

学姐解开谜团，心底豁然，同时略过小小遗憾。如果谜团不解，心底还存一份想象，还有一份不知谁在为我相思的喜悦。此时，云开月朗，相思无主，反觉失落。

这时，先生开口：人老珠黄过韶华，哪还有情人害相思啊。直觉告诉我，丝巾是安全滴，果然如此。

也许，生活太枯燥，多些故事，点缀岁月，偶添插曲，调剂生活。这样，日子便会涂上花瓣一样的润泽。

## 曾经有爱穿行

一阵流行风刮过，手工毛衣又成了街中的一道风景，成为女人们时髦的钟爱。

女人们不论胖瘦，不论高矮，不论美丑，都毫不顾忌地用毛衣外套将自己包裹起来，感觉这般穿戴有些慌乱，有些惊喜，生怕一眨眼就失去这次流行的机会。

　　早些年，手工毛衣也曾风靡一时，但不是如今的编织手法，也没有现在流行的样式复杂，毛线也不比现在的柔和松软，但是，毛线颜色却是五颜六色，如同盛开的花园。那时的我，刚刚涉足流行，也小试牛刀一般学习编织，如同初恋，让我手忙脚乱，刻意追随，恐怕落在人后，成了那个时代的淘汰品。

　　我曾在艳丽的毛衣外套中疯狂过。对于流行，那时还芳华的我绝不落伍。为了追赶流行，妈妈熬过许多个夜晚，付出很多的辛劳，为我一针一线地编织，我也紧锣密鼓地去学习和效仿，也随着妈妈熬夜。手工毛衣穿在身上后的惊喜是无法言说的，密密实实地穿针引线中深藏着妈妈浓浓的爱，还有自己的那份殷殷的期盼。

　　结果，穿上手工毛线外套后外出，却没有预期的温暖，冷冷的风吹过，一股股凉气袭来，这种时髦令我染上了风寒，可能它无法适应我，也无法适应北方凛冽的寒风。忽然，感到一阵心酸，毕竟编织中注入了妈妈一针一针的爱。其实，东北的寒冬还需棉衣来御寒，而我却盲从地追随花瓶一样的流行。这时，让我想起很多，正如爱情，只有适合自己的才是最暖的。

　　爱情，不仅仅只有爱情，许多事情，都得用心体会，才能知道自己的所需，才能懂得自己的所为。

　　为此，我将这些外套封存于箱底，很久都未曾拿出，并非伤我太深，而是无法令我欣喜。如今，看着满街再度流行，便小心地翻出，罩于身上，感觉依旧如从前，虽有一丝温暖，却无爱恋之意。况且颜色也无法穿行于市井之中，不仅土气，更多的是心灵的沧桑，感觉这件衣会给人一种俗气之感。

欣赏着街上很多穿手工外套的女人们，搭配着过膝的短裙或短裤，中间网状的黑丝袜，感觉她们并不冷，因为青春是火热的，正如我当年，冷与否，只有我自己知道，在他人眼里也是美的，也是靓的。现在流行多是暗色调，没有了以往的艳丽，细细品味，有些凄凉。我已经历了多彩季节的变换，心思步入了理性。看着这些流行，透出了青春旖旎，透出了爱的火热。

再度瞧着自己这件落伍的手工毛衣，虽没有给我带来温暖，但其中的惬意却令我迷恋，因为这其中有母爱在穿行。

## 因为短，所以拉风

夏天是一个怒放的季节，也是女人展现婀娜身姿的时机，在风格各异的时装潮流中，不难发现短裤、短衫，还有短裙风靡一时。设计师灵感来源于何处，不知，但深知短衣、短裤、短裙悠然间充盈了夏日的温情。

以往的长衣、长裤、长裙悄然地隐退，设计师的剪刀开始派上用场，剪出了新潮，剪出了新颖，剪出了新意，剪出了风姿绰约的流行。流行能让人着迷，这点并不奇怪，对于短衣、短裤、短裙带来的景致，无不令欣赏者折服，简约的线条，精细的剪裁，便勾勒出另一种青春的时尚气息。

短袖小开衫沿袭以往的流行，设计如类似的披肩，可以随意地与衣衫搭配，把女人的甜美尽情地洒脱出来。偶尔，加上蕾丝的花边，更会有随心所欲之感，营造了知性小女人的韵味，把女人淡然的风格尽情地表露，活力和朝气一同彰显。

短裤的款式简洁利落，缜密地剪，精心地裁，外加设计者灵动的变换，把女人身高拉长，把女人的风情蔓延于心。看着穿短裤的女人，便让人垂爱，穿出无不令人赞叹的折服。短裤更是美腿女孩在夏日钟爱的法宝，让性感和魅力无阻，休闲与品味同时体现。短裤便成为夏日女子的钟情之物，既凉快了身体，又不可多得地展现了美感。

而玲珑精巧的短裙也不再是娇小女人的装束，那些细挑的淑女也迷上了短裙，配上八分的蕾丝丝袜，不仅收敛了腿的缺憾，还尽显出娇柔的可爱，把女人的美丽尽情地写意出来。

因为短，便拉长了双眸的视觉；因为短，便优化了身材，在轮廓和三围上，玲珑有致地塑造出身材的动感与美感。足可见，设计师的剪刀快而准，老练沉着得无可挑剔。太短会有妖气，太长令人感到俗气，正正好好，便是画龙点睛之效果。

现在短款的流行与典雅传统相结合，让人看到的不仅仅是美感，更是一种时代发展的气息。短，利落地表现出一种美丽，简约，自信，激发着活力。只因短，飘逸间写出修长和轻盈。如果你选择短衣、短裤、短裙，要知道，这其中有种叛逆，一种脱俗的调子与长长的衣、裤、裙抗争。当代的女人就要表现出当代的风格。短，便是潮起潮落后的新的角色。

短衣、短裤、短裙的流行，重点就是短到恰到好处，不温不火，身材的曼妙和女人的韵味尽情地剪裁出来。

# 颈上风景

女人走在街上，随风飘起的秀发是洒脱，随秀发一同飘逸的丝巾是风景。

女人可以没有裙子，但不能没有丝巾来点缀自己。每个女人的衣橱中，除了衣裙之外，应必备几条丝巾。丝巾不仅点缀了白皙的脖颈，还会把一件普通的衣服，通过一条丝巾的缠绵活色生香起来。即使是平淡的衣装，只要搭配丝巾，都能立即变得时尚曼妙。

每一个女人从青春年少，到容颜沧桑，都离不开丝巾的围绕，离不开那丝丝缕缕柔柔暖暖般温柔的呵护。服装只能彰显一种静态的美，而丝巾则是造型波动的神来之笔，运用丝巾在举手投足间，增添女人的风情万种。任何季节，丝巾都是必不可少的一件配饰，它能使任何普通的外套变得鲜艳和生机勃勃，令女人魅力倍增。女人要展示风情万种的魅力，其不可少的就是一条丝巾。飘逸的丝巾能展示女性的柔情魅力，用丝巾语言来表达精致生活的悠然。

丝巾的形状有长，有方，装饰上还有流苏边，有荷叶边……款式不一，变换风情不同，长款飘逸，方款端庄，短款俏皮。围法不同，变换的心情也不同，斜肩搭仿古，打成蝴蝶结媚气，飘在胸前静美。各种形状大小不一的漂亮丝巾能使女人容光焕发，风格各异的丝巾令女人在任何场合下都熠熠生辉。

丝巾的颜色还需要考虑，颜色一定要和肤色相称，这样才能让丝巾发挥其最大的功效。利用丝巾的层次感打破服饰的闷局，巧妙地缔造时代感的装束。在选择华美的手制丝巾或披肩前要先看看肤色，这样才能选出最适合自己的丝巾，从而表达出与众不同的自己。在选择精美手印丝巾或手染披肩时，无论从哪个角度看，都要选择合适自己的肤色气质的丝巾来点缀。

丝巾不受年龄的局限，可随时随地让人舞动飘带，飘然而至。

款式简约的服装，最适合搭配夸张颜色的丝巾，配合高腰裤，最能缔造出十足的女人味。雪纺上衣温婉优雅，搭配小方巾则更加高贵，俏皮中增加职场女性的沉稳和华贵。黑色长款西服用光泽感来增加效果，色彩对比明显的丝巾彰显品位，简单的围绕让女人媚气摇曳。在丝巾简单的小变化中，打造出一种精致可人的气息，干练的款式，素雅的色彩，俏皮的混搭，来改变女人本真的形象。

无论春夏秋冬，丝巾都有其独有的魅力。丝巾的纤细冰滑，更多适合于春夏。与春风同行，飘逸成春意盎然；与暖阳谈判，稀释频频酷热。丝巾点缀于肩上、领间甚至腰上，以及手包上的丝巾，就像女人的情绪，总是在不经意间轻轻流露。正是这种欲语还休，使丝巾成为服饰中永不凋零的时尚，也正是这方寸间的微妙世界，深深吸引着每一位时尚、优雅、浪漫的女性。几乎所有的成功女性，以及所有的设计师都非常推崇丝巾，因为丝巾是最能体现搭配的品位，体现女人魅力的重要配饰。

女人的每一条丝巾，都有其平淡离奇或是甜蜜的故事，每一个女人都不会无缘无故地添置丝巾，或是为了某件衣物，或是为了某种心情，或是为了某种感情，所以说，每一条丝巾都深藏着一个故事可以言说，都有一段记忆可以怀想。有些记忆，有些心情也随着丝巾被尘封叠进生命的褶皱里。

白皙的脖颈，如果没有丝巾点缀，有些静，静得缺少动感，缺少流波，缺少诗意。一条丝巾，画龙点睛，飘逸流动，楚楚曼妙。

女人需要多少条丝巾才能满足？没有答案。伊丽莎白·泰勒曾经说过："不系丝巾的女人是最没有前途的女人。"那就让女人的前途飘起来吧！那就让丝巾飘起来吧！飘出绝妙的风景来。

## 韩装迷醉了眼

喜欢韩版服装，最初以为自己瘦小的缘故。

随着时装的日益更新，不难看出，许多女人都与韩装结缘。迷恋之深，不亚于看韩剧。有时细想，喜欢韩剧的缘由不仅仅是剧情中的唯美情节，还有漂亮的主人公，更多的还有主人公日日更新的服饰。那些服饰潜移默化中占据女人的思维，给自己购衣购裤购鞋做出指南。非韩版不买，非韩版不穿的女人大有人在。

韩装的确有它风靡的原因，无论从面料、工艺、样式都有着独特的一面，与众不同之处甚多，能够体现女人妩媚妖娆，彰显女人的稳重端庄，还有深藏着女人温柔娴静。难怪韩剧中的女子特招人怜惜，不仅仅只是她的魅力，还有牵动人心的服饰。

流行一直被称作风，是风就有招摇之嫌。春风播种，夏风孕育，秋风收获，冬风沉醉，而流行的韩风不拘时节地风靡女人的世界，女人们在风中迷醉。春，购韩版风衣抵御料峭；夏，购韩版裙装捕捉清凉；秋，购韩版牛仔追寻野蛮女友的风采；冬，则是韩版的羊毛服饰与雪花媲美。这股流向的风，把女人的心迷醉。爱不释手，徜徉其中，在纷繁的流行中难以选择。可怜的爱美的女子呀，何时才能从风中逃脱！

时尚是美丽流行的代名词，韩装也可以与时尚媲美。少女们穿上韩装更显温柔可爱，少妇选择了韩装则是妩媚婀娜。韩装让女人彰显了华贵，也显了奢华。在美丽因喧嚣和炫目而疯狂时，韩装则在宠辱不惊的浅笑中脱颖而出，它不仅仅做得所向披靡，还与女人们一同沉浸在美丽的梦境中。

人的眼睛是挑剔的，女人的眼光更是如此。但是，韩风飘过，女人们的心在迷醉，眼睛也在陶醉。女人们沉醉在迷恋之中，忘情地将韩装把自己武装起来，把女人天生的惊艳，淋漓尽致地表现。要知道，女人永远是美丽的代言人，有流行风的搭配，才能更突出女性崇尚的元素，凸显了女性天生的丽质。也许所有的时尚都能把女人装点，然而，韩装却提升了女人的内在气质，与内心的柔弱相连，把一个温柔贤惠的韵味通透开来。

韩装能够打入女性的心里，能够占据女人的情怀，肯定有着独特的魅力。满街的时装店，更新变化中，唯有韩版服装更牵动女人的心怀。价格不菲也抵挡不住爱美之心，为此，女人街兴起了仿韩版时装店，经营着仿造服饰满足一颗颗爱美之心。对于收入颇丰的女性，正版当然是首选，那也是地位与华贵的体现；对于工薪阶层的女孩，仿版也一样打扮青春；对于花甲的妇女，也会选择开着花朵的韩版服饰，给衰老容颜涂抹上一份富贵和可爱。

　　迷醉通指迷恋与沉醉，迷与醉也存有误区。盲目的迷与醉会妨碍自己的消费取向，对于流行，可以迷与醉，但不能盲目地追随，只有符合自己的才是最好的，只有表现自我才是最美丽的。量力而行，量体裁衣。纵然韩装可以给许多女人平添魅力，但是不符合自己身材的，不符合自己气质的，不符合自己思想的，为何还要勉强地追随呢。只有穿出自己的心思，自己的最爱，才是最美的女人。爱自己所爱，穿自己所喜，恋自己所恋。这样人生才会有预想不到的效果，为了一份心情，女人头脑应该清醒，迷与醉应该有一把尺子。

　　韩装的流行提醒了我们，流行的不一定是最美的，不一定是最好的，它有一定的生存空间，流行风的暗语也在强调这流行的谜底，那是女人们可以大肆地运用韵律来装点自己，来丰富斑斓的生活。

　　女人们都希望自己是一个魅力十足的女子，韩装也许会是你的首选。穿梭在多彩的流行之中，对于职业女性，讲究洒脱、直接、明快的淡定，韩装也许会给你一份欣喜。

　　要知道，你是女人，美丽来源于智慧，以及你的聪慧奠定了你的美丽。

## 坤包系着女人的心

　　不知从何时起，坤包成为装扮女人的一分子，无论年长者，还是年轻者都会拎着，挎着，背着各种款式的坤包，为此促成了坤包与女人的美丽联姻。

　　最初的流行中，包包多以皮质划分档次和价格，女人们则挖空心思地搜寻那些品牌的坤包打扮自己。随着商家的慧眼，识破了女人的消费趋向，便制作了花样缤纷的包包来，从颜色、款式、皮料、档次、价格入手，把一个原本简简单单的包包变得复杂了，多变了。诱惑着女人们的心，为此女人们的眼中闪着不安分的渴望。拎着流行的坤包，还在惦记着斜挎的背包；挎着银白系列的同时，还在为火红的色系流连，都是这些包包呀，让女人们从此多了一份心事。

　　最聪明的莫过于商人，他们不知开发了哪一根神经，竟然将包与时装搭配，与鞋子互补，让女人购置时装的同时，再选择同系列的包包构成一个美丽的主题。更换包包就如更换时装一般，每每更新，就每每调换。只是心中在咒骂家具制造商缺少灵性的思维，为何不在大衣柜中留有存包的位置，好让那些退伍的和休憩的包包有一个存放的空间。

　　最令女人头疼的依旧是这些坤包，为了顺应流行，女人们都在费尽心思地思考着或背或拎的包包来。而那些大大的坤包中又不能空空无物，无奈许多女人竟用丝巾包上手纸作为填充。尤其炎热的夏日里，令人感到背包者的负重。其实不然，谁又能知道这包中的秘密呢？都是流行惹的祸。背着这样的包包不仅让别人感到自己的负力，还让偷东西的贼惦记着包中的藏物，贼人哪里知道包中的秘密，偷去者也是一连串的谩骂。当然，包中装着干物者还是大有人在，就是包中的钱夹就足以令人垂涎三尺，花花绿绿的卡片，红彤彤的票子，也许这是女人的全部家当吧，不知这样会有怎样的端倪呢？不可思议。也许这是富足的象征，也许这是虚荣的表现，一旦落入贼之手，忧心的是你，焦虑的是你，哭鼻子的也少不了你。

其实，我也喜欢坤包，只因囊中羞涩，未能达到与时装同步流行，充其量只在季节变化时做以选择。尽管这样，我还甚是喜欢背包、斜挎包或者双肩包，我的最终的目的想解放双手，让双手在流行中放纵地与空气谈思论想。都说双肩包安全性能不可靠，但是我不怕，包中的存物比我的脸还要干净，只是自己喜欢的书籍，一部手机，一包钥匙串，另外就是少得可怜的零用钱。我喜欢的包包通常为淡色调，不想用暗色的包包将自己束缚，感觉暗色调的隐秘令自己沉重。我不喜欢皮质的坤包，不仅仅是因为皮包的价格攀高，更主要的是皮质包缺少灵动性，缺少夸张的蔓延力，让我无法放纵自己的行动，皮质包通常是沉稳的代表，我张扬，所以我无法与它结缘。

设计者的心思令人无可挑剔，风靡街头的布艺包成了一道亮丽的风景，与时装搭配，与发式搭配，与脸色搭配，灵动自如中让坤包的制造商增添几多烦愁。女人们不去同情制造者的思虑，只要看着入眼，看着得体，会不计成本地拥为己有，这种盲从是在推动经济，也是在掏空囊中存货，为此许多女人们无力再与坤包比拼，为此大失所望中兴起租包的行业，嗨！天无绝人之路，一日消费几元便可满足时尚的欲望。看着这些坤包，我只能点头称道，难为商家的劳心费神，周到之处无可挑剔。女人们不再为包包的档次、样式的更换发愁。

有时我在想，时代进步了，这些包包也是一个见证，生活富裕了，从我的衣橱中便知分晓。只是面对落伍的包包，我却不知所措，它们不会再得到我的宠幸，那份冷落甚得人怜，没有办法，谁让它的主人喜新厌旧呢！

## 没纯度，别迷绿

随春天一同而来的是绿色，仅是一抹绿，便掀起了时装的流行。这一抹绿，生机盎然，容不得你选择，植入眼底。这抹绿养眼，清亮流动，铺陈出一桢洋派的风景。这抹绿，不仅只属于春天，她属于这个世界，她属于女人们旖旎的梦境。

其实，绿色，很挑剔，挑剔肤色，挑剔体态，挑剔气质，自然而然地远离了低俗。能够身穿绿色者，固然有其独有的高傲，以及与众不同的亲和；还有就是一股势不可挡的妖艳和纯粹，无人能敌的妩媚。

绿，泛着春天的颜色，焕发着激情，散发着青春，洋溢着活力。绿的直接，没什么可犹豫的，能够拥有者，活的就是活力和生机。

总爱凝注周围的姐妹，谁的肤色配上绿衣后，灿烂成春天的色彩，谁的体型裹上绿色后，嫣然成春的风景。我工作台的对面就有一位资深的妖艳的美女，年近不惑，肤色白皙，俏皮的眉挑逗着媚气的眼波。时而一件绿色小衫，一条绿色围巾，两件单品，巧妙的搭伴，却散发着富贵的丰盛。时而单品独出舞台，围巾的一角斜在胸前，另一角落在颈后，一阵风来过，随秀发飘拂，像柳叶，像春水，动感中，涟漪间，升起一脉温情。时而一件柔绿的小衫，普普通通，这份散逸的绿裹紧腰肢，婀娜富丽，俨然一叶荷正在孕育生机。

在寒冷的冬，面对穿绿衣的女子，如同春天般的盎然勃勃，一股挑逗，一阵诱惑，让你情不自禁地爱上这抹绿。秋天里，面对穿绿衣的女子，总能让你充满春天的渴望与遐想，以及幸福的憧憬，一丝温情，一汪涟漪，让你不由自主地倾情于这抹绿。炎热的夏日，有绿色身影飘动，似乎这绿，能够拧出清泉，能够传递甘露，温润燥热的心扉。即使春天里，这抹绿，也在平和中逗留，也在谦和中升腾，总会有妖之动感，有媚之灵动。

总在琢磨这抹如春般的绿，为何独出其他的颜色。于是，看到潜在的谦和，看到含而不露的笑靥，看到隐匿的张扬，还有内敛的淡然和冷静。这抹春天的绿，不适合拖拖拉拉，不适合暗黄肤色，不适合臃肿身姿，更不适合粗鲁野蛮。能够与这抹绿匹配的人，必有其安定的妖，善意的媚。羞涩的眼神，配上这抹绿，污浊了原始的经典。枯涩的肤色，衬上这抹绿，吸干了生动的俏丽。

这抹绿意，不是人人都能消化的。消化了，吸收了，就是饱满，就是诱惑，就是春意盎然的风景。无从消受，便是惨败，便是沧桑，便是春寒料峭般的刺眼和傻气。

总爱欣赏五颜六色的时装，冷不防地抓住一款绿，便能抢眼，便能赏读到风姿绰约的摩登，给人以无穷无尽的想象，流露出耳目一新的诱惑韵味。

小时候，多因喜欢这抹妖绿而酷爱春天。长大了，又因喜爱春天而关注这抹媚绿。很多年以来，喜欢绿，喜欢绿颜色的裙和绿颜色的袄，又因肤色与白皙很远，身姿与婀娜擦肩，自身的纯度与绿格格不入。这抹妖绿，便沉积心底，我的春天便在心底绽开，每一天，每一时，每一刻。虽然不能用这抹绿点缀自己的美丽，而春天却在绿色的泛波中温暖着我的生活。

女人可以迷恋春天，但不可轻易穿上绿色。一个人纯度越好，内涵越高，驾驭的颜色就越多；一个女人，不媚不妖，就别轻易去招惹那抹绿。

## 与田字格邂逅

以前田字格的记忆在与生活远离后，我们还未曾真正地了解，只是当它再度与我们的眼眸邂逅后，才有所重温。逛街，不难发现，许多时装店推出田字格系列，许多逛街的男女也被田字格衣物装扮着。看到眼里，便想起以往的田字格的图案与线条，而设计师灵感的来源却是在告别从前的生活片段后，才推出了这种既怀古又新潮的流行。

视觉在仔细地触摸流行的同时，找不到以往的大红大绿的格子，那些醒目的张扬的色泽，在当今的流行中退避三舍。虽然那些颜色曾风靡，曾热烈，但是，眼前纵横交错的格子在古朴的怀古色搭配中，成为秋冬的推崇。视觉虽不明快，但却渗出一丝沉稳，让我们在纵横中邂逅着曾经的相识。

换季，总会令女人们欣喜。因为那些流行的新潮，总会把女人们装扮成别样的风姿绰约。一股股流行的风吹过，迷醉了一批批女人。而女人往往在择衣上从不专一，总是随风追风，永不言累。正巧也就满足了设计师们的心愿。每季的推崇，每季的推新，让追风的女人们迷醉其中。偏巧，失落许久的田字格悄然的回头，以一种不可抵挡的姿态占领女人们的购买市场。稍后，将会以独特新颖来取悦于女人们挑剔的双眸。

格子衣格子裤格子裙在相互配搭中，很早就被视为经典。搭配元素巧妙地在交错的格子中穿行，散发着纯朴的田园气息。在流行的风潮中经久不衰。一件简单的田字格裙配搭上素色的衣，会有意想不到的效果。简简单单的格子衣搭配上休闲的七分裤，脚下穿着休闲的鞋子，就是一种青春无限的张扬，又是青春靓丽的代言。不同的格子，不同的单品相互配搭，都会有不同的味道，都会搭混出各种惊喜的造型。

田字格的奇妙中有种叛逆，有时还会混杂着异乡情结飘来，苏格兰情调蔓延，既开放又收敛，既疯狂又规矩，既张扬又沉稳，这其中总有说不清的滋味。在纵横交错中，不知迷醉了多少眼。有稳重，有温暖，有质朴，转换角度，却又有种四平八稳的可爱，一个季节的变奏在田字格的复苏与收获中活泼起来。

东北的冬天以寒冷闻名，而田字格却有种柔软的温暖，脉脉的温情，火热热地笼罩着女人。女人巧妙的配搭，把网一般的田字格深厚的底蕴在古朴的怀旧中定格，经过精心的设计，巧妙地配搭，田字格就"火热"地上身，寒冷将失望地逃离。

在幕起幕落间，田字格是不灭的经典。因为它在传统流行中充满纯正，在琳琅满目的流行中显得简单显得聪慧。而女人便借助于田字格把自身的曼妙打造成一道流行的风景。在秋冬，在春夏，都不爽约，而是跃跃登场。

人类最可爱的本质应该是丰富的单纯。穿上田字格的衣裙，把深藏不露的美丽和单纯放纵，但不是野性的张扬，而是一种不拘一格的落落大方。转眼即逝，流行的风潮如闪电般再度把田字格在大街小巷铺开，想拒绝都难。只是有些担心，不爱流行的女人，也会被田字格的单纯系住心，那样，可不能怪罪设计师的推崇。

田字格的再度登场，提醒了古朴的怀旧将左右着未来的主旋律，是女人大肆疯狂的焦点，因为有种诱惑随田字格而来，深藏而不露。要知道，田字格如此风靡的原因是它带给女人们的妩媚。因它，女人的美丽将在流行中战无不胜。

## 黑色挑战冬寒

当温暖的记忆还停留在翠绿和金黄之时，冬天却伴随着"黑旋风"匆匆而来，沉睡在昨日五彩缤纷记忆中的人们，也许并不知晓，黑色正以它脱俗的魅力，以它完美的惊艳组合成冬天的一道风景。

从来没有从舞台退出的黑色，拥有着经典中的经典，永远神秘地吸引着不枯的灵感。而每年流行的黑色并不是一成不变的，在优雅的潮流中，独树一帜地撷取了冬季的风采，势不可当地占据了服饰的流行主导。

黑色的运动装柔和着一股浓浓的力量，把青春与朝气彰显。设计师们将运动服装中的精髓元素融入黑色成为时尚。冬日里，黑色的棉装中蕴藏着诗意，夸张的手法，光滑的面料，把冬季写意得如此昂贵，从多个视角解析了美的元素，诠释了浪漫和妩媚。相继配套而来的黑裙，无疑就是优雅的代言，不需要任何装饰和缀物，一抹浓浓的黑色便可营造出靓丽的动感。

冬季的黑色是奢华的，这种魅力被演绎到极致。为此，从头到脚都尽情地黑了下来，黑色以势不可当的趋势主宰了冬季的潮流。看来，黑色是塑造优雅神秘感的绝佳元素。

冬季时，走遍许多时装店，以往的华彩悄然地隐退，一片片黑黑的旋风弥漫开来。观街头女子，黑色的皮草，黑色的棉服，黑色的牛仔，黑的鞋或靴，还有夸张的黑包……再观来去匆匆的男子，黑色的风衣，黑色的鞋，黑色的手包……看来，这些黑色来自灵魂，在叩响心灵深处的沉默。

这些突如其来的黑色，也是曾经的相识，正在以她刚柔并济的惊艳写着永不衰老的天赋。正在演绎着一种特有的风情。这些黑色，是所有色彩融合在一起后的颜色。只有经历了纷繁的世界，潜心沉淀后才有的这份成熟心态，黑色把人们变得沉稳干练。

尽管有些人消极地敌视黑色，那也许就是心儿在伤感，因为这种暗色调无法取悦衰老者心扉。感觉黑色无法可亲可近，感觉黑色有些低迷，感觉黑有些笨重。但是，他忽略了这其中深藏的沉稳与绝美，还有黑色暗藏的妖娆，流行的黑一直令摩登者倾心。

在服装的流行中，黑色是设计师们经常运用的颜色，黑色是贵族一贯的选择，包含着深层次的变迁。在所有华服都无法取悦魅力之时，黑色则以沉稳弥补一切。似乎在坚守着孤独，却暗藏着浪漫，在五彩缤纷的颜色中，高傲而静谧的独创一景。其实，黑色是诗人的颜色，是画家的颜色，看着单一，却丰富，却激烈，是艺术的载体，是服饰流行必不可少的元素。黑色，会以永不谢幕的姿态成为冬季的主角。

冬季是否寒冷？冬季是否美丽？我相信，有黑色引领时装的流行，冬季不会寒冷，因为黑色会摄取太阳的光辉，温暖着人的心怀。冬季一定美丽，因为黑色正以势不可当的姿态取悦着爱美的心扉。

## 迷彩服之恋

喜欢迷彩服已经很多年了，忽略先生一直抵触的态度，悄悄地购买了。

迷彩服是我眷恋军营的代产品，来于心底，源于梦想。喜欢军营是青春的一个梦，只因一双眼睛被镜片挡着，军营只能搁置心底成为一生的遗憾。自己没有成为一名光荣神圣的军人，只能抱憾，只好把择偶的条件圈在军营之列，些许绿色与我有些许缘，目标中的军官擦肩而过，却与一名退伍军人结为连理。

而军营的绿并没有因此而散去，却被岁月之河淘洗得更加艳丽，更加纯粹。随着年龄的递增，这份艳丽，这份纯粹，成为内心的酷爱，尤其军绿色更是内心中别样的风景。迷彩服不知不觉偷袭及占据了心灵的一席之地。

网络的铺开，QQ 的普及后，我随波逐流成为网民。第一次使用 QQ，诸多不懂，便有同事帮忙申请号码，搜寻好友时，同事替我审核添加。其中一位天高云淡，职业军人，鬼使神差，加他成为我 QQ 生涯中第一位好友。而他也是初涉网络，两个网络的初级者在网海中相识，又因陌生，有份好奇，一份期待在我与军人间延伸。网络中，我们谈论追求，回忆过往，很平常，忒自然，并没有媒体中描述网络的那般可怕，那般邪恶。

一晃十几天过去，有事无事总想上网看看网友在做什么？有份痴迷和神秘左右思维。我的举动激怒先生，他郑重地警告我："可以在 QQ 里与陌生人打打闹闹，与同事发些段子，就不能在 QQ 中交往军人。"

"为啥？"满眼都是不解。

先生补充说："因为你少女时的心被军人偷走。"

是呀，我曾在恋爱时把心中的遗憾讲给先生听，万万没有想到，却成了他的心头的伤疤。

为了避免彼此误会，我淡了网，淡了 QQ，自然也就冷淡了第一位网友。

很多年了，这件事依然是笑料，在朋友圈传播。

尽管如此，先生心头依然系着心结。偶尔闲逛，身边有军人走过，他总会多多瞧我几眼，似乎察言观色，似乎为我遗憾，每每这时，我都故作伤感地说："遗憾啊，我爱的人不是军官，爱我的人却是小兵，凑合吧。"

人的命天注定，我一直坚信这点，姻缘都是前世的缘分，我与军营绿色的缘只能在我梦中延续。

喜欢迷彩服，先生早知，每每提及，都百般阻拦。不解，只是一套衣服，何必如此在意。我穿上迷彩，难道心也能漂染成绿色吗？我喜欢，便我行我素，如今，迷彩服自然已成为我的所有。我穿上它"招摇"在先生的眼前，做好足够的准备等待寒风冷雨地袭来。然而，他却出奇的安静，不温不火地说："个子矮穿上迷彩服，就是没有大高个好看，就是不听话。"

"高个穿啥都好看，个子矮穿啥都不好看，小矮个岂不是无衣遮体？"我在为自己辩解。

"但也不很难看，只是我不喜欢而已。"先生终于拉开心中的引擎。

看着先生失望的眼神，我有种成就感，我用一套迷彩服挑破他心中的迷雾。尔后，上网，在好友中寻第一位网友，可惜，却不知何时已被先生请出我的好友栏目。但为了彰显此时此刻的一份还在胆怯的成就感，便在说说中调皮地留下一段话：喜欢绿色，便眷着迷彩服；崇拜军营，军人便是心中的踪影。如今，回忆葱茏的颜色，静静地守望记忆。迷彩服穿在身，短暂的迷醉。童年的梦未圆，成为一生的撼。

同时，我把这段话毫无隐晦地读给先生，眯着眼睛等待愤怒的火苗蹿起蔓延，甚至会是一场暴风雨一般的"内战"，出乎意料，他很安静，瞥我一眼："玩累了，回头我是岸。没人理你，自己玩去。"

他无动于衷，我却很失落。不知为啥，他的阻拦往往会慢慢发酵，越发阻拦的事情，我却不驻足，甚至有所向披靡的感觉；他越发反感的事物，我越是痴迷，甚至想要将反感进行到底。夫妻本是冤家，你东，我西，你北，我南。不与我争辩，反倒让我不知所以然。

狠狠地用眼球剜着先生，失望地说："前世是冤家，今生还是冤家。"

## 扔牛仔裤留话柄

喜欢牛仔裤很多年，一直没有胆量轻易购买。与先生探讨，希望他为我鼓鼓气，万万没料到，先生却说："除了牛仔裤，买啥都成。"可我偏不服气，凭啥反对啊，不就是臀肥腰粗腿短吗？

先生不给鼓气，我找闺蜜去。娟子坚决支持："只要能把肥臀塞入牛仔裤中，就证明咱不胖。"趁热打铁，与娟子一拍即合，义无反顾地直奔小魔鱼。左挑右选，如愿地划拉到能顺利上身的牛仔裤。之后娟子提议让我继续败家，再去鞋店买双松糕鞋。新裤新鞋都是流行的款式，我也赶回时髦。

从心底喜欢这条牛仔裤，与松糕鞋一同穿上，自我感觉海拔增高了，人也苗条了。女人日思夜想都是咋瘦，如今一条牛仔裤就了却一半的心病。而这条牛仔裤在我这里，似乎租来的一样，穿着就没让它冷落过，感觉不穿在身，就会亏大发了。

穿上新鞋新裤没几天，单位郊外植树，没来得及换装便出发了。一锹一锹地挖土，双腿随着铁锹挖土扬土一弓一直，肥臀也随着有节奏地晃动着，没多久，咔嚓，好大的声响，一股凉风从裤子左后裆处一鼓作气钻入裤子里，同事惊讶的目光"唰"定格在我的牛仔裤之上。大事不好，俺知道裤子张开大嘴在发脾气。荒郊野外，没有避风港，只能躲着同事的目光，灰溜溜地倒着退回车上。也好，只因裤子的这个口，俺可以不用植树了。

狼狈逃回家后，恨死这条牛仔裤，买时的狂喜早被满腹的羞涩弥盖。换下裤子，想丢弃，想来才买回没多久，扔掉有些可惜。

这时娟子来电话，知道刚刚发生的囧事，听着我的委屈和难堪。娟子告诉我："裤子可别扔了，如今流行乞丐牛仔裤。你去服装店让师傅用缝纫机在破损处错落地缝上，看上去像故意制作的一样。"自己没主意，娟子咋说我就咋做。牛仔裤被缝补后，看不出是损伤，却有夸张的味道。穿出去，很多陌生女子追着俺问在哪里买的，无意破损却成了新潮。

　　接到新的工作任务，去集安，去白山，还要去吉林出差。翻了好半天衣柜，却不知道该穿啥出门。娟子与我总是心有灵犀，每每衣裤搭配迷茫之时，都会打来电话，她告诉我："就穿牛仔裤和松糕鞋，配上韩版的风衣，老摩登了。"在穿衣戴帽上，我极其听娟子的话，就按娟子所说的来装扮自己。上车，下车，辗转几座城市，最后到达吉林市。下车后风尘仆仆，没休息就直奔业务单位，楼上楼下找寻相关人员办理相关事宜，出乎意料的顺利，妥帖地完成任务，便回宾馆休息了。一觉睡到太阳落山，朋友来电，告知半小时后下楼一起去吃晚饭，拿起裤子一看，右后裆处不知啥时也齐刷刷裂开了口子，整个后片的裤腿猥琐地耷拉着，既恨又气，自己却不知牛仔裤啥时又开出了新的口子，幸亏韩版风衣盖过臀部，但是，弯腰跷脚，这个破损处都会一览无遗地瞪着这个世界。陌生的城市已万家灯火，想来干洗店也早已打烊。拨通服务台电话，要来针线，口子大，送来的棉线过细，缝补很长时间，也未能安抚这个口子让它闭目养神。然而，里出外进的针码，把一个长长的口子分割成若干只眼睛。没有替换的裤子，只能不情愿地穿着它，赶赴朋友的宴请。

　　总算盼来次日,吃罢早饭打车直奔步行街,大多店铺还紧闭门扉。只能无聊闲逛着。突然,眼前一亮,佐丹奴居然已营业,心知肚明佐丹奴的服饰与我的年龄无法匹配,但别无选择。只要没有口子,只要不丢人,好看赖看都不是主要的。匆忙买下一条宽裤脚、臀部及侧腿处都贴着兜的裤子。穿上这条裤,配上松糕鞋,滑稽又不搭调,心想,反正这座城市是陌生的,只要不是光着身体,穿啥都不会有人注意。换下的这条斑驳的牛仔裤,被我潇洒地抛给了垃圾箱。

　　我穿着佐丹奴坐上返程的火车。到家后,先生开门,上下打量俺一番,惊奇地问:"这是哪个城市的流行啊?"我扭身进屋不予理睬。先生紧追不舍:"牛仔裤呢?你是穿牛仔裤出差的。"看来沉默不是办法,脱口而出:"丢了。""丢了,那人丢了吗?"没好气地回应先生:"也丢了,最主要脸也丢没了。"

　　至今我也没向先生"坦白"牛仔裤的下落,就让这条裤子成为一个谜在他的心底纠结。

　　本不想给先生留下任何话柄来杜撰我,然而,每次朋友聚会,先生总会拿出这条丢弃的牛仔裤当作典故,在众人面前来"恭维"我丢人的能耐。

## 绿裙子风波

　　结婚纪念日也是我逛商场的日子。东瞧瞧,西瞅瞅,看见一件淡绿色的连衣裙,仅仅一眼,就系住眼球,脚步便被这一眼黏住了,明知眼下的天气无法穿这条纱裙张扬,可离开不舍,只好买下来送给自己。

回到家，忙穿给先生和儿子欣赏，满以为能听到二位绅士具有高度的赞赏。结果不然，儿子努起嘴，一脸讥讽，不咸不淡地说："老妈买来这条裙子，不是成心砸商家的饭碗啊。卖裙子也不容易，也与你没仇，让你这么一穿，卖裙子的店铺非得破产不可。"

"你老妈老点丑点，也不至于有那么大震撼力吧。"我有些不服气。

先生接过话题："问题很严重，据俺近期观察，这件裙子不出时日就要淘汰。只要你不穿了，卖裙子的店铺才能起死回生。"

"不能。这是新款。"

"我说的不是款式，而是肥瘦。"先生补充说。

我不屑地瞪他一眼，狠狠地回敬："俺只是瘦得不明显，还没达到那么严重的地步。狗嘴怎能长出象牙。走着瞧。"

自从买来这件绿裙子，我便日等夜盼气温的飙涨。等待的日子充满希望，也徒生些许忐忑。裙子买时尺码略吃紧，如果体重不变，裙子足可以承受我的肉身，如果体重略涨，裙子将要退出招摇的舞台。

这以后，我每次倦睡时，先生总爱拨开我的眼皮，似曾关心地说："别睡了，再睡裙子就穿不上了。"

反感先生所为，发怒无补。伸懒腰说："不至于，俺才多睡一小会，不会影响体重的。"

穿裙子的日子终于到来。费了很大的劲才把裙子套在身上，没有美感，却有束缚。怎么办？不能白白把这条新买来的裙装淘汰啊。穿上新裙换来先生的嘲笑，上班后，又见同事诧异地瞧着我。我似乎成了怪物，突然间多出了许多看点。

裙子的价格不菲，不能就这般淘汰。减肥！势在必行！

美容院减肥曾失败过，节食减肥老妈把关，喝茶吃药来减赘肉先生不许，怎么办？天助我也，晚报刊出最新减肥带——圈圈瘦，拨打电话得知一条四张百元大票，一次购买两条赠送一条。为了裙子不被冷落，忍痛掏出八张百元钞票。

胳膊，大腿，腰腹，统统围上，说明书很神奇，而我却与神奇无缘。几番折腾，未见肉少。裙子和百元票时不时飘在我的眼前，损了夫人又折了兵，有气又有火，气自己的一身赘肉不经请示地黏在我的身体之上，火自己付出半月薪水也没换来苗条的身姿。

先生见我一番折腾不见效果，便帮我推出新招，告诉我跑步游泳打球……为了绿裙子，为了身轻如燕，锻炼成了我每日的必修之课。

几经折腾，我都成了他人眼中的运动侠客了。可是，体重依旧，脂肪依旧。泄气之余，安慰自己，幸福就是慢慢变胖。我的胖是幸福的音符，我的肉是幸福的底蕴。如此想来，宣腾腾的一身肉有了美感，我居然不厌不烦了，喜欢之余，这些肉却在与俺玩起了藏猫猫，渐渐地从我的肉身飞走，至于飞到谁的身上，无从知晓。绿裙子终于可以无拘无束地招摇人前了，我也可以借助裙子的柔波绿意张扬一番。

瞧着体重在缩水，我明白了，凡事不要太在意，平常心对待每件事每个人，得到的却是意想不到的效果。有时刻意，只能徒添烦闷。

## 女人败家总有理

小美女最近添了新行头，百思图米黄色嵌毛短靴，很时尚很摩登，橘黄色的羊绒外套，很靓丽很新潮。

那日，一见小美女，我的视线便贪婪地专注在她的这两件行头上。喜欢靴子的款式，喜欢外套的橘黄色。暗自揣想，穿在自己身上该是怎样的效果呢？

为了这一抹橘黄色，便马不停蹄地逛国商百货，走欧亚商都，只要见到橘黄色，都要毫不留情地试穿。最后在名典屋看到一件橘黄色毛领短款大衣，试穿后，爱不释手，看看价格，有些偏高，但又不舍；瞧瞧颜色，更是甚喜，只是担心与自己年龄是否匹配。

见到心仪的外套，放下不舍，买下也不舍，咋办啊？纠结中，自然会想到小美女。

在添置服饰的败家上，我极其依赖信赖小美女的审美观，遇衣必咨询，只有经她点头认可后，才坚定我败家的理由。小美女就是美女，她选定的服饰，我百分百信赖。渐渐地，小美女成了我败家的顾问。

本想次日上班在网上与小美女沟通，可我按捺不住诱惑，在深夜上网与她问询："我在名典屋看好一件短款羊绒大衣，颜色是橘黄色。这个颜色我穿行不？"小美女真是兢兢业业，为了帮我败家，深夜也回话了："名典屋的羊绒外套可以啊，颜色挺柔和的，你可以穿啊！""我一月工资啊，感觉有些贵，舍不得啊！""如果带毛领，这个价格不贵。"小美女安慰我。"是不是有些张扬啊？"不情愿地说出我心头的顾虑。"再张扬几年吧，买吧。"小美女继续鼓励我。

有了小美女的首肯，我攒足了败家的勇气。次日就去欧亚商都，用大把的现钞换回这件橘黄色短大衣。回家后，一遍遍试穿，衣服无可挑剔，颜色也无非议，只是，我这张皱皱巴巴的老脸，咋看也没法与这件衣服媲美。

我穿上这件衣服后，先生斜我一眼说："满脸褶子，还在卖萌。"

我不服，满脸褶子咋了，满脸褶子还不穿衣了。索性不去搭理他，依然一遍遍地在镜子前自我显摆。真希望有奇迹出现，让我一下子能年轻多好。先生看我自恋的样子，嬉皮笑脸送给我一句话："后面看想犯罪，旁边看想撤退，前面看想自卫。"

这件衣真让我穿出这样的效果吗？穿？不穿？我再一次纠结。

衣服买来了，小美女的那款短靴，我还惦记着呢。心里盘算着，哪天再把短靴搬回家。偏巧，我去医院排队挂号时，看见一胖乎乎的女子穿着与小美女同款的短靴，我立马打起百分精神，前面，后面，左面，右面，看个明明白白，清清楚楚，是百思图，不是仿版，但为啥她穿不出小美女的效果，本是一款很精致的短靴，眼前的女子穿的落俗，立马折扣了这双靴的优雅。瞬间我放弃了这款短靴的拥有权。

回家的路上，我还纳闷，为啥小美女穿，那么精致，那么迷人，还那么勾人。我把想法说给先生，先生说："人家是美女，不穿衣服是模特，穿上衣服是摩登，况且人家穿草鞋也是超凡脱俗。"的确，美人穿啥都别有韵味，况且人家小美女的腰肢比我的大腿还要细。

断了购靴的念头，却怀疑起还未上身的这件大衣来。我穿在身，能否像医院那位女子一样，把本是时尚的服饰，穿出邋遢，穿出瑕疵。

网上又遇见小美女，忙又打招呼："那件橘黄色羊绒大衣，我买回来了，但不敢穿啊。""为啥啊？"小美女发出疑问的符号。"有些鲜艳。我是不是有些败家啊？""买回本来就够败家了，不穿不是更败家。"小美女这般给我鼓气。

我想，有小美女支持和鼓舞，为我的张扬推波助澜。

这次败家源于小美女的诱惑，唯一让我担心的是，这件衣穿在我身的效果，可否有东施效颦的感觉。我是我，她是她，我怎能与小美女相提并论，人家天生有衣服架子，穿啥都洒脱，穿啥都洋气，穿啥都媚气。

想想自己，近来的确败家，购置了很多服饰。逛街不买心不甘，不去逛街心又痒，矛盾重重中，也未能把持住自己败家的欲望。先生虽不言说和指责我败家之事，还时不时给予支持，但我心里有些对不住先生。人家辛苦赚钱，而我却潇洒地一件件往家搬弄，往自己身上武装。

本想潜心学勤俭，却没有足够的定力，还有缺少抵御诱惑的心。

没办法，败家，勤俭，永远对立。只好安慰自己，女人败家，男人才更有赚钱的动力。为了男人赚取更大的价值，女人败家无可厚非。

我在用败家进军贵族，其实，骨子里还是小市民，学着败家，没有与生俱来的高傲，也没有庞大的家庭资本，更没有开银行的先生做后盾，所以，败不出名堂，却总在露怯。

## 穿新裙子也挺难

三月份欧亚店庆，看中一条暗红色连衣裙，价格不菲，买不舍，走不忍，内心经过一番"搏斗"，最后咬紧牙，铆足劲，跺跺脚，狠狠心"请"回了家，之后，就等着树发芽，盼着花盛开。尽管等待中的春天冷风瑟瑟，而我依然乐此不疲地等待着。

为了这条裙子，天气预报一时间甚受青睐，看温度，查阴晴，就连穿衣指数都成了必不可少的关注点。

周一晨起，翻看天气预报，感觉与以往温度没多大变化，心中便酝酿着出门的衣裙。这时，满腾腾的衣柜，无论如何也找不到入心的衣裙，反之，新买的暗红连衣裙，咋看都是今日最佳的选择。似想新裙子与旧裙子只差袖子的短长，猜想穿上它也不会冷到哪里。

雷厉风行，想到做到。麻利地穿上新裙子，风一样洒脱地"飘"出了家门。

每日我都在烤鸭店门前等班车，几乎每日我刚刚到达等车点时，班车便驶来。而眼下，都已过了十分钟，班车还是无踪影。突然，一股旋风，如浪涛涌来，猝不及防的冷遍布全身，一个个寒战，接连一个个喷嚏，我明白，我染上了风寒。

我倦抱着双臂，不停地哆嗦，默念着：班车啊，你快些来吧。

车还是无影无踪。站点没有遮风的角落，远处虽有避风之处，而又担心错过了班车，我只能在这里静候，绝不能离开。

无奈，我只好蹲在烤鸭店的门前，用裙摆罩住双腿，手臂抱紧双膝。仅是一层纱，也暂且抵御住了沁凉的风，也能抵挡一点点霸气的寒冷。猛然回头，烤鸭店落地玻璃窗映出我的身影，心头一酸，自己好似无家可归的流浪者。偏偏我的头顶贴着一张宣传画，画上一只烤鸭，油酥的冒着热气。

未吃早饭，一张图中的烤鸭搅动着我的胃，又冷又饿的感觉袭来，那一刻，顿觉可怜。这时，我想起了卖火柴的小女孩守在烤鹅店的角落，一根根地划着火柴取暖。故事中小女孩与烤鹅，眼下老女人与烤鸭，都是虚幻的，无法暖胃暖身。还好，小女孩有火柴，而我啥取暖的物件也没有。

我傻傻地望着玻璃窗上的烤鸭，班车已停在路边，都未察觉。

到达单位后，同事都夸我新裙子漂亮，有些飘飘然，刚才的寒冷烟消云散。

本意想穿新裙子工作，结果不然。领导新规定，上班时间要穿工装，不穿者罚款。为此，极不情愿地换下裙子。

工作空闲，还想着烤鸭店门前等车的样子，可怜又狼狈。再想想单位的新规定，后悔买回这条裙子。今后，在职场打拼的我，不管新裙子，还是旧裙子，风光只在路上。

想想自己这几年买回的裙子，都为钱包叫屈，把钱划拉划拉，足可以开个时装店了。仅这条新买的裙子，足可以换回一百多只烤鸭，吧嗒吧嗒嘴，会香了舌头，饱了胃，还不会受天气冷暖的约束。试想吃掉一百多只烤鸭的时间，要比穿裙子的日子长。

老女人，只想用时装当作谎言，去覆盖日益的衰败，而天气的作怪，单位的约束，就这样，稀里糊涂地葬送了老女人的爱美之梦。

作为女人，穿条新裙子，也挺难!

## 羽绒服，冬之爱

天渐冷，雪在飘。穿着松松软软、五颜六色的羽绒服在飘着雪花的街中穿梭，偶然间抬起头，却发现了这是一道美丽的风景，一帧流动着的画卷。

忽然，我想到了爱。谁才是寒的最爱? 谁才会给冬日带来温情?

当为了抵御严寒的时候，迫不及待地买件羽绒服，目的不仅仅为了一份流行和魅力的张扬，其中的重任是深情的寄托，那就是取暖。为了这份饱含爱意的心愿，为了这份对冬之美的渴望，选择羽绒服，就是爱自己最好的理由。

每次严冬到来，在飘雪的街头行走时，都会想起羽绒服，自然就冷淡了衣柜中的棉服，这并非喜新厌旧，更多的还是为了一份温暖的缘由。

因为冷，是东北冬天的代名词。

待春暖花开，万物复苏，雪花躲入春姑娘的衣襟后。那份曾拥抱温暖的感觉也随之被我淡忘，那份疼爱和喜欢也随之麻木。于是，流行的裙装和风衣取代了羽绒服的位置。为此，曾温暖过我的羽绒服被封存在衣橱的角落。默默地面对春风，感受夏花，品读秋霜，无疑如我等待爱的光临一般。待雪花纷飞的时节，面对凛冽的寒风，我才会情不自禁地想到衣橱中的它。

我常常在孤独中独思这个问题，觉得人生也如此一样。人生的变化莫测中，也常常会遭受如此冷漠。只有在派上用武之地时，才会发挥它的特长。如果没有利用的价值，尽管是一只老虎，也只能卧着，王者的霸气也只能收敛；是一块金子，也只能藏于泥土之中，不能尽情发光。还有许多事，许多人，尽管可以畅快地发挥自己所长，但会遭受喜新厌旧之徒，会用新之物替代旧之情。曾经的情分，曾经的温暖，随着善变的心思也会淡然。

对于小鸟来说，飞翔最为安全；对于流浪者而言，路是最安全的选择。那么，就此而延伸，对冬而言，羽绒服就是最温暖最安全的首选。对爱而言，羽绒服给予了你整冬的温暖和爱恋。不论羽绒服的新与旧，都会深藏着满腾腾的爱意。然而，旧羽绒服中的爱更深更浓，这其中饱含着路的悠长，爱的深远，与自己经历的故事融汇在一起，成为一部冬的交响。

我喜新，但不厌旧。只要有爱徜徉其中，都会令我欣喜与爱恋。

面对寒冷的冬天，我的首选服装必须是羽绒服，尽管时装市场日益更新，尽管许多流行可以取代羽绒服来抵御严寒。但是，最令我感到温暖的依然是羽绒服，所以，羽绒服将成为我寒冬的最爱。只有最初入心的感觉，才是恒久的爱恋。

穿着暖呼呼的羽绒服，就不会畏惧严寒。因为，羽绒服是寒风冷雪的克星。穿着柔柔软软的羽绒服，就会有爱的感觉伴随左右，因为，爱将会在风雪中历练出甘甜。

外面又飘雪了，你选择怎样的衣物抵御严寒？

寒冷的冬天，有爱的伴随才不会感觉到心灵的冰冷。温暖在羽绒服中徜徉，爱在羽绒服中深藏。

外面还在飘雪，你那里下雪了吗？

# 第二辑：千里闻香

不要因为你自己没有胃口而去责备你的食物。

——泰戈尔

## 延吉冷面

第一次吃冷面在延吉，那里的冷面不仅好吃，还有童年的记忆。

那年，第一次去延吉看姑姑。从敦化站出发，绿皮火车"咣当咣当"行驶了四小时后才抵达延吉。延吉火车站窄小且冷清，露天检票口门可罗雀。我长得小，无须验票便可通过，可那时我是多么希望自己能有一张车票，可以神气地递给车站的工作人员，然后走过检票口呀。

见到姑姑时已是中午。她牵着我的手说：饿了吧，姑姑领丫头吃冷面去。

冷面？听起来好陌生。没听过，更没吃过。

那时延吉市还不像今天那么热闹繁华，随着姑姑左拐右绕，没多久就绕到一个二层楼。姑姑在一楼的小窗口付款后，不久服务员便端来两碗与帽子一般大的白瓷碗，碗里底层是面条，上面铺着黄瓜丝、西红柿片、辣白菜，还有一勺辣椒油。内心暗想，这就是面条。

学着大人的样子，别扭地握起筷子，把面条、黄瓜丝和辣椒油搅拌后，挑出一根"面"送进嘴里，奇怪哦，咋不是面条的味道？口感比面条筋道，凉丝丝的甜酸……第一次吃冷面，味道这般好，瞬间冷面就成了我的最爱。

在延吉的那几天我天天嚷着要吃冷面。姑姑便在家亲手给我做。姑姑手艺不错，做得甚至比饭店的好吃。等准备回家时，姑姑特意给我带上一份。那时没有保温饭盒，就用铝饭盒装着。等冷面随我乘坐四小时绿皮火车咣当到家，再打开饭盒，姑姑的心意已被浸泡膨胀，一根根面条懒洋洋挤在饭盒中。尝一口筋道全无，味道大打折扣，可内心对姑姑的爱仍是满满的。

这以后，若想吃冷面就要乘坐四小时火车去延吉，由于没有当日返回的火车，只能在姑姑家住上一夜。姑姑每次来我家，也都要带来压好的冷面，现煮面现调面汤。可同样的面，姑姑却总也做不出延吉冷面的味道。姑姑分析说，延吉的水是延吉冷面的魂。一方水土造就一方美味。因为水质与众不同，才成就延吉冷面的美名。

看来，要想吃冷面，必须去延吉。

我初中毕业那年，姑姑去世了。这一年，开往延吉的列车也多了一条快车线路，上午八点多从家出发，十一点左右抵达延吉市，饕餮一番后，要等到晚五点才有车返回，圆了贪吃的念想，却要耗时十二个小时。但我心甘情愿地去等待，心里知道，每次折腾十二个小时，不仅仅是一份吃心，还有对姑姑的思念。

工作多年后调到长春，离延吉更远了，但对姑姑的思念依旧，对延吉冷面的惦记依旧，渐渐的，延吉成了心中的风景，有向往，在远方。

偶尔食欲差时，藏在心底的那个味道便弥散开来。虽然知道在长春寻找延吉冷面味道不可能实现，可还是要踏遍大街小巷，寻找童年记忆中的那种味道，尝过一家又一家，始终找不到珍存心底的滋味。一次次失落，再一次次找寻，却一直未能下决心来一次说走就走的延吉冷面之旅。可能随着年龄增长，自己也领悟到为了一碗吃食耗费一天的光阴，是对人生的挥霍。

默默等待，遥遥期许，高铁通车了，长春抵达延吉只需两个小时，车次间隔只有三十分钟。那一刻，姑姑的笑容浮现在眼前，童年的味道再度蔓延，深埋心底的那份情感终于与高铁一同启程。

这是姑姑离世后的一个清明节，也是时隔二十多年再回延吉。关于延吉车站的记忆都已朦胧，被眼前豪华的车站、熙熙攘攘的旅客取而代之。宽宽的街，高高的楼，已寻不到童年的那家冷面店，只好借助美团网查找定位。见冷面端上来，一脸惊讶：餐具、食材、佐料，与从前截然不同，面碗中多了肉片、鸡蛋、梨条……还有冷面是用荞麦面现压的。

迫不及待将面条送入口中，柔韧耐嚼，爽口清淡，温顺润喉，其中酥麻的辣、隐约的咸、绵长的甜，一下子便勾出食欲来，既吃出了童年味道，又有新鲜的变化。咀嚼着，眼前氤氲一片。有感动，时隔二十多年如愿以偿了；有遗憾，姑姑不能再牵着我的手……

吃过冷面，乘坐高铁返回长春，这次延吉冷面之旅只用五个小时。我还带回来用快餐袋密封的面、凉汤和佐料，与家人一起分享。

前不久，逛街途中突见一家店挂着"延吉冷面"的招牌，瞬间，馋虫啮咬，一脚踏进店内。当服务员端上冷面后，迫不及待地挑起面送入口中，立刻被熟悉的味道俘虏了。踏破铁鞋无觅处，正是记忆中的味道。

因觉得是奇遇，便与服务员攀谈，原来这里的冷面食材都是从延吉运来的，就连做面汤的水也都来自延吉。服务员还说，如今高铁通车，运输时间变短，运来的食材味道不失，冷面味道自然就与延吉的没有差异。

是啊！高铁的车轮飞速前行，城市的发展也日新月异。原来，我们每个人的生活都与身边城市相伴相随，你的温暖回忆，你的内心憧憬，你的幸福，你的美好，都与你的城市紧紧相依，须臾不曾分离。


## 恰似拥抱

山药的籍贯不在东北，不熟悉，尚可理解。并不像认识马铃薯一样，可与生命论短长。

不识物，但不影响从文字中相识，书中读到时，便把它当作了一味药材。是药，想必味道一定苦涩。

初识，大约十年前，在饭局上，一道羊肉山药汤端上米，主人提醒品尝这盅汤，而我却迟迟不动筷子。为什么？因为第一次见，陌生有距离，看着他人品尝后，才胆怯地取一小块山药，入口后绵软香甜，无可阻挡，仅仅一口，便爱上了这盅汤。

由此，山药的名字，还有它的香甜便植入我的脑海。并在冬季到来时，频频闪现眸前，是邀请，是提醒，心中存储的那份甜，也在诱惑我。看来为家人为自己煲山药汤势在必行，便去菜市场寻找山药。

因从没见过山药，卖菜的大姐把山药递给我后，眼睛与山药对视着，有些疑惑，坑洼的外表，黑褐色的外皮，并长满疙瘩和毛须，我对内心的那份诱惑产生了质疑，带着顾虑付了款。回家后，如何除去山药丑陋的外皮让我煞费脑筋，用水果刀一条条的剔去外皮后，山药似乎变魔术，一个转身，变成了一条滑溜溜的白玉，时不时从手中滑落，原来它皮质下如此细腻柔滑……随后开始煲汤，山药和羊肉放入汤锅后，加入姜葱等配料，再放入十几颗枸杞，大火煮沸后，一股香气弥漫，转到慢火煨至熟烂，一锅羊肉山药汤就这样煲好。

窗外飘着雪花，一家人围桌而坐，喝着鲜美的汤，吃着肥美的肉，尝着油滑的山药，吃得喝得人心和胃都温暖起来，人的精气神也饱满起来。瞬间，香浓美味在唇齿间生成。喝了这碗汤，身心俱佳。这其中除去营养丰富之外，还具有养生和保健的功效。一碗汤不仅只有暖胃的功效，还可以抵御严寒，让家人暖暖地度过寒冬。尤其女人喝了汤吃了肉，手脚温热，顺血脉流遍全身。

第一次煲汤，遇到了尴尬和无奈，但捧起热腾腾的汤碗，还是蛮有成就感。这时，想起一本书中的一段话：冬天一碗汤，不用医生开药方，爱家人就要暖他的胃。为了更深情地表达自己对家人的爱，冬季成了约定，飘雪成了信号，羊肉山药汤在我的一次次煲制中，越来越有味道，这其中与我注入的爱紧紧相连。

羊肉山药汤就这样成了冬日的主角。

因为对这款汤情有独钟，便琢磨起山药的前世今生，原来山药乳名叫山遇，后来，老百姓在食用中发现它具有药效，此后，山药才成为它"户口簿"上的名字，并流传至今。俗语说是药三分毒，因为药食同源，虽是一种补药，但也有禁忌，羊肉山药汤不适合阳虚的人食用，食用后会烦躁，易怒，上火。当发现此汤的短板后，也感觉自己烦躁易怒的毛病，却没有对号入座。一次，去看中医，老中医望闻问切后告诉我：你是阳虚体质，不宜多食羊肉和山药。这一刻，大脑飘过一碗碗香喷喷的补汤。同时，遗憾在心底蔓延，似乎剥夺了最爱一般难过。我迷恋的羊肉山药汤就这样被中医隔离在我的食谱之外。

虽然，羊肉山药汤不再取悦我的胃口。但是，我并不会弃它而去，依然会在每年的冬季，如期地煲它，因为我对家人的爱已融入其中。其实，每个季节，都会有不同的汤来安抚家人的胃，而在最冷的冬季，一碗羊肉山药汤恰似拥抱，最温暖，最踏实。毕竟在寒冷的冬天里，唯有美食与爱不可辜负。

# 餐桌上的修为

与先生恋爱时，妈妈告诉我："你男友每次就餐，都先环顾满餐桌的人，之后再看看餐桌的菜，发现大家都喜欢的菜，他从不去夹。""他是不是挑食啊？"我很诧异地问妈妈。妈妈说："可能是拘谨，要不就是从小养成的习惯。"

之后，我也偷偷地观察，凡是我喜欢吃的食物，他真的很少伸筷，而是开心地看着我吃。我难为情地问他："为啥不吃？"他说："我不喜欢吃，你喜欢，都留给你吃。"

刚刚结婚时，收入低，日子过得紧巴。但是，先生却很会调剂生活，他知道我喜欢吃鱼，隔三岔五就买回一条，烹饪好之后，自己很少动筷，依然专注地看着我吃。我夹给他，他却说："我不喜欢。"那时真以为他不喜欢吃香气扑鼻的红烧鱼，自然，我就心安理得地独自消受。随着收入的提高，生活水平的改变，可以随心意购买一些美食后，我终于发现，先生并不是不喜欢吃这吃那。尽管如此，他还是把最好吃的留给我和孩子，当我们饱腹后，他才逐一扫荡我俩的残局。

先生幼年时，父亲去世，母亲含辛茹苦地拉扯他们兄弟几个，为了不让母亲生气，他从小就看伙伴的脸色做事，忍耐着伙伴们的欺负和嘲讽。后来，继父成了他的家长，虽然对他甚好，但他却养成了先看人脸色再行事的习惯，不仅是在餐桌上如此，其他事情也在处处为他人考虑。

为此，先生朋友很多。在交往中，他一直很真诚，很用心，设身处地为他人考虑。如哪位朋友有难处，他都会第一时间尽其所能地伸出援助之手。偶有朋友欺骗他，受骗后，他的态度并不激愤，却很坦然地说："他其实也不想骗我，只是暂时有难处。即使真是骗我，也就这一次。吃了这次亏，我却能发现谁是真朋友。"因为这些事，我与先生争执过，吵闹过，赌气过，我埋怨他傻，我也"咬牙切齿"地说他："天生就是吃亏的命，从饭桌上就看出你就是这命……"

在儿子的成长中，我给儿子讲述先生经历的酸甜苦辣，以及在家里把最好的食物留给老人和我还有孩子，自己都快成了剩菜剩饭消化机了；在外面与朋友相处，宁愿自己吃亏，不求报答，也要去帮朋友。儿子疑惑地问先生："爸爸，您是不是很傻，好吃的都不抢着吃。"先生借机对儿子说："不要小瞧餐桌，吃相这一细节，就能看出一个人的修为。"孩子不懂，摇着脑袋，先生进而又教育他："孩子啊，吃饭时一定要注意自己的吃相，不能独自霸占自己喜欢吃的菜，那会被人耻笑的，好东西要大家一起分享。家里不分穷富，都不要在餐桌上失去礼节。即使面对满桌美味佳肴，也不能放任自己，不管他人的感受。况且男子汉连美食都经不起诱惑，面对其他诱人的利益，是不是就没了节制。"儿子很乖，一直谨记先生的话，在五颜六色的当下，儿子还是很有节制地对待生活和学习，自然也成了他父亲一般"傻气"的吃亏人。

这以后，我不再因先生的傻而抱怨，也认同了吃亏是福也是修为的处世哲学。

小事看人品，大事看人格，生活看习惯。一个人的一生，诱惑陷阱何其多，只要摒弃欲望，做到好东西与人分享，何其不是一种福报。识人也看吃相，做人也要从餐桌开始。

## 高铁圆梦

无论时光如何辗转，童年的记忆依然如昨，每每温忆，仿佛就在昨天。然而，霜染的鬓角，道破了年轮。越发如此，越发眷恋曾经，越发留恋童年。那时，日子清贫，但回首凝望，却是那样的美好，其实所眷恋的是那缤纷的青春。

每次启动记忆的心扉，曾经的苦辣酸甜喷薄流淌，五味杂陈常浸染双眸。但是，过往的记忆却印证了如今的衰老，成为当下生活的仰望。

这样，我在怀想中更多的是感恩。感恩经历，感恩岁月，感恩时代。

记得六七岁时，居住在延边小村庄，一间半的草房就是我的家。整个屋内砌着一张东北土炕，我和妹妹的生活及活动的空间是炕。屋墙四壁及天棚都用报纸裱糊，其中有《参考消息》，有《农村报》，有《人民日报》……这些报纸是生产队的大伯大婶们平日积攒留存的，送给需要糊墙的人家。那时，如果旧报纸的来源充沛，每年的春节前都可糊上新报纸而覆盖旧报纸，经过裱糊的新墙、新棚亮堂多了，这时，屋内弥漫着墨香的味道。我和妹妹就依靠这些报纸开始识字。

那时没有图书，没有玩具，我与妹妹常借助昏黄的灯光趴在墙上琢磨报纸上的文字，最初不认识，但喜欢，通过父母的指点，我们认识了《人民日报》，熟悉了北京和天津等地名。但是，北京和天津在我和妹的心里，如同我们常常仰望的星空。

与此同时学会这样一首儿歌：大雨哗哗下，北京来电话，让我去当兵，我还没长大。

北京，是神秘的，是向往的，又是崇拜的。

一个停电的夜晚，早早躺下，因无灯光，无法在墙上找字读，一家人在漆黑中聊天，妹妹问爸爸：北京在哪？

爸爸说："很远，要坐一天一夜的火车才能到北京。"

那么远啊！我很惆怅。那时，村子的东面每天都有火车飞驰，但提及坐车却是奢望，况且是要坐一天一夜的火车。伤感过后，暗自思忖：等我长大了，就坐火车去北京，我要去北京当兵。

也就在那时，我家搬来新邻居，邻居的男主人王叔叔在北京工作，每年只有春节才能回家过年。只要王叔叔回来，我总要缠着他问东问西，他很耐心地忍耐我对北京的懵懂。那时，王叔叔每次回东北都带回北京烤鸭，院里的孩子都能品尝到，尽管只是几小块，但也会唇齿留香许久，回家后都不想喝自己家的玉米粥，恐怕覆盖了唇齿间那缕残存的烤鸭味道。此后，盼春节的更多意义是盼着王叔叔回来，盼着有烤鸭可以品尝。可惜，这样的盼，只有四年，王叔叔一家乔迁到北京的通州，从此失去联系，但是，记忆在，回味在，而连接记忆和回味的纽带归属于烤鸭。

北京的向往又多了烤鸭的元素，北京如细雨一点点浇灌了我的梦想。然而，直至成年北京之行都未能如愿。之后把这份盼留给了新婚旅行，可是，简陋的婚房，简单的婚礼，哪还有去北京的费用，这份盼在心底再次延续。

苍天眷顾有梦想的人。在儿子两岁时的夏季，我们一家三口与父母，还有妹妹，启动了北京之旅。六人行，也算浩浩荡荡，可是购买火车票时，没有买到卧铺，况且六人只买了四张座位，白天，我和先生轮换抱着儿子坐，可是夜晚，孩子需要平躺，就这样，四个座位让给了父母，妹妹和孩子，我和先生只好站着。前半夜过得虽慢，聊天尚可以遏制困意，可后半夜的眼皮实在不受自己掌控，站着打盹，常常被趔趄惊醒。这时，也不顾及地面的脏，一骨碌钻到座位的下面，这样，可以轻松伸腿，自由睡去，条件虽艰苦，但可以满足倦意。就这样，在铁皮火车咣咣当当的旋律中迎来天明，之后继续站与坐交换着熬到北京。下车时，面带倦容，衣裳皱巴，可走出北京站的心情是激动的，因为这就是我向往的圣地，是我梦想的天堂。

去故宫，逛长城，看升旗……最后一日，一家人去了全聚德，终于可以随心所欲大吃特吃烤鸭了。因为烤鸭早已驻足童年的记忆，这次吃烤鸭，并不陌生，似乎与曾经的好友会晤。但是，味道的鲜美超常于记忆，吸入鼻息的香浓是童年记忆的缺失。想想这与烤鸭出炉的时间有关联。毕竟坐在全聚德中，烤鸭刚出炉，热腾腾，远远便有醇香飘来，童年所食的烤鸭是冰冷油腻的香，恍然大悟，那年代零食都欠缺，美食更稀少，陈旧的烤鸭也是美味呢。

离开北京，伴手礼烤鸭一同与我回家。回到东北后，再次品尝，味道大打折扣，竟然不是童年记忆的味道，有些失望，有些感伤，有些遗憾。一天一夜火车的颠簸淡去烤鸭的醇香和鲜嫩，失去光泽的烤鸭如同失去水分，留下的肉本质的香，而外在的精工细作之味，随千里的路程荡然无存。

此后，对北京的向往归于烤鸭。可是，却只能是向往。不能因烤鸭在诱惑，而坐一天一夜的火车满足贪吃的念头。随着经济的进步，东北的城市也有了烤鸭店，可总感觉缺少北京烤鸭的味道，北京烤鸭色泽红艳，肉质细嫩，味道醇厚，肥而不腻的特色，堪称天下美味。东北与北京路程之遥，又怎能达到北京烤鸭的原汁原味。所以，总有一种遗憾在诱惑，烤鸭依旧是北京的诱惑。

有时，因为一种美食而喜欢这座城市，北京是首都，喜欢和向往之处颇多，然而，烤鸭却是从心而萌动的爱恋。食物是生命的能量，北京更是生命动力的目标。

二〇〇五年末，因为求医，选择北京，火车也渐渐提速，去北京不再是一天一夜路程，十五个小时便能抵达。这次求医，忙于在医院奔波，心中尚存恐慌，姑且忘记烤鸭的存在，经过几日的检查，医生结论无大碍，回东北治疗即可。心头一块石头落地，身清心爽，贪吃的欲望也随之萌动，烤鸭无法拒绝地诱惑着我。"全聚德"饕餮一番后，似乎吃到了灵丹妙药，为何事而来忘得一干二净，仿佛这场病为烤鸭而生，仿佛烤鸭就是治病的良药。一顿烤鸭弥补了十多年来的期盼，之后，带着满口鸭香离开首都。

高铁开通后，当天可以往返北京。一次去北京，同学的陪同下尝到了"大董"的烤乳鸭，入口即化，风味更具独特。之后，留下了念想。不久，董鲁烤鸭在东北开了分店，尽管食材和手艺来自北京，可总觉得味道缺些什么。大约是内心最初的认同，缺少坐火车前往的迫切和期盼，如初恋，那份美好又怎能忘却。

还好，高铁的一再提速，来往北京如同上班和下班。妹妹因工作也常常奔走北京，自然多些品尝北京烤鸭的机会。时常，妹妹来电话告诉我：晚上我到家，晚饭是烤鸭。有了这个电话，我和父母便静候妹妹的归来，晚饭的烤鸭自然带着北京的余温。饭后，吧嗒吧嗒嘴，仿佛就在北京吃过一样。随之便唤起我和妹妹童年的回忆，如今的洋房的墙壁贴着美丽的壁纸，想想报纸糊墙的时代也只能是历史了，再度谈及烤鸭的回忆时，便想起童年的邻居，我们的玩伴。

其实，每次去北京，我关注的不仅仅是北京的风景和烤鸭，我多么希望，回首间，遇见童年的玩伴，我的邻居。一直坚信，有梦就有远方，因为有梦想，高铁助我圆了梦想。因为心中又多出了惦念，童年的玩伴便是我北京的又一份盼。行走北京，邂逅童年，偶遇玩伴，才能了却心念。

火车还在提速，我的思念也随之膨胀，期待圆梦，我坚信，时代的变迁和发展，自然会有圆梦的那一天，不管我去北京寻她，还是她来东北找我，期盼与玩伴邂逅，一起回味童年的趣事，还有烤鸭的味道。

这一天，在不远处；这一天，在向我走来！

## 穿裙子的麦当劳

有一种食物叫饭包，一片菜叶裹起一顿餐，听来有些夸张，其实的确如此。菜叶包中既有菜，又有饭；既方便，又不失营养。

第一眼相遇,说它是食物,有些疑惑;说它是艺术品,也略有相似。品之唇齿留香, 赏之剔透典雅。

认识它, 很久, 乡村童年的饱腹之物。欣赏它, 却在此时, 当下精致的美食。

饭包制作方法很多,口味却不尽相同。咸,甜,辣,口味多变,喜爱者可在制作时随时变换口味。而我最喜欢的是饭包穿着绿裙子的模样, 以及蔬菜的脆, 米饭的香, 调料的点缀。每每食之, 都能回味无穷。

因喜欢穿裙子的饭包, 便用心地留意制作过程, 看似简单, 操作起来却很费时间。一般的饭包都是以二米饭为主, 把大米和小米分开淘洗, 之后, 先把大米放进锅里, 随后将小米铺到大米上面, 用文火去闷。与此同时, 把鸡蛋搅打均匀, 葱切成碎末, 辣椒切成小丁, 准备工作妥帖后, 锅中放入油, 烧至七八成热的时候, 倒入蛋液, 不用担心鸡蛋变老, 待鸡蛋全部变熟, 撒入葱末辣椒丁, 加入大酱翻炒均匀, 尽量将鸡蛋炒散, 淋少许花椒粉和少许水, 中火继续翻炒一分钟闻到酱香即可关火。把土豆削皮, 上锅蒸三十分钟左右, 搅拌成土豆泥, 与剩下的配料葱末辣椒丁和米饭一起拌均匀, 最后用生菜包好, 一份诱人的饭包制作完成了, 便可以食之了。生菜叶裹着饭团, 像天鹅圆圆的身子, 散在饭团上面的生菜重重叠叠, 像天鹅美妙的裙子。一枚枚饭团摆在盘中, 犹如一群穿着翠绿色裙子的天鹅翩翩起舞, 曼妙、多姿、诱惑。

这时, 幸福地捻起一枚饭团, 不忍心入口。而那直入鼻息的香气, 又让人无法拒绝。轻轻地咬上一口, 暖暖的香占据了胃,一种惬意的美妙笼罩了心扉。一小口一小口地咀嚼着，品味着，享受着。

饭包虽然无法与诸多的美味佳肴相提并论。但是，在快餐中既经济又实惠的食物，当属饭包也。三元，四元，五元不等，价格不一，配料不同，味道也就有了差异。有些制作者还加入火腿，加入熟茄子，加入肉片……加入配料五花八门，口味也就多变得耐人寻味。不管饭包如何变换，却总能守住快餐中物美价廉的宝座。

一方水土养育一方人，当地的风俗养育当地的百姓。肯德基洋洋洒洒盘踞东北大地，而东北的特色饭包依然有其独到的魅力恪守着快餐的前沿。多变的市场，多动的促销，而饭包扭动着翠绿的裙裾，不急不缓，跃动在快餐的舞台。

饭包既是快餐店的主打食物，又是食客守在厨房操作的食物，自己制作的饭包，既有过程，又有结果。制作过程需要技巧，是否增加食欲，最重要的是看制作者是否用心，只有用心了，搅拌进爱，每一枚饭包都是一个艺术品。

饭包也在变幻莫测的竞争中，针对不同的消费者推出系列饭包，有儿童饭包，有老人饭包，有会议饭包，有素食饭包，有养生饭包，有女士饭包等等，不一而足。各路商家也在变换花样争抢食客，都想把穿裙子的饭包做成东方的麦当劳。

## 好茶与朋友分享

从何时起喜欢上喝茶，自己也记不得准确的日子了。

记忆中的茶是父亲从供销社买来的，并用纸包裹着，买回后便放在罐头瓶里。平日，父亲不让孩子们随意动，只有家里来了客人，父亲才小心翼翼地打开，用手指尖轻轻捏出一丁点茶叶放在茶杯中，之后倒入热水，这时，袅袅的香气直扑鼻息，甭说有多诱人。客人走后，我迫不及待挑出杯子中剩下的被浸泡膨胀的茶叶片，放入口中，淡淡的苦透出清香，瞬间咽喉清爽，一下子就被这种感觉俘获。茶，那时起成为与美食一样的向往。

随着成长，成为独立的个体后，我第一次买茶，却不懂得去茶庄，而是来到百货的食品柜台。还好，有袋装的茶叶出售，茉莉花茶八元一袋。买回一袋，伴随自己八小时的工作。

渐渐的，喝茶成了习惯，对茶的需求也由八元递进，随着季节的变化，茶的品种也有变化，涉猎了绿茶、红茶、白茶、普洱茶等等，还知道了大红袍、正山小种、铁观音……与此同时，也注意起茶文化和茶养生，随时根据自身的变化，选择对茶的需求。嘿，我发现，喝着茶，居然提高了品位，我还由此知道许多茶的知识，真是一举多得！

几年前，一位朋友送给我几罐大红袍，翻看网络，得知眼前这几罐尤物，不仅价格不菲，味道也是极佳。想来自己一介草民，喝如此高档的大红袍，甚是浪费，便放在冰箱的冷藏屉，留着好茶叶与好朋友分享。

前些日子，家里来了朋友，瞬间想到大红袍该是待客的上品，便取出泡上，不知为何，经过浸泡的大红袍缺少平日泡茶后的清香萦绕，反之，却有一股酸酸的味道刺鼻，这时，见客人也皱皱眉头，忙端杯细品，茶水却是酸菜汤的味道，放下杯子，再瞅瞅客人，很难为情，忙道歉："大红袍是名茶，平日舍不得喝，准备留给贵客饮用。哪承想会是这样，不好意思，家里还有白茶，换一壶。"

客人解嘲说："不用不用，没事没事，这茶喝了助消化。"

客人如此说，却并未再端杯。待客人离开后，掏出冰箱的大红袍，发现盒中剩下茶袋也都胀袋，为何会这样，这时，想起前段日子冰箱罢工几日，发现后维修。可维修后未能及时查看这几盒精贵的大红袍，以至于酿成自己的难堪。

这件事让我耿耿于怀，本来留存下这份尊贵与客人，一直秉承好东西不能自己独享，送人也要送上最好的东西。想必大红袍是上品，本该与尊贵的朋友分享。事与愿违，才让自己无地自容。美意从心而发，效果只看朋友如何领受。这时，不求赞赏，但求理解。

"酸茶"时过境迁，一日，我收到快递送来的新茶，查看寄货单方知是那位喝"酸茶"的朋友。茶叶依然是大红袍，红彤彤的包装甚是喜人，打开包装盒，一张卡通的便笺放在茶盒之上，上面写道：好茶与好友分享。

拿起纸笺，背面还写着一排隽永的钢笔字：红茶暖胃，记住常喝，别冷落在冰箱里！

人生已近苍老，却多愁善感起来，热泪不由自主汩汩袭来，是感动，是感激，还是感恩。

朋友就是在你需要他的时候，如风如雨不请自来；朋友更是不常联系，却永远无声的陪伴。因为有朋友的关爱，人生之路才可风雨兼程。

本想把这些茶全部冷藏，留给至亲好友享用，可想到朋友笔下蓝黑色的字迹，心头暖暖，之后，净手焚香，取出一包大红袍打开，小心翼翼浸泡。然后，翻看一本书，一边饮茶，一边读书，这时，袅袅的香气萦绕，生活之美尽在徜徉。

尽管大红袍可以暖胃，是我所需，但我依然舍不得全部自己独饮，依旧等待朋友到来，与她，与他，一起分享。也许留存的茶叶味道淡化，哪怕它还有变质风险，我也固执地保存，而潜入我心中的远比新茶浓厚，因为好茶与好友分享，是我的心声，也是朋友的心愿。

感激茶叶，这调剂友谊的精灵。它的出现，让世界美好许多，人与人的距离也被它拉近许多，就因为这些，我没有理由不热爱茶，并且以自己是个说茶人和品茶人而自豪。

## 又闻野菜香

出乎意料，先生如此爽快答应陪我去河边挖野菜，这是我酝酿好久的计划。

沿着辉发河堤下行，这里不知是谁家的苗圃，好大一片小树苗，树苗矮矮的，却精神着挺直着，而我尴尬地叫不出它们的名字来。我弓腰挪进小树林，低头前行，如同寻宝，小树的周围铺展着一片绿色的嫩芽包，一颗颗似乎跷着脚尖在与树苗媲美。刚刚绽开的芽苞，如小莲花，咧着圆嘟嘟的嘴，赶集一般聚集在这里，给刚刚苏醒的田野嵌上一枚枚翡翠。

我的眼球瞬间被这些绿莹莹的芽苞吸引，脚步迟缓，手中的小刀派上用场。一棵，两棵……不知挖了多少棵，左面，右面，前面，后面，总有挖不完的感觉。蹲式移动脚步，不自觉地移出很远，河堤渐渐成了远处的一道风景。时光不知不觉流过，暖阳一点点梳理脊背。这时，胃不消停了，一个劲地拍打着胸口，又渴又饿一股脑袭击而来。直起腰身，瞅一眼太阳，高挂在上空，瞧一下腕上的手表，原来已是正午时分。时间飞快，盯着手袋鼓鼓的战利品，一份喜悦暂且缓解些许的饥饿。

由于准备欠妥，水与食品未能备齐，只好放弃眼前这片洒满绿意的宝地。而远处还有那样多的野菜，眨着眼睛，似在向我示威，又似与我告别。瞅着瞅着，有些不忍离去，不想离去。而饥饿的胃频频发出信号。返回，势在必行。

不经意走出很远，环顾四周很陌生，方知自己置身于郊外的风景中。此时，足下缺失来时的动力，浓浓的倦意，外加饥渴，一同扑向我。打车，看不到出租车的影子；买水买食物，却不见超市的招牌。一步步，鞋子沾满了泥土，沉甸甸的，每行一步似乎灌了铅水，这份重负无能力承载。来时轻盈如飞，归去却与疲倦相随。

蓦然，眼前闪过一道红红的招牌，超市！登时，倍增足劲。果然见到了一家超市，只是商品匮乏，好在矿泉水和面包还是有货供应。狼吞虎咽一口面包一口矿泉水，暂且镇压了反抗的胃肠。饥饿感刚刚压住，还想返回那片树林，还想继续打劫那些嫩绿的野菜。先生却目不转睛地盯着我："你这小体格，能吃得消吗？"想想也罢，不情愿地选择回家。瞅着满腾腾的手袋，绿绿的，像松软的绿色绒线，像柔柔的绿色丝绸。内心满是惬意。

　　到家后清洗野菜，感慨颇深。挖野菜时过于求快，忽略去根须，忘记除残叶，给清洗平添许多麻烦。由于野菜数量多，挑拣和清洗自然浪费了很多时间。那一刻，心里挤满了悔意，埋怨自己为何要挖这样多的野菜？一根根的，极不情愿地挑拣，无耐性地清洗。洗菜比挖菜更觉得劳累费力，心情与挖菜时截然相反。

　　总算把野菜挑洗干净，之后便是烹饪了。这项工作，先生最拿手，因为他的厨艺好，手艺精。那些被我打理后的野菜精精神神，真有些不忍看着入锅……当热腾腾的野菜汤端上餐桌后，一股淡淡的乡土清香飘来，直扑我的鼻息，闭上眼睛，静静地享受着这股难得的清香。转瞬间，忘却挖菜后的难堪，忘却洗菜时的怨言。之后，双手托腮，痴痴地凝视袅袅漫开的热气。一根根野菜漂游在热汤之上，如绽开的绿莲静静地守候池塘，又如碧绿的珍珠散发着光芒。一碗热汤，仿佛是一个偌大的水域，那些野菜就是穿着绿裙子的鱼儿，自在逍遥地游来游去。

　　此情此景此汤，我怎能忍心食之，深情地凝视比品尝更深刻！记忆的闸门慢慢开启，小时候的一幕幕在眼前铺展开来。儿时的春天，缺少绿色的菜蔬，父母便去田间挖些野菜调剂生活，给土豆白菜的餐桌增添了绿色的新意。儿时的野菜，绿得入眼，却从未打动过我的心扉，也从未凝眸注视。当时，只为填饱肚子，少有更深的欢喜。

　　时过境迁，一样都是野菜，却是两种感受，也是两种滋味。

　　野菜汤的清香温暖鼻息，那份美好一直抵达心灵深处。只因怀旧，曾经的纯真无瑕和美好，再度盈满心湖。童年的野菜缺少如今菜肴中的深刻，而眼下的野菜却唤起儿时那份纯朴。不知鼻息残废，还是心灵残缺，很久都没有乡土的醋香扑来。此刻，淡淡的乡土味随记忆飘散，我似乎又飞回到了童年。

# 二 十 元

我和先生的婚礼很简陋，房子是借的，床是旧的。

婚后的日子一直拮据，没办法。收入低，负担重，加上礼尚往来，每月的工资不见剩余，就甭提存款了，常常吃水煮挂面度日。

孩子的降临，有喜有忧，本来生活捉襟见肘，孩子的到来无疑是雪上加霜。事与愿违，新生的婴儿比百天的孩子食量都大，而他妈妈我的奶水总也填不饱他的胃口，哇哇地总是哭。越是如此，我越是着急。勉勉强强，踉踉跄跄地拉扯孩子。

有一天晚上，六个月大的孩子不睡觉，哄呀晃呀，就是个闹，小脑袋不停地往我怀里拱。我知道，孩子饿了，自己的奶水已被吃空，急忙下床给孩子冲奶粉，找遍屋子，也找不到奶粉。问先生才知道，奶粉已经断档了。应该买，而囊中空空如也。

先生坐那发愁，觉得对不起我和孩子，天都黑透透的，就是借钱也得明天。

孩子虽不哭，但不睡。他心急如焚，不知该怎么办？这么小的孩子，牙还没长，只能喝奶和吃米汤。想到米汤，他便急忙出去给孩子熬。

这时，我喊他："快来，你冬天的衣服兜里有钱？"

"多少钱？我怎么不知道呢？"

"二十元，快去给孩子买奶粉。"我兴奋地催促他快些去。

先生来不及想这钱啥时候放入口袋的，急忙给孩子买了两袋奶粉。孩子吃饱后，乖乖地睡去。

日子一天天好起来，孩子也一天天长大。忙忙碌碌中，他忘记了二十元的事，自然也不去想它的来由。

三鹿奶粉一案沸沸扬扬，这时，孩子已经长成标准的小男生。一家三口无事闲谈中，他告诉孩子："你小的时候，能吃能喝，你老爸一个月一百二十元收入，给你买奶粉还不够。一次，你饿得不睡觉，没钱买奶粉，爸就知道着急。还是你妈沉稳，一件件衣服翻，翻出二十元，买了两袋奶粉，熬过了月末的日子。"

孩子半信半疑地瞧着我，我微笑地点着头，孩子才真的相信这是事实。

突然，先生转过脸问："那二十元不可能是我的，那时，我一分钱几乎都掰着花，二十元对我而言也是天文数字，怎能还私藏呢。"

我笑而不语。先生似乎从我的笑容里读到了什么，他读问："一定与你有关？"问了很多遍，我还是微笑。他生气了："是不是你的私房钱？"

我依然只笑不答。他软磨硬泡，软硬兼施，我拗不过去了，才说："那些日子，白天上班，晚上孩子一睡觉，我就织毛衣，一两线一元钱，那二十元是我给别人织手工的第一笔收入，准备一点点攒起来买房子。"

先生恍然大悟，他说："记得孩子小的时候，你每天都在织毛衣，还以为给同事给亲属织呢，因为你的手很巧，给别人织毛衣也是常有的事情。"

"后来呢，后来一直在织，也是织的手工吗？"先生又追问。

"嗯，收入稳定后，颈部总不舒服，我就不织了。"

都说男儿有泪不轻弹，这时，先生却泪流满面。

## 一元一粒沙

天热，便煮起绿豆粥。洗豆，煮豆，非常认真，不知为何，儿子却吃出了沙子。茫然。

原本没有应付的意思，为何会出现意想不到的沙子来？看到沙，也是一样的吃惊。而家中的两位男士却不绅士，嚷着我的错。自知错误在，便理亏地低下了头，辩解无用，沙子就是证据。尽管我认错态度极好，还是得不到二位男士的谅解。孩子不依不饶地问："吃坏牙怎么办？是不是得给些精神补偿？"孩子爸更可恨："是的，不仅精神上的，还有物质上的。"没辙，被逼的只好应了他们："吃一粒沙一元钱，从现在开始，以前不计数。"其实，我看出了孩子不喜绿豆粥的，他在挑剔地一点点往嘴里送。

我的应允给孩子动力，脸上不再是无奈，反之，却有一股热情。嗨！啥社会呀，吃我的，还要我付钱。上饭店吃到沙子，充其量就是免单。

一粒！记在心里。两粒，又要破费。当吃到第三个沙子时，孩子终于告饶："剩下的我明天吃，今天就到这里。靠什么赚钱都不容易呀，我都吃到脖子了！"说到做到，忙支付三粒沙的款项。心中暗自庆幸，这些绿豆是在大型超市买的，沙子应该少许多。如果在小市场买来，我今天非得破产呀！

三元钱不多，心却犯堵，这活干的，如果不煮粥，就不会吃到沙子，就不会破费了。

想到这，便想起工作来，可不，领导吩咐的工作照单全收，难免会有错误发生，发生错误，怨谁？当然是我，工作是我干的，错误就得我来担着。如果不去做呢？什么错也没有，年底还会弄一个先进什么的，因为没有犯过错误呀。如今，犯了错误很难让别人忘却，很多人会拿着你的错当作邀功请赏的工具。

不干工作的人就是老好人，就如我孩子爸一样，没去煮粥，发现沙子，却与孩子一路神气，而我守着热腾腾的锅，慢慢地熬了近两个小时。从煮粥的开始，就倾注一片爱心，为了他们二位解暑。谁知会有沙子？如果知道会尿炕的话，我就不会去睡觉了。本想，他爷俩喝到绿豆粥后会给出一份赞赏，万万想不到却是这样的结局。还好，没有伤到他们二位的牙齿。如果伤其牙，我的"罪过"会很大，不仅仅是三元钱能解决的了。

想到这，对今后的工作有了担忧，怎么办呢？家务尽管出错，还得继续把持，放弃不可能，只有加倍小心，免得再出纰漏，因为，家中的两位男士以挑少数派的错误为乐。尽管二位很不"友好"，我还得继续熬我的粥烧我的菜。没有办法，也不知谁规定的，女人就是挨累的命。工作呢？小心就是，细细地打磨，精心地挑选，尽量避免沙子的出现，因为周遭布满了挑沙子的眼睛。想到这，便是一身冷汗，尽管夏日炎炎。何时，我也能用别人的错来充实我自己？

冰箱中尚有未吃尽的绿豆粥，尽管孩子嚷着要吃，我也不依，明知那其中潜伏着沙子，为何还要给他提供"讹诈"我的机会。索性自己吃尽，碗底真的还有一粒沙存在，耸耸肩松松气，终于用自己的能力省下一元人民币。错误悄然咽下，谁也不知道。看来今后的路就该这样走，发现错误及时弥补，痛留给自己，伤留给自己。捧着一份无错的成绩，让周遭挑剔的眼睛无缝可入。

这样做，尽管很悲哀，但也是没有办法的办法，俗世不过如此呀。

## 厨娘是高危职业

时下流行这样一段话：要想让老伴高兴，做菜；要想让子女高兴，做牛；要想让朋友高兴，做东；要想让家人高兴，做官；要想让老板高兴，做事；要想让下属高兴，做假；要想所有人都高兴，做梦！

对于主妇而言，若想让先生满意，不仅仅做爱，还得做菜。

我的先生，厨艺甚佳，可是，却不轻易彰显，唯有家里迎来重要宾客，他才操刀演示。然而，每当重要客人驾到，他总第一时间订好饭店！问及为啥订饭店，他的理由充分：上饭店表示对客人的重视。

这样一来，他一次次重视客人，精湛的厨艺只能退避三舍。而我，想借机品尝他的手艺，都成了奢侈。

眼下，家中只有我与他，二人的餐饮，他全权委托我，且从不挑三拣四,满满全是信任,尽管有时饭菜并不适合他的口味,他却嚷着好,喊着香。我就在他不切实际的"夸奖"中甘当孺子牛。明知他虚伪之态是为了逃避下厨,我却沾沾自喜地沉醉在他的鼓励和飘扬中。

为了换回更多的赞赏,绞尽脑汁,琢磨餐桌的艺术。色香味是调剂生活的三要素,为此我整日沉迷于推陈出新的设计中。几月前,为烹饪蛋黄焗南瓜割破三根手指,血淋淋的场面吓坏了我,谁知好了伤疤忘了疼。如今,一双手布满各式各样的疤痕,有做家务误伤的,有切菜割伤的,还有热锅烫伤的……总之,一道道伤疤,一层层覆盖,原本娇嫩的小手,历经一次次创伤后,变成椴树的外皮,不忍细瞅,每次不经意瞧上一眼,饱经沧桑的双手就会碰疼目光。

上周身体不适,小休几日,先生承包灶台,曾征服我的厨艺却一直深藏不露,上顿水煮面,下顿米粥咸菜,几日来,炒菜成了奢侈。没办法,暂有寄人篱下之嫌,只好忍气饱腹。静养几日,感觉四肢酸痛消减,便爬起来,只为犒劳一下吃货的胃。简单的炒鸡蛋也成了渴望,那就炒鸡蛋吧。想吃就炒,毫不含糊。烧好色拉油,放入鸡蛋液,说时迟,那时快,随着"噼啪"的爆锅声,一滴色拉油飞溅而出,在跃出炒锅的瞬间"瓦解",之后分成五滴小油滴,四处分散,一滴落在眉梢,一滴粘在眼角,两滴浮在脖颈,最大一滴紧紧贴住鼻与口相连处的三角区。火辣辣的痛在整张脸漫开,跑到镜子前,未见外伤,恐慌略减。

午后无事去浴池打发时光。洗漱完毕,毛巾擦脸时,唇上三角区一阵刺痛,对准镜子瞧个究竟,原来有玉米粒大小的外皮脱落，露出粉红的肉。本近半百的皮囊已无示人之貌，节外生枝的烫伤，不是点缀，而是败笔，一张脸更加惨不忍睹。

就这样，烫伤处如被开水烫过的西红柿，外皮轻易脱落，如是西红柿少了外皮，味道更纯正了；而人脸不是西红柿，没了皮就缺少防御功能，灰尘，细菌，毫无阻挡地侵袭，烫伤处红肿。眉梢处有眉毛做掩护，眼角处有眼镜做保护，脖颈处有围巾做袒护，只有唇与鼻之间的三角区，毫无遮挡，又处于人体的中轴线，只要遇见人，对方第一眼便能定格在此。这时，她们一定会想到日本兵鼻下的那一抹胡须，可惜我是女生，不可能用胡须作遮掩。

烫伤发生在休假后的最后一天，次日不得不出门上班，见到同事，好多人第一句都说：在家没意思，上火了。我点头如小鸡啄米。可还是有细心的人问：伤在三角区，可要注意，咋弄的啊？经不住同事们好奇和关怀，只能如实"坦白"事故的经过。

之后，同事怀疑地问：下厨是不是没戴眼镜？我忙点头。

的确。没戴眼镜，脸只能靠近至炒锅才能看清菜蔬；没戴眼镜，炒锅有水渍未干透而溅起油花；没戴眼镜，烫伤后没瞅见伤处，未得到及时处理。这时，想起小时候趴被窝点蜡烛看小说时，父亲的一段话：女孩子要保护好眼睛，若近视了，结婚后做饭看不到饭锅。当时听罢觉得极其可笑，如今醒悟，不听老人言吃亏在眼前。

脸上有伤，纵有千般无奈万般懊悔，也只能面对自找的尴尬。

闲时，想想这些年，为了当出彩的厨娘，我是用血肉拼出精彩。与其说我笨拙，倒不如说厨娘是"高危"的职业。更可惜厨娘职业高危却没有津贴，只有奉献，时不时还要遭遇伤痛。

尽管这样，我还一如既往地不离不弃地坚守，因为女人的悲哀是承担了厨房，女人的快乐是拥有了厨房，辩证地看待厨房，伤与痛，是插曲，也是调味。

书中说，拴住男人的胃就留住男人的心，因为心与胃是邻居。女人为了套牢男人的心，尽管厨娘的行当潜在危险，也甘愿铤而走险。因为，有一种爱在厨房里，有一种爱在唇齿间，有一种爱在厨娘心中。

## 因为相逢，才忆流年

起初，我是喜欢煎饼的。成长的时光中它堪称美味，比起平常人家，吃到粗粮细作的煎饼，也算是得到一种庇护，略带有一点奢侈的味道。

母亲摊煎饼的手艺在敦化我居住的小山村远近闻名，不仅仅是速度，还有味道。

每次摊煎饼前，母亲都要做好充分的准备，先浸泡玉米和黄豆，母亲不怕担水劳累，每次都要把米和豆清洗得如一粒粒金色的珠子，闪着亮堂的色泽，比起邻居大娘摊的煎饼要鲜艳，似乎透出一丝光，最主要口感好。之后才上磨碾膨胀的米和豆，这个程序最累人，是两块经过打磨而成的圆圆的磨盘，在一根磨杆的推动下，加入浸泡的米和豆，注入清水而碾成米浆。记事那年，这个程序都是母亲推动磨盘，一圈圈地将玉米碾出一桶桶米浆,每次碾米时母亲的衣衫都被汗水濡湿。待我六七岁时,再碾米时, 就去后院刘爷爷家借毛驴,这样,母亲便可以轻松许多,由毛驴来推磨盘。

准备程序妥帖后,才进入摊煎饼的关键程序,一口圆圆的烙铁,涂上薄薄的一层油,把米浆倒在烙铁锅上,用竹板摊开,这时,要眼疾手快,慢了, 摊出的煎饼又小且厚,影响口感。母亲手艺的精妙就在于此,每一张煎饼都是恰到好处,小竹板在母亲手里飞快地转动,左一画圆,右一画圈,米浆瞬间听话地成了薄如蝉翼的大圆饼,就这样,一张张,一摞摞,母亲一天能摊出一尺多厚,比其中的一个磨盘还厚。

厚厚的一摞煎饼足够一家人吃上个把月,父母总爱用煎饼卷大葱吃。而每次我喊饿的时候,母亲都会用煎饼卷上白糖,薄薄的煎饼卷上白糖,松软甜腻,每嚼一口都有香甜在舌尖回绕,吧嗒吧嗒细品,欲罢上瘾的感觉。这种吃法的弊端是,在卷白糖时,母亲把尾端,就是手握煎饼的尾端不放白糖,每吃到这里,甜味戛然而止,对于孩子而言,是很痛苦的事。从苦涩到甜蜜很幸福,从甜蜜到无味却很煎熬,无奈,我将没有卷白糖的那部分煎饼悄悄地丢弃到烧火柴垛的缝隙中。在烧火柴渐渐变矮,母亲发现了我的恶习,从里面拾拣出来半筐脱水且风干的煎饼。之后的结果,不去言说都已知道,烧火棍的威力在我的身上发挥了魔力。此后,再吃煎饼,母亲不再为我卷白糖了。

尽管这样,我还是喜欢煎饼,它比窝窝头细腻,松软,口感好。

上初中时,我家离开山村搬进古城敦化。那时的初中每个月都要去飞机场附近的农田劳动,中午带饭在那里就餐。那时,父亲在读大学，父母的工资大多成了父亲的学费，每月母亲只有五元钱料理我和妹妹的三餐。蔬菜自己种，五元钱被母亲掰成角分用于急需之处。为了我去农场劳动的午餐，母亲破例买上两根油条，用煎饼卷上给我当作午饭。而我见到煎饼卷油条也很兴奋，那是卷咸菜大葱之外的美味。劳动一半时分，同学们都纷纷显摆自己的午饭，好多同学的饭盒里盛着白白的米饭和肉丝炒青菜，油汪汪的看着都流口水。当同学打开我的饭盒，但见一盒煎饼卷油条，立刻投来鄙夷的目光，啧啧说：农村来的，连个炒菜都吃不起。那一刻，我真想找个地缝钻进去。等待中午饭时，我打开饭盒，空空的，我的煎饼卷油条不翼而飞。是恶作剧，还是遇到了煎饼贼？我不得而知。我只知道，我饿着肚子回到了家。我并没有与母亲提及此事，因为我知道母亲料理生活的艰难。

此后，我对煎饼有种说不出来的忧伤。并发誓好好学习，离开山区，过上吃白面馍馍的日子。生活将苦难变成动力，我的学习成绩名列前茅，不管同学以何种眼光注视我，有老师们的喜欢就足够了。

在我离开敦化，随大学毕业的父亲去了另一个城市生活后，煎饼离我渐渐远去，成了奢侈品。尤其母亲吃了几十年，还是不嫌弃，只是家乡来亲属才有煎饼吃。而煎饼的种类也在推新，有玉米，有小米，有大米，有高粱，还有五谷……口感都要比记忆中的好上许多，可我却总也吃不到曾经刻骨铭心的香甜。

如今，母亲已古稀，一口牙也饱经风霜，都被假牙替代，可她还是对煎饼情有独钟。还好，各种快递的推进，可以让母亲吃上新鲜的煎饼。同时，煎饼又推出新产品，一种添加几十种果蔬的酵素煎饼在食客眼中占有一席之地。亲朋们频频给母亲邮寄。每次母亲都会一片片地撕下，再慢慢放入口中幸福地咀嚼，那神态如同孩子们吃肯德基的样子。

深秋随着作协采风团，参观了小万庄煎饼，很令我惊呆，摊煎饼的程序已由手工变成机械流水线，进步中，摊煎饼不再是辛苦的劳作，而成了一份收入可观的职业。而摊出的煎饼也有了卫生和营养的保障。

年少的愿望已实现，我从县城到省城，可以顿顿吃上白面馍馍，可在潜意识里，我依然对煎饼怀有敬畏之心。不是不喜欢，而是，无法言说的苦不堪言，眼前有母亲摊煎饼时流淌汗水的面容，也有丢弃没卷糖的煎饼而被母亲教训的场景，还有农场同学嘲讽的目光和那饿肚子的中午，每次想起都会让我酸楚。当走进煎饼厂，在同行老师对流水线的赞叹中，我却泪流满面，曾经的一幕幕再一次在心间在眼前翻飞。

有些记忆无法忘却，总如一炷檀香，漫不经心地被点燃，无声无息地燃烧，而袅袅的烟却随风曼舞在流年中。其实，关于煎饼的故事很多，随着岁月更迭都已飘溢在时间的角落，因为相逢，此行煎饼厂，便是导火线，忆起流年，勾起了曾经的欢喜与忧伤。而我在泪雨纷飞之后，感谢时光，馈赠了那样多难忘的回忆，丰盈着我的光阴。

都说，衰老的人喜欢回忆。看来，我真的老了。

## 清雅雪菜慢慢品

鸡鸭鱼肉，很多人眼里都是好吃的美味，而我一点也不动心。近来，闲逛秋菜市场，莫名的注意到雪里蕻，别名叫雪菜，一年生的草本植物，芥菜的变种，叶子深裂，边缘皱缩。仅那么一眼，却有着惊艳和欢喜的感觉，便迫不及待地买上一扎。

如何烹饪呢？在收拾雪里蕻时，心里权衡着。

雪菜的茎和叶子是普通蔬菜，很多年前，老百姓都腌着吃。而如今，吃成了一门学问，自然会有人去开辟各种菜蔬的烹饪方法，雪菜也不例外。通常可清炒、凉拌、煮汤，还有面点师用它当馅做成包子或者饺子。

不管成为哪种烹饪的原材料，雪菜都不改它清雅的本质，翠绿的，优雅的，素淡的，清香的。

然而，在诸多的烹饪方法中，我甚喜雪菜炖豆腐。将雪菜洗净切成末，同时，豆腐也切成见方的小块，放入开水锅内烫一下，捞出凉水浸凉后控净水分待用。之后，将炒锅置于火上，放入油后，下入葱姜末炝锅，随后放雪菜炒出香味，再下入豆腐，添水，加入精盐，旺火烧开，微火炖，待豆腐入味，熬制汤汁不多时，加入味精即成。细细品味，滋味鲜美，柔嫩爽口。这道菜养颜美容，减肥瘦身。属于女人日常必不可少的菜肴。同时，烹饪后又是一道艺术品，绿的雪菜，白的豆腐，相互搭配，颜色调子极其和谐。乍眼一看，如一池睡莲叶慢慢苏醒，一朵朵白莲露出笑靥。绿色如碧，白色如玉。细细品品，入胃之物不是菜蔬，而是艺术品。一幅清新淡雅的睡莲图，就这样躲入胃腹，继续沉睡。

其次，雪菜素馅包子也堪称一绝。用料简单，雪菜、豆干和香菇，三样菜蔬搅碎加入调料搅拌成馅，之后，用酵母发过的面团，制作成包子，上屉蒸十五分钟后，热气腾腾的包子就出锅了。咬一口，菜的清香，面的柔软，一股脑都钻入胃腑，吧嗒吧嗒嘴，唇齿留香。雪菜素馅包子，能增加大脑中的氧含量，激发大脑对氧的作用，有醒脑提神，解除疲劳的作用。利用秋冬雪菜收获之际，包上几屉素馅包子，既满足了胃腹，又调理了身体，何乐而不为呢。

雪里蕻最常见的吃法，也是最原始的方法是腌制。这样可以储存的长久些，腌制的雪菜可以丰富一个冬季的餐桌，既可以当作主菜下饭，又可当作配菜改善味觉，开胃消食，温中利气。那种淳朴的味道，难登大雅，却也是人间的一种美味。只是，腌制的菜蔬食用多了，影响菜蔬的营养，又影响身体营养的摄取。所以，慢慢被人们认同后，雪菜腾空闪身，以速冻的方式存储，之后以清炒之态出现在菜谱之中。

在品味雪里蕻的各种做法之后，不难悟出一个道理，好吃的食物不一定贵重，平淡的菜蔬也一样自有滋味。人在选择食物或菜蔬时，总是选择自己的喜好，这种喜好与心情，与性格，与健康都有关，所以从食用的菜蔬可以看出一个人的品性。慢慢享受生活的人，喜欢素淡的菜蔬和食物，他们追求的是平淡的感觉和安静的生活。往往甚喜大鱼大肉之人，喜欢快节奏的生活，更喜欢热闹和喧嚣。

本以为如此，但也不尽然。最近发现，小区的包子铺推出的肉馅雪菜包子，卖得红红火火，一下子，我有些迷惑，不知吃包子的人喜欢包子里的肉，还是包子里的菜。由于好奇，我问过卖包子的人，他说，纯肉腻，纯菜素，肉菜搅拌后的，肉不腻，菜不素，恰到好处。为了求证这番话是否在理，我也买上几个大馅包子，一小口一小口慢慢地嚼品，菜的土味淡了，肉的油腻少了。

但于我而言，我还是喜欢那种浸满淳朴泥土芳香的雪菜素馅包子。

清雅雪菜，要慢慢地品味，才能品出与众不同的滋味和生活感受来。

## 自助烤肉

如今，人们饮食观念不再停留在吃饱喝足的层面，而是讲究品位、营养和情调。经营美食的商家便瞄准了食客的心思，变着花样吸引食客的眼球。

昨天的炭火烤肉还红红火火，一转身，便有新的美食唤着你的胃口。商家在风卷如云的变化中，不断地推陈出新，不断地诱惑食客的胃口。这不，流行已有些时日的自助烤肉，不经意间成为食客们的首选。家庭聚餐，朋友小聚，不失场景，不跌面子，以食为食，既体面又实惠。

偌大的餐厅，主打烤肉的基础上，还备有中西美食几百种。商家略去顾客点菜这道工序，只要按人头计算，便计算出消费的价格。顾客也省去了翻菜谱的烦劳，只要像逛商场一般，这瞧瞧,那瞅瞅,哪道美食有胃口便取来,不喜欢便掠过。从饮品,到甜点,以此类推,汤类、面食、西点、水果……不管胃口如何,眼前琳琅满目的美食足可以让目光饕餮一番。

自助烤肉以肉为主角,有韩式肥牛,香嫩可口;西冷肥牛,肥瘦相间;还有海鲜、鸡胗……大片的肉放入炉内被烤得油汪汪的,外酥里嫩,吃一口,唇齿留香,一股势不可当的香浓直敲胃的门楣,直捣食欲的神经,又怎能拒绝?吃,开心地吃,敞开量地吃,让那一片片肉温了胃,饱了腹,足了食欲。通常,人都是眼馋肚子饱,看到美食的那一刻,感觉每种都是自己的喜爱,每样都应品尝,然而,眼可以装得下天下,而胃却难容天下的美食。况且,每样食物只要品尝一小口,足可以饱腹。

往往这等餐厅,在指定的时间内啤酒免费,那自酿的鲜啤,凉丝丝的,甜滋滋的,喝上一口,爽至足底。勇猛者,可以敞开肚皮,一杯接一杯,唯恐喝少亏了本。酒入胃,便没了食欲,烤肉,主食,自然无法一统。不管如何聪明的消费者也无法与商家叫板。商家自古以赚钱为目的,消费者自认为聪明时,反被聪明误。喝了一肚子啤酒,如厕几次,便空了胃,什么中点,西点都统统错过。

这样的餐厅,也是家庭聚会的好场所,不管老人,还是孩子,都能适应这里的环境。通常老人不喜肉,便瞄准青菜水果;而孩子嘴里吃着肉,眼睛还紧紧盯着比萨、汉堡,唯恐被食客接连不断地取走而落得空盼,往往筷未等放稳,便一溜烟地奔向自己惦记的美食。这时,不能低估了小孩子,人小,胃口却好,吃嘛嘛香,凉热不惧,荤素不弃,不担心油腻,不惧怕糖高,为所欲为进餐者当属这些不懂事的孩子。

吃完烤肉后，继续品尝新鲜脆嫩的沙拉、水果及精美糕点。更别致的是,在吃的过程中,还会有热情的歌手在台上为你歌唱,有时候他们还会走下台来,在你的桌前和你一起起舞,这份热情洋溢着脱俗的惬意。

这样的餐厅,商家任你铆足劲吃,但不许你浪费,只要你能吃到胃里,至于你如何消受,与商家无关。如果你没有算计,看啥都觉得有胃口,搬到餐桌后,消受不了就得自行解决,罚款只是督促。这时,很多食客,变化着花样处理多出的食物,夹在空盘中,偷偷地塞在瓜果皮里,总之,聪明的食客想尽办法,让浪费变得合理。

食客酒足饭饱,大腹便便离开。有些人,常会因进食的杂乱而伤脾胃,还有孩子也因凉热不均而感不适,往往这时,健胃消食片,便能派上用场。豁然让我联想到,餐厅门前与食客道别的服务生手中的口香糖应该换成健胃消食片,这样,才是最合理最体贴的服务。

只是这时,不知食客留存记忆的是健胃消食片的好,还是自助烤肉的香?

## 地 摊

随夕阳的君临,街头巷尾似乎腾空而出来的一道烟雾袅袅的风景,有桌,有椅,有炊具,还有燃木炭的铁炉,百姓们便把这里呼之为地摊。顾名思义,地摊直接与地面相连。而地摊的主人则忙碌着开心着经营这儿的生意。

地摊没有大酒店的气派堂皇，没有餐厅的幽静典雅，甚至没有小吃部的那份简单朴实。这里只有简陋的炊具，简单的桌椅，却有热情洋溢的食客们。地摊何时成为街头巷尾的风景不必考究，而地摊经营的多样化却是与时俱进，与岁月同发展。记忆中的地摊只有简单的烧烤，牛羊产品是主打的卖点，其次便是豆制品等。随岁月叠加，地摊经营中新添海鲜产品，以大排档命名，新鲜的海鲜，低廉的价格赢得许许多多食客的光临。慢慢地经营者便又疯长一份心思，增加了铁板，把鱿鱼、地瓜、土豆、洋葱、蘑菇等许多蔬菜经过铁板的烧制，一道道美味赢得食客们的胃口，成为一道食客们拍手叫绝的佳肴。

许久未曾光顾这些街头巷尾烧烤排档了，借一时雅兴走入小区边缘的地摊，居然发现一道新的烹饪方法，涮！涮的主角是肚，而一同入涮锅的还有种类不同的各式青菜，升腾的热气散发着诱人的香浓，品之则赞叹不绝。涮的种类之多，塞满双眸，纵有胃口，纵有食欲，也无从消化掉那样多。心中便埋怨起商家的油滑，这不是明摆着诱惑食客们的饮食欲望吗？而消费者只能狠狠地观之，却不能样样食之。

地摊也在随流行趋向适应消费者的胃口，以往未曾想过的各式蔬菜都已搬到地摊的菜谱中，不知哪位美食家独出新意，豆角、尖椒、韭菜、莜麦菜等成为地摊中绿色的主旋律，心中暗暗佩服起这位美食家的杰作，看来，没有不敢想的，只有做不到的。尖椒，经过烤制，不再辛辣，软软的泛着一丝微甜，细细品来，总有股清香徘徊于齿间，想忘却都难。韭菜细细长长，居然一点点的穿在铁钎之上，经过慢火的烤制，刷上调味品，竟是香气萦绕，直扑食客的嗅觉，不去品尝，都会觉得是种遗憾。地摊，简单中却令人难以忘却，这里的诱惑太深，深入骨髓，经营者的精心细心诚心无疑给食客带来饮食的向往。

地摊为何如此的火爆？原因简单，它适合大众消费群体，物美价廉是最贴近生活的本真。他与酒店相比，更贴入民心；他与餐厅相比，更灵活多样；他与小吃部相比，更随意真实。集如此多的优势，才能风靡街头巷尾，处于不败之地。

夏日炎热，人们借助夜晚的星光，三五结伴聚在地摊，喝着啤酒，品着各种各样的烧、烤、涮，谈天说地，无不逍遥，伴着夜色朦胧，带着几分醉意，尽情地享受着无忧的快意。

地摊纵有它的优越，但却存有致命的缺点，卫生难以过关。没有固定的房屋抵御自然界的细菌侵袭，抵挡不经意间的尘土飞扬，一切餐具都对露天开放着，许多隐患隐藏其中。再者，用于烧烤的木炭中有致癌的成分，燃烧不好便生出祸端。尽管如此，消费者还是乐此不疲，因为这些食客觉得在这里可以吃得开心，吃得快乐，没有束缚和约束轻松地进餐。这里不必察言观色，这里不用阿谀奉承，这里更不会为买单忧心，这里的价格适合大众的消费，物美价廉赢得食客们的看好。明知这里潜伏隐忧，但那扑鼻的香浓又无从拒绝。人呢，一旦接收了某种事物，大脑便存储了它的好来，即使有潜在的不足，也无从抵消那些先入的优点。足可见，色香味的联手，利用价格低廉做盾牌，便可以打败许多有理有据的言说。

尽管喜爱地摊的人们很多，以地摊饮食为乐趣，但我还是真诚地忠告：好食勿多进，凡事必有度。

## 笨瓜与傻瓜

先生对面瓜格外偏爱，这一癖好，亲属们都晓得。

又是丰收年，面瓜的收成自然好于往年。居住在农村的堂哥便用物流将面瓜运来，还特意嘱咐，面瓜浇灌的是农家肥，是地道的笨瓜。最初听此信息，以为三五个而已，可是，物流抵达接瓜时，大跌眼镜，满满两麻袋，从错落的凸凹揣测，咋也得十几个。

果然如此，两袋"笨瓜"二十个，个头都很笨拙。

尽管先生喜食面瓜，可这么多瓜也不是几顿就能吃掉，必须抓紧一切时间。为此，上顿面瓜汤，下顿面瓜饼，一日三餐，面瓜天天见。

为了把面瓜吃出新意，必须有创意。一日傍晚，突发奇想，若烹饪出一道蛋黄焗笨瓜，先生一定满意。左挑右选，选中一个扁圆的面瓜，第一刀横腰切断，挺顺利，掏出瓜瓤后，设计如何落刀切成薄片，边想边把半圆形的瓜切面立在菜板上，左手按着瓜皮，右手握刀落下，瓜皮光滑，菜刀锋利，滚圆的瓜皮未能收纳住刀锋，而是成三十五度角倾斜滑向手指。说时迟，那时快，瞬间，左手中间的三个手指血流如瀑。

这时，受伤的手指是红色的，还未切开的瓜面也是鲜红的，忙扯过手纸一层层地包扎伤口，血渗过手纸成血球，有些恐慌，不知伤口深浅。右手死死捏住流血的手指，趿拉着鞋子往楼下诊所跑。诊所无人，扭身钻进超市，超市老板也被血淋淋的手吓呆了，拿出一盒邦迪，一层层地将伤口包住，血依然在外渗。三个手指被邦迪裹得如同粽子。之后，发现身无分文，只能赊欠邦迪款。

随后，低头瞅瞅自己的装扮，睡衣睡裤，睡衣前衣襟还溅上血滴，如一朵朵蜡梅，最狼狈处是趿拉着鞋子。

匆匆离家，未带钥匙，未拿手机，只好坐在楼门口等候先生归来。

成了"病号"的我可以不用下厨了，先生回来后，晚饭自然由他掌勺。

平日少失眠，可伤口的痛折磨我一夜未眠，总算盼到天亮，忙跑去诊所，重新包扎。除却邦迪后，三道口子如同三只眼睛，外翻的肉皮露出月牙一样的肉，看着心生恐惧，似乎三道伤口在虎视眈眈地瞪着我。经过消毒包住，疼痛感减轻。

而对于敲击键盘的工作，只能靠一只手完成，我用"一指禅功"写下微博：皱纹长在别人的脸上，自己不丑；菜刀落在他人的手上，自己不痛。都说女人对自己狠点，我够狠，一把菜刀，割破三手指，流血如瀑，现已包扎，痛也缓解，只能独手打字，独手打理一切。特此声明：受伤不是为了逃避劳动。十指连心，吾心也痛。

文字一经朋友圈发出，居然点赞者居多，还有"幸灾乐祸"者留言："看来是不想干家务了。""对自己是够狠的了。""不小心，多疼啊？"……

最令人费解的一句话来自同学，他说："勤能补拙。"

　　诸多同学不解，纷纷留言探究其因，借此我也细细琢磨，才悟出其中的味道，原来隐晦说我笨拙，一个拙字道出笨的含义。

　　笨，我倒不觉得过分，毕竟笨拙与生俱来，平生也的确不灵巧，切个笨瓜都能把手切成双眼皮，岂不是比笨瓜还笨。

　　偏巧次日同学千金婚礼，只好举着受伤的手参加，举起的手成了同学们的关注，解释成了见面的问候，其中，老同桌先惊讶，后故作心疼的样子问："痛不痛？咋不小心呢？"

　　这时，他爱吃醋的夫人扭过头来盯着她的老公、我的同桌："我割手时你咋不问痛不痛呢？看把你心疼的。"

　　这么一句话让我无地自容，忙自嘲："哎，就怕人老珠黄无人疼，为这次聚会，现把手指割破，目的就是想换得同学的怜惜。看看看，这不，有同学关心了不是。"

　　同学们哄然大笑，覆盖了难堪，忙转换频道，避开窘境。

　　酒过三巡，菜过五味时，同桌夫人端起酒杯来到我身边，坏坏地笑："刚才与你开玩笑，你咋还当真了啊。"

　　原来是笑话，有点小悲催，不知如何作答，只知道"嘻嘻"回应。这时，同学夫人一只胳膊搭在我的肩上，另一只手端着酒杯说："你真是个傻瓜，切瓜都能切到手，难怪你们同学都爱称呼你傻瓜。"

　　学生时代的傻瓜冠名是因为上课常常提出一些"少儿不宜"的问题让老师不知如何回答。迄今为止，也不知她口中的"傻瓜"是夸我？还是损我？

　　无奈，权当好话听罢。人生总是这样，意料之中的常常缺席，意料之外总不期而至。本以为是一把刀的过错，却又别有味道。

## 落魄到给一送一

商场和淘宝网，面包机都在热销。我一向喜欢追赶流行，况且又是购物狂，自然不会冷落面包机介入我的生活，便在淘宝网中讨价还价后购买一台。淘宝网发货神速，两天便收到了面包机。

面包机搬进厨房，便迫不及待地拆箱看说明，似懂非懂中，便操练起来。按说明逐一地添加主料和配料，每做一个面包必须经过搅拌、发酵，烘烤三个阶段，整个流程不能少于三小时。我好奇地观察着每一步的进展，三小时眼睁睁看着机器中面团的变化。每操作一步，都在心头画上惊喜。第一个面包制作还算满意，口感虽不佳，而颜色却与买来的很相似，第一次做的面包于我看来算是成功的，有些沾沾自喜，跃跃欲试地又开始筹备第二个面包的主配料。出乎意料，第二个面包彻底演砸，面包不成型，口感不松软，没办法央求老公和儿子帮俺消化掉这些面包。两位男士还算给面子，为我继续制作面包注入信心和胆量。失败是成功之母，暗自为自己鼓气，我一定会做出可口的面包来。

姐妹们纷纷把自己制作的面包拿到单位的餐桌，相互分享着。其实，我也想融入她们其中，可我没有满意的作品去炫耀。早餐时，我端着牛奶，目不转睛地注视着姐妹们手中的面包片，柔软适度，颜色金黄，看着他们吃得香甜，俺贪婪地盯着面包片幻想着自己也做出这样的面包来。这时,同事喊俺，牛奶洒了。我醒过神来，看自己碗中的牛奶洒满自己的衣裤，很狼狈。

　　胜不骄，败不馁。回到家后，又开始投入面包的制作。新出炉的面包下半部金黄，有些面包的感觉，上半部如同馒头，找不到一丝面包的痕迹，第三个面包又以失败告终。无奈，焦急，为何赶不上同事的手艺。如何消化掉这个面包，俺发起愁来。给老公带上几片，说是饿了打打牙祭，老公用嘴撇着说："有了面包机咋还会心疼人了？"我呵呵笑："那是，做面包就是为了改善你爷俩的饮食。"老公不理不睬离开家门，根本就没带上俺为他准备的面包。

　　急忙又去"央求"儿子："带上几片吧，给同学尝尝。"儿子听话，乖乖带上。

　　晚上儿子回来，自豪地对我说："老妈，带走的面包片全部消化。同学问面包片为啥酸？为啥没有买的好吃。老妈，你猜我咋说的？"

　　"咋说的？"忙去问。

　　儿子神秘兮兮，扮个鬼脸："没有添加剂的食物有营养，都不好吃。"

　　"儿子真厉害，你同学还想吃不？老妈还给你做。"

　　"别，求你了老妈。说实话，我告诉同学，谁帮俺消化面包片赠他一瓶矿泉水，您还做？诚心想让我破产。"

　　我惊呆，咋了，难道我买油购面，点灯熬油制作的面包落魄到给一送一的地步？

# 给牙留一条后路

面包机搬弄到家已有四个年头了。最初拥有面包机时，如同热恋期，热乎了一阵子，自然面包成了餐桌上每日必不可少的主食。那时，虽然全家人对我乐此不疲做面包满心不悦，但碍于我那份痴迷的劲头，还是蛮支持我。制作的面包口感不佳，但也都被我柔声细语，软磨硬泡地推销出去。随着做面包的热情减弱，面包机被我打入冷宫，束之高阁，许久，我都忘记了面包机的存在。

最近收拾壁橱，搬弄出面包机后，又勾起了以往做面包的回忆，想想自己近期的所作所为，不是一个贤妻良母，大多食物依赖购买成品或半成品，随着人惰性大增，创作力慢慢消失。算算自己的年龄，也不算老态龙钟，步履蹒跚，心中还尚存丝丝缕缕的浪漫，应该在厨艺上有所建树，成为一个心灵手巧的厨娘才对。想到，就行动。按照购买面包机时，商家送给的制作面包的配方，一一操作。随后，目不转睛地盯着面包机，瞅着面包机慢悠悠地启动，和面，醒面，再和面。由于启动面包机时，忽略了时间问题，晚上九点启动面包机，面包烤熟时该是半夜时分。一向熬不得夜的我，哪里还有精神头去等面包出炉。十点睡下后，就没再醒来，自然冷落了面包机里的面包。

晨起，打开面包机，取出装面包的容器，不看不知道，一看很失望。以往的面包膨胀得满腾腾一桶，而眼前的面包依然是和成面团时的大小。尽管这样，还抱有侥幸，插入铁钩，试图勾出面包在出炉的瞬间膨胀，结果面包纹丝不动，死死抓住容器不与我见面。借助双手，前后左右拍打容器，希望用振动来动摇面包与容器的默契，面包依旧悍然不动。拍打的次数增加，拍打的力度不减，面包开始动摇，这时，再探入铁钩，面包硬挺挺地被扯出铁桶。看着只有一寸厚的面包，方方正正，棱棱角角，硬硬邦邦，如断开的红砖被烟熏火燎。

本想扔掉，考虑到浪费食物可耻，细细想来，白面，牛奶，鸡蛋搅拌而成，不会太难以下咽。想想有些食品，没眼缘，但口感却很好。虽然，做面包的手艺露怯，但是，做面包的原材料都是真材实料。

依照说明书，进行下一步操作，拿出面包刀准备切面包片，面包刀的刀锋是锯齿，不锋利，面对我制作的面包，根本无能为力。只好改用切菜刀。按住刀柄，一点点加力，刀的作用是切食物，而我手中的刀，面对我制作的面包，却丧失了切的功能，取而代之升华到斧头的作用，我在用力去砍面包。终于将面包处理成面包片，却消耗了我八层的功力。

早餐，牛奶面包。先生指着面包片：这是啥？面包。能吃吗？能啊。

看着先生取一块面包片送入口中，咀嚼几下后，眉毛紧皱，表情比吃药还难看，忙问："不好吃吗？"

"好吃，就是咬不动。"

我不甘示弱，拿起一块送入口中，咀嚼，之后，感觉腮帮酸痛，为了不被先生嘲笑，我倔强地继续又咬一口，之后，故作镇静地说："别看面包没发起来，吃起来蛮有嚼头，挺好吃的啊。"说着说着又要咬一口。这时，先生眯着眼睛，诡秘地说："伤到烤瓷牙可就得不偿失了，面包不贵，你那几个烤瓷牙能买一辈子的面包吃。"

狠狠瞪了一眼先生，起身拿起菜刀，想把面包片砍成面包块或是面包丁。面包有硬度，还有韧度，此面包的硬度和韧度，就是食品厂的大师傅也难掌控到这个度。我想把面包切成丁，吃起来就可以省去咀嚼的难堪。一边切，一边砍，一边说："买的面包宣腾腾，吃起来好吃，过一会就饿。我做的虽然硬邦邦，吃下去抗饿。"

"是啊是啊，比压缩饼干还抗饿。小心点，别把菜刀崩掉齿啊。"

面包不大，切却浪费了我很大的气力。先生实在不忍看下去，推开我，拿起刀，一刀刀砍下去，不一会，面包块变成面包丁。先生拿起马勺，边往锅中添油边自言自语地说："你若继续做面包，我就得买把电锯。再继续做下去，我就去镶铁齿钢牙。"

稍后，先生用油锅把这些面包丁翻炒，加入清汤，慢炖片刻，再次端上桌，如拔丝蜜果，黄澄澄的，挺诱惑眼球，还吸引胃口。

我忙去夹上一块送入口中，硬度削减，口感尚满意，边吃边竖起大拇指。

先生不以为然，不咸不淡地说："我这是心疼你的烤瓷牙，帮你就是给你的烤瓷牙留后路。"

听罢，很失望。一个活蹦乱跳的大活人，竟然不如烤瓷牙遭待见。

## 只为三十八个赞

我是吃货，众人皆知，且早已出了名。食量虽不佳，但贵在追求食物的多样化。关于吃，绝对不专一，时刻准备着另辟蹊径。冷的，热的，生的，熟的……只要人能吃，我都要尝试。这不，从同事口中得知不夜城新开一家阿尔卑斯牛排自助。其实，我对自助一向不感冒，因为食量低，每吃一次，总感到吃大亏了。转念想，都是大食客，商家岂不是赔了，遇到我这样吃猫食者，还能有剩余，有赚头。其实，商家也不容易，浩浩荡荡地支起了餐馆，食客都算计着消费，岂不是赔得屁滚尿流。做人要厚道，不要计较赔赚，不就是吃一顿饭吗，需求的是味道和环境，况且这些都是有价值的。

这样想来，自助牛排成了惦念。总算盼来先生休息，提议一起大吃一顿，先生左选右挑，都不是我满意的餐馆，因为阿尔卑斯已在心里扎根，选来选去，真没有比阿尔卑斯更吸引我的餐馆，所以自助牛排成了首选。

偏巧，进餐时间是双十一，餐厅促销活动，食客集赞三十八个，赠送红葡萄酒一瓶。真是美事，吃美食，得红酒，一吃一得双丰收。求助服务员帮忙转发此条消息后，边吃边等朋友的点赞。就餐时间为三小时，点赞也必须在三小时完成。

平日朋友圈不算热闹，但也人来人往，未曾寂寞过。可是，此消息发出二十分钟，牛排都已经进入胃中，点赞者居然只有五人，与三十八个赞还有六七倍的差距。办法总比困难多，急忙返回到姐妹群发出求助信息，用外力为我点赞，消息发出后，点赞数增长缓慢。点赞时时间受限，不能坐等，只好又在同学圈发出求援消息，同时，附加发出二十元的红包平分给二十个人，意思明了，一个赞一元钱，这该是挺大的诱惑力，只要动动手指，举手之劳。在姐妹和同学的参与下，点赞数量飙升为三十五，与三十八个赞只差三人。

三人，看似简单，却迟迟不见有人关注。这时，酒足饭饱，实在吃不下美食。如果没有点赞之插曲，完全可以离开走人。可是，三十八个赞只差关键的三赞。朋友圈在跳跃的点赞后又恢复了安静，似乎停止。已经支付二十元点赞费用，决不能因三赞而搁浅，而放弃。翻看手机，查找能为我点赞的人，这时，想起父母，他们远在天涯海角，但是，电波缩短了我与父母的距离。拨通老妈的电话，让她与老爸为我点赞。放下电话，翻看朋友圈，不见赞增，为什么呢？再次拨通老妈的电话，原来二老弄不明白如何点赞，他们正拿着手机下楼去小区求助，听着父母急三火四的喘息声，心中不忍，为了两个赞，炎炎烈日下却让老人家跑来跑去。可是，父母却把这两个点赞的机会作为很神圣的使命。

父母找到了帮助的人，点赞三十七人，还差一赞。关键的一票不能静等。这时，内心懊悔，也在忏悔，平日内心抵触朋友圈点赞的事，大多绕道而行，也曾暗自琢磨，自己不要被集赞的怪圈左右。谁承想，自己为了区区一瓶葡萄酒也上演了曾自认为庸俗的事情。

一票！关键的一篇，决定胜败的一票。可是，却无人支持。平日种下的漠然，今日收获了冷寂。凡事错过恰恰好的时间都无法弥补,如果时间可以倒流,我一定补上以前亏欠的所有的赞。

还有半小时,就餐时间结束。

万般无奈,启动亲情模式之二。儿子工作忙,平日休息都在补觉,明知这个时间儿子休息,可能正在补觉,可我不能考虑许多,居然动用了为人母的权利,让他火速点赞。当儿子的一赞到位,多年不见的两位同学也点了赞。这时,点赞数为四十一。

之后,拿着手机去吧台兑换葡萄酒,迫不及待地启用手机软件,比价问价,方知此酒售价十九元。为了这瓶酒,拨打三个电话,花费话费六角,加上发出的二十元红包,为了这瓶酒赔了一元六角,还白白搭上一个多小时的时间。

卖家总比买家精,明知这个道理,我还是心甘情愿地钻入这个圈套。

事已至此,不能只算经济账,集赞的过程是互动,是交流,也能验证朋友间在意和信赖程度。这次集赞让我权衡了自己在朋友心中的位置,也让我明晰了自己平日的冷淡和漠然。

其实,有些人点赞是习惯,有些人点赞是在意,还有一些人点赞是关注。只因这次集赞活动的时间,那些习惯点赞的侠客们都在淘宝双十一活动中乐此不疲呢。

如今,这瓶葡萄酒尚在,因意义非凡,真不忍心把酒喝干。

# 第三辑：百乐房奴

　　对于亚当而言，天堂是他的家；然而对于亚当的后裔而言，家是他们的天堂。

——伏尔泰

## 买　房　记

　　有个窝才能像个家，才觉踏实，才有安全感。调入陌生的城市，居住问题比调动还要让人忧心忡忡。房价日日见涨，手中的票子，离买新房子越来越远。经过反反复复的思想斗争，新楼盘只有奢望，安营扎寨最实际的想法只能是买二手房。而买房，不如买时装买鞋子买米买菜一般简单，必须深思熟虑，必须选定地点，以此类推，还有许多需要研究的地方。

　　休息日，我便握着房产报走街串巷，累了，坐马路牙子上休息一会，渴了随便找个超市买一瓶水解渴；饿了更简单，一个面包，一根肠，边走边吃，很是辛苦。况且我是在三伏炙热的太阳下扫街看房。房子看多了，麻木了，不是结构不合理，就是价格不合理，总之很难有心仪的二手房满足自己的急需。渐渐的，标准降低，只要价格合理，其他都次之。

走累了，倚着电线杆小憩，猛然抬头，眼前一亮，五楼出售。掏出手机拨打售楼电话，对方很冷淡，价格三十万，一分不能少。三十万，听起来很多，摞起来也很高，然而，房价飙涨的今日，三十万能够买到一处让我蜗居的家，还算能承受。急忙问啥时看看房。对方回答，暂时没空，晚上下班吧。冲三十万的价格，等，干脆坐在楼房前的石阶上等。

等待很无聊，也很无奈。这时，一位五十出头的男子向我打招呼，买房呀？你咋知道的？我问。我看你半天了，你一直盯着五楼。那是我哥哥家。

我如同见到了救命的稻草，房主是他哥哥，他的弟弟一定有办法让我看看房。没来得及拂去裤子的灰土，我径直奔向这位男子去打招呼："太好了，叔叔的哥哥家呀，叔叔帮我想办法看看房。""好办，不就是看房吗，房子结构与一楼二楼一样，我负责领你看看别人家就知道结构了。"

"叔叔真是热心肠，谢谢了。"我顾不得思考他是好人还是坏人。在这焦头烂额的节骨眼，有人帮我，就如同三伏天得到一把遮阳伞。

我随着他看了一楼的房子结构，不是很满意，但冲价格勉为其难地接受。

"我哥哥最听我的，他开口三十万，一分不能少？我帮你讲价，但不要忘记叔叔呀。"

"不能忘记叔叔帮我，我年纪轻轻，不懂房产交易的事。"

"好办，我给哥哥打电话。"临时捡来的"叔叔"拿起电话走开，说的啥不知道，之后乐呵呵回来了，告诉我，我哥这就回来。我说你是我朋友的朋友，他给面子了。

半个钟头，卖房的人来了，还有一位老妇人随同，看起来应该是夫妻。我叔叔阿姨好地喊着，很卖力，似乎这声问好能够削减房价似的。与他们夫妇讨价还价后，房子以二十九万五千元卖给了我。捡个"叔叔"帮了我这么大的忙。自叹这个社会好人咋这么多呢。

担心卖家出尔反尔，急忙交付六万元订金，留下电话号走人，等待卖家倒房。我哼着小曲，兴高采烈地离开了。多日的心病，被突然降临的"叔叔"摆平。

还未到落脚点，电话响起，初来乍到，没人知道我的电话呀，谁呢？接起来忙问声好。对方说："我是你叔叔呀！"

"哦，叔叔呀，才听出来，谢谢叔叔今天帮我，改天我给叔叔买烟。"

"孩子呀，啥世道，你不知道吗？烟酒已不上档次了"。

"那啥才能上档次呢？"我忙问。

"人民币。"对方很冷淡地告诉我。"房子是我帮你谈成的，价格是我帮你减下来的，你就给我五千元，算是中介费吧。要不是我说话，我哥哥肯定不会把房子卖给你。"

一头雾水，懵了，彻底地懵了。咋办呀？苦不堪言。

"别呀，叔叔，好事做到底，既然都帮我了，就帮到底吧。"刚刚降下的火，瞬间又升起来。

"这个社会好人也是有代价的，房子是我哥哥的，我与你要五千元，其实就是拿我哥哥的钱。"

无赖，纯粹一个无赖。面对无赖，我六神无主，说起话来也磕磕巴巴："我初来这里，买房子的款还都是借的，如果我有钱，就买新的了。叔叔，感谢你是应该的，但也不能把我辛辛苦苦讲下来的五千元都给你吧。"

"既然你这样说，我三你二，给我三千元。一分也不能少了。明天把钱给我送来，否则我告诉我哥哥不把房子卖给你，你交的是预付款，而不是定金。"

不懂房产交易事宜，害死我了。

我把遭遇哭哭啼啼地讲给先生听，先生安慰我："三千元也不能富家，给了便是，免得日后生事，影响买房子的心情。"

次日，我揣着三千元，按临时叔叔约定的时间地点交付了买房子的"中介费"。最后才知道，"叔叔"并非房主弟弟，而是中介公司的人。

## 梦想终于开花

孩子五岁的时候，领孩子去朋友的新居做客，跃层结构，欧式装修，富丽堂皇，谁看了都为之心动。大人看罢后把这份羡慕和向往埋于心底，孩子看后表情却异常的低落，问他在想什么？

孩子说："妈妈，我也想有这样的房子，可以成为现实吗？"

"可以啊！只要有梦想就能实现。"

孩子出生那年，暂住在先生单位的家属楼，五十平方米的二楼，楼下是楼梯通道，没有取暖设备，冬天的早晨，卧室的地面居然凝结一层白霜，稍不小心就会滑倒；春秋两季，墙面返潮气，雪白的墙面落下一圈圈灰斑；夏天本该好些，可三阳的结构，无风通过，三口之家就这般煎熬着。孩子三岁那年，又搬进一处烂尾楼，本以为可以改善居住环境，然而，一家人又遭遇了另一种折磨，这处楼是七十平方米的顶层，由于楼顶防水施工时偷工减料，入住后才知道，夏天挡不住雨水，每每雨季，都要搬床躲雨；木质的窗口里出外进，冬天挡不住寒风。居住此楼，感觉高楼摇摇欲坠，每天都悬起一颗心。

孩子就在这处危楼中成长，当他看到朋友新楼的那一刻，自然便有了心愿和梦想："新房！"这个心愿和梦想同时也播种在我的心间。不求大，不求新，只求得遮风挡雨，只求得一家人安稳生活。

当时，我不知道我和孩子的心愿是否奢侈，只祈愿有一处让一家三口人无忧无虑生活的居所便好。——这个梦，就这样萦绕于心，我的目光中是期盼，孩子的眼眸中是期冀。从那时起，就像盼星星盼月亮似的盼着新楼，积攒节约下来的每一分钱，都会激动异常；关注着每一处楼盘时，总在想，如果这个楼属于我……如果那个房间是我的……

现实中，我和先生在为诸多的"如果"乐此不疲地积累着资金。而一到夜晚，我才可卸下重负，跨过七彩虹桥，踏踏实实走进梦乡。那里不仅有我们的新楼，还有每一个人的独立小天地，我有书房，先生有健身房，孩子有自己的玩具房。我在全神贯注地书写方块文章时,扭头看见先生在健身,孩子在玩玩具,三口人互不干扰,看着看着我兴奋地喊了起来:"我有房子了,我有好房子了!我们不怕风吹不怕漏雨了啊!"

可我的喊声却缠绕于喉发不出来,一着急一使劲,我醒了。梦醒时,发现窗外下着倾盆大雨,屋内下着淅淅小雨,急忙喊醒先生:"快,又漏雨了,快起来挪床……"

梦乡里的梦破碎了,心里惆怅百转,可是,内心的愿景与梦境交织,编成了一朵宏大的梦——新房!新房!

三口之家太需要新宅了。我和先生商量,暂时无处栖身,只能想办法对付困难。遇到雨季,就买来塑料薄膜,在卧室的天棚上拉开,早起时把雨水倒出。巧得很,那时,顶楼自来水攀不上去,时常经受无水的煎熬,正巧倒出的雨水可以浇花,抑或是清理便池。遇到冬季,同样用塑料薄膜把窗户封严。在艰苦的环境中,自然而然开拓了各种应急思维,同时,更坚固了我的梦,新房子的梦。

为了我和孩子的心愿,先生付出了同龄人几倍的心血和汗水,不辞辛劳地打拼。

就在孩子上小学的那年,梦想开出了花,终于拥有了属于自己的百余平新宅。精致的装修,品牌的家具,典雅的设计,看上第一眼就喜欢得不得了,孩子看到新宅,喜得活蹦乱跳:"我家也有新房子了!我美梦成真了啊!"

孩子的高兴感染了我,我由衷地高兴,泪水瞬间浸润了双眼。

孩子这番话后,拽了拽我的衣襟说:"我还有一个梦想,妈妈。"

"什么梦想呢？可以说给妈妈听？"

"我想让所有的小朋友都住上咱家这样的新房子。"

我搂过孩子激动地说：“会的！会的！只要有梦想，一定成现实。”

## 小儿私房钱

小儿偏吝啬，属节俭型。零用钱很少胡乱花，而是一点点地攒起来。他对自己很苛刻，对同学对家人却乐善好施。同学有困难，他会不眨眼地接济；家人有难处，也能大方地出手。小小的人，却有自己的观点，人穷要大方，不能让人看不起。

十年前，买房子筹钱中，东借西凑，也不够支付房款，很焦急。刚刚五岁的儿子慷慨地递给我一存折，金额四千元，这是他平日节省的零花钱积攒起来，由我帮着存了定期存款。数额不多，也能解燃眉之急。之后，小儿问我：“四千元能买家里的哪个位置？”

当时房价一千多元，四千元可买来三平方，稍加思索后告诉他：“买卫生间不够，只能买马桶的位置吧。”

说者无心，听者有意。偶尔，批评他，便计上心来。一次因作业错误狠批他一顿后，只见他哭着钻入卫生间。当我内急想方便时，儿子却骑在坐便上不肯离开，满眼全是泪，委屈地说：“这个地方是我买的，我不想让你们使用了。”

啥世道，儿子居然与老娘叫嚣，趋于内急，不好与他过多理论，动用老娘的权力，连拉带扯把他推出卫生间。后来我与儿子长谈一番："孩子的成长父母付出很多，你的书桌你的书包你的床……都是父母买来的，我还能因你惹我生气而没收书桌书包和床吗？你投资了卫生间，难道所属权就是你的吗？这个家的户主是爸爸，我和你都属于爸爸的私有财产。"

一番风波过后，儿子还继续攒钱，有时父母生日时送相机送手机是常有的事，父母欣慰之余，也很感谢他的一片孝心。只是在闲时，他还会盘点家里一番，哪个位置属于他，父母的什么备品属于他。这时，我发现孩子的记忆力超常的好，我都忘记了手机是他送的，围巾是他买的，他却一个也没忘记。我似乎生气地告诉他："以后不要送给我们礼物了，你总记着多累脑细胞。"儿子却很严肃地说："有钱必须给亲人和朋友用，不能吝啬。"

近期换房，重新装修。我与先生盘算着怎样装修既节俭又实惠。儿子一旁插言："防盗门我负责。"

我皱眉摇头，先生诧异，我急忙解释："他买防盗门，在他心情不好时，我俩岂不得露宿街头？"

## "小老板"玩"空手道"

小儿惰性大，衣来伸手饭来张口，家务置之不理。不做家务尚可，不知道保持房间的卫生才更令人头痛，不能任其发展，当务之急，寻找对策，便与先生商量，决定让他收拾房间，体验父母的劳累。

协商后，达成共识，每周我出资三十元，他负责彻底打扫房间一次。

有钱有动力，每周小儿都哼着小曲，拉着吸尘器吸灰尘，之后拿起抹布擦拭房间和地面。虽然有些暗角打扫不彻底，我且睁一只眼闭一只眼，算他过关。仅用一小时，三十元便赚到手。第一次尝到甜头，他欲罢不能，急与我商榷，要签长期协议，免得被老爸抢先打扫，自己赚不到外快。遂儿意，草草签下协议。

自从小儿承担起打扫房间的任务，他就不像以往那样拖拉了，知道保持房间卫生，也不像以前那样乱放物品，乱扔垃圾。我暗自高兴，三十元不仅让孩子学会了劳动，还学会了尊重劳动。他知道保持房间的洁净，然而，我和先生却遭了殃。我们无意掉了东西，他会大言不惭地给我俩讲道理，以往我训他的语言，他照搬都用到我和先生的身上。

上周日晨起，小儿希望我俩去商场转转，中午再回来。

"为啥？"我不解。

"我要收拾房间。"小儿回答。

"哦，房间不脏，暂不收拾了。"

"不行，协议不是说每周必须清扫一次吗？"他居然拿起协议来维护权利。

"那就收拾吧，我们也不用出去。"

"不行，今天我要彻底地收拾，老爸老妈在家碍事。对了，今天中午免费送你一顿午餐，请把打扫卫生的三十元先预付吧。"

我付了三十元后和先生悠哉地逛商场去了，临近中午才回家。

一进屋大吃一惊，居然我的父母都在，爸洗菜，妈洗衣。

忙问二老啥时来的，为啥不提前告诉一声。

老妈说："外孙打电话说想吃点好的，让我来做。我来后，他告诉我，最近都是他收拾房间，很辛苦，他要出资十元钱雇我帮着打扫。我怎么舍得外孙干活，孩子干活赚点钱多不容易，房间我都扫完了，饭菜也快做好了，准备吃饭。"

瞬间，我的脑袋如皮球，膨胀得要爆炸，满肚子的气因父母在这里不能立刻发作。等老人们吃完饭回家，我把孩子叫到眼前，让他检讨自己。然而，他不以为然地说："这有啥，你出资，我出力。合同只说我负责打扫，并没标注要亲自打扫。这次姥姥姥爷是自愿为我服务，他俩是我的员工。姥姥说下周还帮我。"

我无语了，我出钱，儿受益，父母却出力，乳臭未干的毛头小子居然做起了小老板，这套"空手道"功夫待我好好去破解。

## 水　缘

最初与楼房结缘，没在意楼层的高矮，没考虑楼房的地理位置，更没顾及入住后的远虑，满脑子都是住楼房好，好在可以摆脱燃煤之忧。住楼想法热起来，于是稀里糊涂地选择开发商，原因简单，价格偏低于其他楼盘，这就毫不犹豫地买下。

当盼望已久的楼房成为自己的"金屋"后，接踵而来的烦忧，让全家人以及全楼人唏嘘不已，黑心的开发商不知何因无影无踪，楼盘的许多设施及手续都尚未完善，整个楼宇陷于"水深火热"之中。没水没电没有取暖，整个楼成为没有完工手续的黑楼，入住的居民们则无因由地扣上了苦难户的帽子。入住后，电与取暖逐渐得以完善，可是，相关的配套费成为住户们的再次支出的项目，整个楼的住户满腹怨言无处申诉，一个字：难！

最令人头痛的是水的问题，住户们都已缴纳了配套费，可盼望的水却迟迟不见踪影。盼水如同盼星星盼月亮，水的珍贵无法言说。总之，水，让人望眼欲穿。

没有水的日子如何生活？房间不能逐日清理，饮食不能随心所欲，就连淡色系的衣物也退避衣柜的角落。无水滋润，感觉人都在风干中裂变，没了朝气，无了青春，缺了蓬勃，少了健康，这个楼的住户们过早步入衰老。

为了满足每日的膳食，不惜"重金"购水，因此，附近的菜农们便兴起了一项新的致富渠道，逐户送水收费，每挑一担水按楼层高矮收费，通常以五元起价，节假日水涨船高。当这担水挑到我家七楼后，已飙升为十二元钱的价格。没有水，难以生存，暂且价格成了不是问题的问题，只要有人来送水，才是大吉。见到水后视若生命一样珍惜，洗米的水都不肯遗弃，留作清洗便池；洗衣之水则用于擦拭家具和地面，最后，才将无法说清颜色的浊水，恋恋不舍地倒掉。水的再利用以及节约，已达到极限。尽管这样节约，每月送水费用仍是一个不菲的数目。

为节约每一滴水，主食以购买面食为主，而蔬菜成为望而兴叹之物，毕竟洗菜用水仍是难题，为此豆腐、干豆腐成为每日必不可少的膳食，最初食之未见厌倦，久而久之，提及豆腐一词，胃中异物上浮，那又如何？为了生存，就不要顾及许多。生活本身先求温饱后，才注重质量。那段无水的日子，一家三口人总是厚颜无耻打游击，不回家进餐成为一种惬意之事，能够吃到绿色菜蔬便是幸福，我们开始望家生畏。

为节约每一滴水，全家人拒绝旅游鞋丈量每日的征程，只好穿皮鞋走阳光大道。什么淡色系的衣物？什么雪白的袜子？都是一种奢望。为此在冬季便选择皮装抵御严寒，柔和温暖的羽绒服只能是心头的祈盼。

这种艰难的无水生活历经四载。

提及无水的日子，总觉得脸颊滚烫，羞涩不自觉弥漫。那时，上班的我常常拎着大大的提包，风风火火踏入单位的大门，里面全是孩子的脏衣脏裤，我用午休尽情地与水打磨，那份亲切犹如见到失散许久的友人，那份不舍如同恋爱中的男女，那份向往成为奔波中的渴望。当自己沉浸在如鱼得水的乐趣中时，有些人谣传我的做法是为了节省自家的水费，一时间，谣言疯长了羽翅，也平添佐料，成了多嘴闲人咀嚼消闲的话题。满以为可以缓解无水的压力，又被这些闲言碎语击伤。心中的苦楚无法变成水，滴落的泪水也无法维系生存。诸多的难言之隐，成为我逃离这座无水黑楼的动力。

换楼不同换衣物，那是财力的一种较量，为了居者有好屋，为了拥有一处水源充沛的居所，举债也在所难免。在付诸努力后，终于拥有了"有水"的好屋。看着哗哗流淌的自来水撒着欢地嬉笑着，我开心地笑了，双手捧起清盈的水花，忘情地拍打脸颊。

那一刻，我仿佛又回到十八岁的青春，有水真好！

# 伊通河畔有我家

二十多年前，父亲调到长春工作，与母亲在伊通河畔"安营扎寨"。那时，伊通河仅仅只是一条河，杂草丛生，蚊蝇飞舞，一阵风来，浑浊的河水散发着腥臭的味道，住在河畔五楼的父母从不开窗。我不喜欢父母伊通河畔的新家，那味道让我爱不起来。

岁月更迭，伊通河畔的楼宇与日俱增，伊通河的改造也紧锣密鼓，只是初期的铺垫并没有带来急速的改观。与其同时，我从县城调到长春，与父母同住。不知为何，脑海存储下的味道，不合时宜扑鼻而来，常常扰乱我的心情。无奈，我固执地离开父母的家，在他处安下蜗居。

离开伊通河畔，因工作忙碌，只能在周六周日回家看望父母，而父母似乎知道女儿内心的牵挂，每天散步都带着相机，他俩把拍下的花花草草发到QQ空间，而我随时借助网络即可了解父母每日河畔的收获。同时，伊通河的景致就这样一点点在脑海蔓延，一点点覆盖曾经的记忆，渐渐地占据了我的大脑磁盘。连续翻看父母的照片，就是伊通河的一部日新月异的长篇叙事诗。我对伊通河的挑剔无影无踪，难闻的气息也不知飘到了何方。腥臭的伊通河已经成了历史的片段尘封，长春正在大力度整改这条河流。

这时，妹妹在河畔的回忆岛外也购置了楼房。之后，我闲时去她家倚窗眺望远方，眺望河面，而目光的着落点正好是回忆岛。这里春天粉色的樱花随风摇曳，蜿蜒的小道曲径通幽，美丽的水面碧波荡漾，与花海相映成趣；随着天气转暖，这里绿树红花，尽显生态之美；冬日里，白雪皑皑中奔跑着嬉戏的孩童，滑冰车，打雪仗，如此惬意让成年人羡慕不已。最令人难忘的便是正月十五放烟花，妹妹的六楼可以观看烟花绽放的全过程。

在我对伊通河渐渐痴迷时，父母的家又搬到伊通河畔樱花岛附近的小区。樱花岛是赏花赏景的好地方。它是伊通河渔航文化公园的组成部分，渔帆雕塑颇具特色。站在由木质地板、白色栏杆组成的观景平台上眺望，水面波光粼粼，两岸花团锦簇，配以岸边浑然天成的黄石和鹅卵石，怎一个心旷神怡了得！沿着已经贯通的伊通河中段绿栈道行走，累了可以在畅游长廊里歇一歇。从前途经这段路程，却只能在跨河大桥前驻足，绕到喧闹的马路边，在车水马龙中等待交通信号灯方可通过。如今，绿栈道修得好，游人或徒步或骑车，可以任意地一边欣赏美景，一边放松心情。

樱花岛的樱花鲜艳度胜过回忆岛，这里的改造更加有特色，父母的业余生活更加丰富多彩。他们的相机也被手机取代，并且像素更胜相机一筹。春天拍花朵，夏天拍流水，秋天拍枫叶，冬天拍冰雪。影像记录了他们每日在伊通河畔的见闻以及四季的风景变化。春暖花开，夏绿河畔，秋风色美，冬雪莹透……追随父母更新的博客和微信朋友圈而掌悉了他俩每日的行踪，看着他们每天乐此不疲地奔走在河畔，快乐地按动快门，我的内心深处也随之铺满美景。

伊通河畔的街与路上交错着轻轨公交，出行方便快捷，而我一直选择坐公交车去父母伊通河畔的家。2013 年的春天，意在回家时顺路看春花，便徒步在河畔。登时，河畔春花灿烂，粉嘟嘟地占领了我的双眸。此后，每周都走这条河畔的路，这是一条回家的路。河畔的春天桃红柳绿，透出雍容；夏天水面澄碧，跳跃安逸；秋天五颜六色，涌动温暖；冬天白雪皑皑，镌刻冷傲。四季风景变化，天天风景不同，河畔成了魔术师的杰作。每行于此，满满都是感激，卫生城、文明城的问世，河畔随之更远近闻名。常见外地游客造访，看着他们陶醉留影的刹那，我的内心满登登的都是自豪，因为我的父母住在河畔，河畔有我的家。这条回家的路，让父母多出无穷的乐趣，让我多出无尽的遐思。因为这条路，这条回家的路，我爱上河畔，爱上伊通河，爱上长春这座母亲一样的城市。

为了拍出满意的作品，每日父母都与伊通河畔准时相约，父母恋着伊通河畔的景致，伊通河畔印着父母的足迹。我忙于工作，不能日日陪伴父母。河畔在不经意间成了父母日日相见的好友，比起他们的一双女儿还要亲近。每周父母见到我时，都争先恐后向我讲述伊通河的变化，从污水处理到支流改造……父母的视线随伊通河的变化而变化。而伊通河的许多改观，我都是从父母的讲述中获悉。

同时，愧疚自己不能常常陪伴父母，内心默默地感谢伊通河畔，以及河畔的风景。因这条河给父母的晚年增添色彩，因这条河为父母注入精神食粮，因这条河使父母的生活不再寂寞。这时，我突然想起父母购买河畔住所时，我首当其冲地反对。那时的我，不懂依水而居带来的幸福指数。

治理一条河流，改变一座城市。变化着的伊通河畔，安慰了居民渴望绿色的心。风光旖旎、环境雅丽、别具一格的伊通河风光，一次次激发我依水而居的愿望，心头也生出依水而居的情结，我彻彻底底地喜欢上充满诗情画意的河畔。

依水而居，生活自然会多出无限的风景。日升时，水面跳跃着暖暖的晨曦；日中时，万千金光闪烁着升腾的惊喜；日落时，斜阳铺满水面映照着散步的人群。闲时我随父母徜徉在伊通河的美景中，浸润这里的人文气息，感受身边的夏荷冬雪，欣赏河畔上的高楼林立，一种惬意悠闲油然而生。依水而居，晴时可以入画，雨时可以入诗，生活伴水而生，因水而盛。想想生活在这里的人们，真是很幸福。

居者有其屋，过去的这个美好愿望，今天已经悄然为居者有好屋的追求所取代。依水而居，寻求诗意安居，享受极致生活，依水而居是百姓心头升腾的美好愿望。伊通河畔，如果不是亲身体会，是无法想象出它的美来，想不出夏日里鸟鸣的悦耳，想不出晨光中垂钓的惬意，想不到月夜下荷花的清香，想不到飘雪时洁净的气息……

问渠那得清如许，为有源头活水来。水是城市的灵魂。如今的伊通河，是长春城市安全的生命线，是绿色宜居的生态轴，是美丽长春的景观带，是产业升级的动力源，是人与自然和谐发展的新格局。不远处，伊通河上游的南溪湿地公园也开放了。南溪入眼皆是天然的调色盘。穿梭于栈桥，行走在曲折蜿蜒的栈道，独特的湿地美景扑面而来。它成为城市绿岛氧吧，它成伊通河的过滤器，也成为长春的城市之肾。

此时，我深深自责，为何要离开伊通河畔的家。

## 有些人，看着心疼

搬到这个城市，安下这个家后，几乎每天都能见到她，在临街路灯下的垃圾点。她埋着头，背着脏兮兮的塑料包装袋，一根曲折的长棍像拐杖一样不离手——她每天在朝阳里与落日中来往这里。每每这个时候，站在楼上的我总能俯视不远处这位老婆婆的背影，这一刻，我的心总会疼，一种无法言说的痛楚和迷茫。

我生活的城市很喧嚣，匆匆忙忙的人流如同海水的潮起潮落，这样的人潮中，很少会有目光注意到这位老婆婆的背影。但不知为何，每天早晨我都会趴在窗台，不自觉地寻找陌生而又熟悉的背影，尽管如此，我都没有看清楚她的五官。只是注意到她的背影很枯瘦，宽大的衣服很脏，且辨不清楚衣服真正的颜色。

她的背影就这样日复一日在朝夕里与我的目光相遇。

我不知道她在垃圾点里能够拾拣到什么，却总能看到她用棍子挑拣后，俯身捡些什么。每一次蹲起，似乎都很吃力很艰难，这样辛苦的蹲起为何会如此负累？她的生活真的很无助吗？我一直疑问萦怀。

一日，我与楼下大爷谈起这位婆婆，大爷低落地叹口气："她与我是小时候的邻居，年轻时守寡，没有工作，相依为命的儿子患类风湿和肾病，不能出去工作，都三十好几的男人还没成家，就依靠老太太捡破烂生活。"

"他们有住处吗？"我好奇地问。

"以前有个平房，动迁后政府给了一处 40 平的一楼。以前取暖统一供气还好，如今一户一阀，交不起取暖费，这个冬天不知怎样过。"大爷说完又深深地叹口气。

听到这样，心异样的痛，担心，惦记，牵挂。而我却不知能为她做些什么？

自从我知道这位老者的身份后，我有意地拾拢家中废纸及包装物，在老人家即将出现在我视线的恰当时刻，急忙地送到垃圾点，之后跑到楼上趴在窗前等候着老人家的到来，等候着这些杂物能给她带来一点点的惊喜。一天，趴在窗前的我发现我送到垃圾点的微波炉包装箱和饮料瓶被破烂换钱的南方妇女捡走，我有些失落，为何会是这样。

前些日子休假在家，我忙着擦拭排油烟机忘记下楼送杂物，猛然抬头看见老婆婆又来翻捡垃圾点，急忙把早已收拾好的报纸捧到楼下，纸张很重，我有些气喘吁吁。我吃力地把这些废报纸送到老者的手中后，才清楚地看清那种布满沟壑的脸，黯淡，枯瘦，灰白的乱发挡住半边脸。呆滞的目光中折射出一种凄凉的哀伤。这一眼，如一把刀直刺我的心，揪心的痛随血液在血管中膨胀。这位老婆婆无言，只是微抬浮肿的眼帘冷冷地瞧我一眼，连一句谢谢都没有，接过沉甸甸的报纸，放进那脏兮兮的破包装袋里。之后，又继续排查垃圾箱。这时，我有些担心老者枯瘦的身体难以背负这些让我感到沉重的报纸。回到楼上，我看见老者佝偻着腰，蹒跚着吃力地离开。

有时在焦灼不安的夜晚,或是困顿麻木的午后,微闭双眼间,我总会看到这位老婆婆苍老枯黄的脸和无助的眼神,我不敢呼吸,那一刻,满心的浮躁都不堪一提。我知道,总会有一天,这位老妇人无法承载生活的负荷,总会有走不动干不动的那一天,我不知她如何生活下去,她的儿子如何生存下去……想到这些,一阵阵惆怅弥漫我的眼,我的泪水中,不仅仅只为她的命运担忧,因为还有很多这样的人,只是我还未曾见到遇到而已。

## 蜗居在高档花园外

上苍为我指路 ——不管生活如何待我,我都会微笑地回报。

经历许多,感触许多。磨难许多,收获许多。

当我踏踏实实地回归生活,不再浪漫地空想着远方时,我的心境却是如此之坦然无所谓。不再抱怨上帝对我的安排,不再埋怨命运对我的不公,反倒深深地感谢上苍的抉择。

曾经的忧伤在我潇洒的转身中散去,曾经的美好在我深情的回眸中隽永心底。

平淡的生活并未觉得索然无味,些许是我浪漫的结局。我微笑着走路,微笑着对待生活,极其简单的笑容博得上苍的博爱,恩赐给我梦想成真。

调动本是奢望,却突如其来地闯入我怀。思虑因由,是我的微笑点亮上苍的灯火,借助柔和温暖的光芒,为我指引航标。

我感谢上苍,感谢帮助我爱护我信任我理解我的人们。我该如何回报这份关爱?我该怎样感恩这个世界?

经历是收获，为此，我记录下我调动搬家中的片段，摘取其中难忘的记忆，给未来回忆，给昨天总结。上苍为我指路，点亮我的心灯，照亮我的灵魂。我重新审视自己，总结自己，锻造自己。去粕求真，奉献自己的真诚。

不要奢望什么，付出不求回报，心中铭记不灭的信条，快乐着自己温暖着他人。

（一）

启动了调动的模式后，一直杳无音信，期盼中失望。所以，不再对省城抱有幻想后，调动通知单却悠然地飘落到我的肩头。

既然已成实际，就要坦然受之。

按流程办理手续，交接工作后离开县城，纵有不舍也很无奈，告诫自己有志者志在远方。

来到新的单位不适，工作性质的变动令我难过好久。以往安静的工作环境变成喧杂的一线窗口，从前的科员成了开票员。每日面对千奇百怪的面孔，听着怨声载道的怨言，如今一日所说的话语超出从前一周的闲言。机械地重复着那些职业用语，我内心变得麻木，灵魂变得自私，以往的善良不自觉地躲藏在心灵的深处，时而会把一点点微笑吝啬地恩赐给极少的几个人。

以前总会唱着高调，人挪活，树挪死，面对厌烦的工作，不知自己该怎样地活起来，是时机未到？还是命运的使然？虽然日复一日地这样工作着，可心不甘，相信这些只是一个过渡，自信中认为天生我材必有用。

工作的环境复杂，相处的同事大多数是富家子弟，与他们比较，我无权无财，而我不去比较。我骄傲地仰起头，不能被他们的气势压倒。我有我生活的心态，我有我自身的灵气，我有处事的率真，我还怕什么？人比人得死，货比货得扔，虚荣地去与同事比较，我连生存的价值都不会残存。我活着就有我自身的价值，我用我的优势战胜他们虚空的繁荣。

别人都在喊着调动很难，需要资金铺路，然而，我却直率地告诉他们：真正办事的人不是财迷，真正的财迷不会给你办事，也没有那样的能力为你效劳。人世间，的的确确有不为财而送你钥匙的人。

工作不管好与坏，都是上帝的安排。为了成为名副其实的省城人，有一个属于自己的蜗居是目前的硬性目标。买房大势所趋，必需的。因调动而设定的预案开始陆续启用。

## （二）

离开县城工作已成定局，长春将是我今后打拼的战场。住在娘家的我和孩子虽然衣来伸手，饭来张口，但还是觉得飘忽不定。尤其我总觉得如同无根的浮萍，心中空虚。以往回娘家住些日子，会惬意极了，因为守在父母的身边享受着无尽的关爱。这次提着行李住在娘家后，有种无根的飘摇。

娘家住房只有两室，我和孩子住在其中一室，沙发床的长度只有一米七左右，高高大大的孩子睡上去很吃紧。炎热的夏天，孩子无奈睡在地上。

深夜，无眠。既然选择就要坚持就要努力，况且过些日子孩子就要上高中。家是我近期目标的首选。在我踏上长春后的第一个星期六，我便买来房地产报，围绕着长春八中及南岭体育场附近选择住宅。一遍遍地电话咨询，一次次地登楼看房。本意买一处面积不必太大的新楼作为自己长春的家。遗憾之处，这些地带无新楼供我参考。我在房地产报看到中金名著一处69平方米的高层，面积和地理位置还算令我满意，唯一这是一处三阳的房子，担心日后通风要有障碍，为此，隐痛放弃这处选择。

七月的长春犹如下火般的炎热。次日，我早早起床借清晨丝丝的凉意四处打探。天热，心热，步伐便无力地踩着软软的柏油路。擦擦汗，在中金名著对面的胡同找到一处阴凉的角落休息。这里聚集着许多老年人，我试探地问询，此处是否有住宅出售？这些老年人七嘴八舌地回应，他们告诉我：这里有一处二楼出售，很贵，因房子租期到月末，暂时不能出售。为了找到房子的主人，我又问寻这里的很多邻居，在一位陌生的长者口中得知房主的住处，然而没敲开房门。我有些焦急，不知如何去做？这时，从棋社中走出一人自报家门是房主的亲弟弟，他说帮我找到房主，而且房子必须卖给我，价格他也应下帮我讲讲。那一刻，感觉世间的人多么可爱。

在房主弟弟的帮助下，我见到了房主，得知这处房子七十三平方米，二手毛坯房，匆忙预交订金算是达成协议，月末交房。

买下房子已成事实，厚厚的钞票成为我又一个焦虑的心病。

## （三）

为了尽快凑足买房资金，首选就是卖掉县城的住宅。偏偏逢二〇〇九年泡沫经济及房地产有行无市，无奈之余，我大张旗鼓地登广告，贴小报，亟待卖房扩大消息的传播。

我与先生分工，长春买房子由我来处理，县城卖房子由他全权代表。县城的房子百平方米，住在其中并未觉得如何之大，而很多买房者看罢第一反应就是房子太大，今后费用要大。广告一期期地连登，小报择时择机贴到报栏。

功夫不负有心人，终于一位小女子看重房子的结构和装修，因为她家老少三代居住。只因先生不善于讲价，嘴笨心善，因为急于出手，低于事先商定的价格成交，两万元就这样在讨价还价中化作泡影。

县城房本的名字归我所有，为此卖房必须我到场。为了顺利完成这次任务，我请假回到县城。本该十分顺利的签字，节外生枝，买主因资金外放高利贷未能收回，要暂付一半现金后办理房屋过户，我摇头不许。买房者一而再再而三地央求，我答应他们可以让他们先住，等下一半资金到位后办理过户也不迟。我无法知晓买房者葫芦里卖的什么药，居然又变卦说资金凑够，让我陪同去银行取款。卖房者握着厚厚的存单，一张张地支取，我只好耐心地等待了。临近中午，买家又出差头，其中两张存单三万元记不住密码无法支取，银行挂失七日后才能付款。他们家亲属四五人一同向我发出攻势，内容很简单，三万存单给我，房子过户交钥匙，我依旧摇头，为何如此？我的宗旨是房子可以先住，过户必须交清余款后才能办理。只有我一人倔强地坚持着。突然觉得很烦，决定放弃这次交易，重新寻找买家。

这时，先生外出回来，得知此事，通过朋友协商，密码挂失可以当时解锁，立等可取现金。很简单的事情被买房者弄得云里雾里。

揣起卖房得到的现金存折，搬出居住十年的住宅，纵有不舍也无奈。先生在搬家的早晨，早早起床彻底地打扫一遍房间，看着他留恋的眼神，我的眸中也成决堤的海洋。毕竟这是我俩辛苦垒起的家园，房间的每处都有我们精心的设计。

我擦干泪水背起行囊，狠心地走出这个曾经的家园。

有得有失，我一直坚信。温馨的家即将不是我所拥有，一定会有更温暖的居所等待我。

（四）

本是小女子，家居装修从未涉足。以往的新居装修都是先生独自完成。

握着二手毛坯房的钥匙，看着破乱不堪的"新房"，有些不知所措。从何入手，该做什么，心中一概不知。

夜晚，星星闪着，还有我的眼睛陪着。

一个无眠的夜，我设计出装修的整套方案。只是，我上班不能参与实施。没有办法，只好拜托年迈的父母劳心。

铝塑窗是父亲的棋友安装，质量和价位很贴近计划。

水暖工是娘家楼下的邻居，是母亲拜托他帮助找一位技术好的水暖工时，他自告奋勇请战。结局最不满意的便是水暖了。他不按我的设计铺设水管，不按我的思路改造线路，结果几处水管不能正常使用，暖气的管道七扭八歪地站着，很影响整体的效果。这些只能用眼看，却不能说出，因为工人是老妈选择的，妈妈也看出这其中的毛病，而且也升起怒火来。

看着父母几日来为装修房子操劳，心中不忍，匆匆结束外雇工的装修工作，橱柜整体购买，家具成套购进，地板买品牌的直接铺设。

只是大白必须去劳务市场雇工。不知是我价钱没有到位，还是长春的大白工人手艺不佳，本是斑驳的墙体依旧千疮百孔。

装修过程中最满意的便是地板和橱柜，价格虽高，质量和款式很合我心。

装修仅用十五天完成，好与坏无从定论，总之用心去做，就不要在意结果。结果固然很不圆满，我也无能为力。我没有在场监督，我没有跑前跑后购买材料，沉重的任务落给父母本是我的不孝，我还能挑剔什么？

我在想：做人不要太完美，装修也是如此。县城的住宅在装修上用心良苦，结果住进那所房子，我的健康与日俱下，归结于装潢材料。所以，这次装修力求简洁大方美观节约，初衷美好，结局只有看别人的评说了。

总体而言，洗手间甚小，怎样改造都不是理想的效果。暗自下决心：陪孩子学习三年后一定选择一套高标准的精致住宅，我的目标在这一刻便萌生。计划只有三年，但愿上帝为我指点迷津，早日拥有如我向往的家园。

## （五）

常在网络冲浪，便记住郑博士的博客，没来省城前，便看到一页关于搬家指南的博文，无意收藏。而且记住一个日子二〇〇九年八月十六日，农历六月二十六，星期六。生平屡屡波折，为此喜欢阿拉伯数字6，谐音顺之意吧，悄悄地便把装修时间定在八月十六日。

顺天意，装修顺利完成，搬家的日子顺理成章定在八月十六日。

为了尽快筹集房款，县城的房子八月初便腾出来，家具和衣物存放在亲属的仓库中。先生在八月十四日找来一辆七米长的货车，把家具和衣物拉来长春，因大车进入市区受到限制，午后货车便在市外等待。当太阳藏起笑脸后，这辆车才抵达我的"新居"。借着昏黄的街灯，先生的朋友充当了装卸工，最令他们难堪的是钢琴。本意雇专业拉钢琴的师傅承担此重任，先生的朋友觉得没有面子，非要担起这份重任，结果既浪费时间，又消耗他们的体力，最糟糕的是钢琴也遭受硬伤，伴奏的踏板失去了应有的功能。近午夜，所有的物件才顺利搬进小窝。

八月十六日早晨六时，按朋友授意，端来新买的锅，还有活鱼，搬进自己长春的家。

简简单单的装修，失去县城小居的豪华。窗帘被褥并未更换，减少些许乔迁的陌生。

洗手间的狭小，给我带来满腹怨言，我喜欢哗哗的流水从我指尖流过，我喜欢洗手间中转来转去地清洗衣物，如今，这些都做不到，只有爱屋及乌，去找它的好来。孩子比我适应能力强，津津乐道地夸奖洗手间的好处，什么半夜起床不必走多远，什么累了可以靠在墙上洗脸，什么地面小，妈妈可以不必劳累清洗……

孩子转遍小窝的每一处后，感慨地说：这个小家不豪华，但很温馨；这个家不大，但很踏实，毕竟有属于自己的家园。妈妈，我们共同努力，一定圆你心中美好的愿望。

当然，房间小，减少我每日的劳顿，没有太多的装饰，少去我每月的清洗。我不能总去找自己蜗居的不足，那样我该多么的委屈和忧伤。我极力摸索着蜗居的好处，不仅仅可以调整我的心情，更要从中悟出它的与众不同，适者才能生存，爱它才能快乐。

通过几十天的努力，我终于有了一个属于我自己的家园。

## （六）

调省城的原因之一与孩子求学有关，自己的求学生涯并不尽如人意，自己也没有如愿以偿地完成想要学的学业，所以把一切希望就寄托给孩子，或许对孩子很残酷，至少是我心中的一份慰藉。

今年省城的高中把关很严，尤其对外市县的生源控制很紧。抱着满腔热情奔往省城，孩子学校没有着落该是此次调动的失败。每日的心都悬着，担心着，没有踏实的结局心中总是不安。

妹夫通过关系顺利把孩子安排到长春八中，学费一分不少无所谓，只要孩子有一个满意的学校求学就遂了我最大的心愿。

在我们搬入蜗居的前一天，孩子兴高采烈地上学去了，回家后津津乐道地告诉我：离学校近真好，不必坐车，不必熬夜，感谢父母的良苦用心。孩子的理解和认可就是对我最大奖赏。

我所作所为，离不开为父母所想，离不开为孩子设想，为自己考虑什么？摇摇头。这些也许就是这代人的悲哀。上有老人，下有孩子，我就像担着担子的挑夫，艰难地攀爬着人生的每一个阶梯，又顾前来又顾后，自己却是伤痕累累。

孩子不厌学习，但又不很努力，苦口婆心地劝说也不见起色。一切的一切都是我为孩子着想，今后的路途只有他自己登攀。虽然看到学子们学习的艰辛，但又无回天之力，中国的高考是残酷的，必须依靠刻苦的努力才能达到自己的理想，这些只能靠孩子自己。父母能够做到的都竭尽所能去做，剩下的只能是孩子的造化了。

孩子开学的日子八月十五日，与我接到调动通知的日子六月十五日只有两个月的长度。

## 生活有时如同过家家

新居是团购房，等待近七载。其中有抱怨，如同订婚的新娘迟迟娶不到家。期待中失望，失望后继续期待。之后再想，谁让自己囊中羞涩，买团购房的最大的目的就是便宜。

二〇一六年十月末，终于等到了交房。本不抱有任何期望，然而，验房时，第一眼便喜欢上了这处市郊的毛坯房。本不想从市里迁出，只因喜欢，当即决定装修。

行动与决定同步,如同儿时过家家,很轻松,很简单,很欢快,没有所谓的计划,没有瞻前顾后,没有未来日子的设计,有的全是满满的期待,至于这位新娘的品行都不去考证,毕竟期待那么久,一份等待有些迫不及待。次日找来百合装饰对毛坯房做了设计,收到钥匙第五日,工人入场,开始装修工程。装修进行很顺利,好似孩提时搭建的积木,随时更改设计,随时加入自己的新点子,就这样,两月后,崭新的温馨的房子呈现在眼前。

人喜新,也恋旧,况且旧居装满八年的喜怒哀乐,虽然有那么多的不如意,当要分别时,还有那么的不舍。迟迟地,不愿离开。可是,甚喜的新居迟迟不能享用,也很焦急。忍痛下了决心,搬家!

装修没有前期设想,全凭一股冲动而为之。而搬家于我很慎重,提前五天便在网上搜索搬家禁忌,一项项记在笔记本上,又一项项落实,像过年一样,图个喜庆,讨个吉利,买来对联,枕头,斧,新锅……准备妥当,定于七月九日,阴历六月十六日为乔迁之日。

来长春时间短,朋友说不上多,但也有一些。本想找几个好友热闹一番,也就是民间的说法燎锅底。可又想,本意是邀请人家营造热闹的气氛,可又担心朋友破费,取舍间不知如何是好,纠结中,心情挺无奈。思来想去,邀请两位夫妻,前后从梅河口调入长春的好友。其中的乡情,让我毫无顾虑,也理直气壮,然而,其中一夫妻,男人出差,女人母亲病重回梅河口照料;另一朋友也有公事在身。这时,心情惨淡,也许天意。

就连自己的妹妹也出差去了郑州。

我和先生真成了孤家寡人。偌大的长春，却找不来陪伴热闹的朋友。不只是人生的失败，还是修为的索然。这时想来，如果再去邀请朋友来，是一种麻烦，而这种麻烦，却有种罪恶。有人说，朋友是用来麻烦的，而我一直认为我是被朋友麻烦的。一直秉承为朋友去做事是快乐的，麻烦朋友是不安的。为此，邀请不到朋友来，也就释然了。

生活总是在给自己找借口，否则，容易郁闷，容易伤感，容易失望。而我总在自己无助的时候，都能找来各式各样的说辞，为自己辩白，为自己开脱，目的无疑就是让自己跳出自毁的圈套。有人会说这是傻的另一版本，无所谓，有时，傻人自有傻福。

既然，单枪匹马来长春打拼，完全可以独自面对一切问题，包括独自搬家。

七月八日傍晚，长春倾盆大雨。为了设计搬家路线，我和先生一道道街巡查，避开医院，躲开教堂和寺庙，利用将近四小时的时间，找出了一条没有医院等避讳的线路。

七月九日早早起床，去超市买鲤鱼，买馒头，买苹果，借助食物的谐音，求得一份彩头。

上午十点，只有我与先生这对相依为命的老夫妻驱车出发，十一点抵达新居，一路顺畅，避开忌讳的线路，却围绕金融政治教育文化商业的线路来到新家。回味途经的高楼，伸出拇指赞赏先生，看似简单的人，却能走出如此包罗诸多含义的线路。这条路，我想不出来，也不会行驶。

只有两人，一前一后，走入新居。按习俗完成仪式。我屏住嬉笑，心中且在想，这不就是过家家的感觉，装模作样，也很严谨。

午饭在新居。先生煮的汤圆，寓意生活甜蜜圆满。

历经近八年的等待，八个月的打造，目的就是乔迁入新居。搬家的过程很简单，而为之努力的过程却很漫长。然而，一切等待，有了最后的结果，等待都是值得的，这份等待的滋味也是悠长。

有些事，似乎顺其自然，不是自己所想，也不是自己所愿，一切早已注定，恰恰好的时候，遇见恰恰好的人，遇见恰恰好的事。搬家次日，旧居居然找到了婆家。

守着云开见月明。萦绕心底的谜团，在搬家后瞬间散开。其实，人生不必伤感和多虑。该来的躲不开，属于你的好运定会在恰当的时候降临。凡事事缓则圆，不必刻意去追去求，潜心的修炼，静心的等待，一切早已成定局，只是时候未到而已。

如今，静坐新居屏前，顺理几日来的心情。八年的等待，只为今日透过窗棂，遥望蓝天白云，还有春笋般的高楼。存在即合理，不去探究诸事的好与坏，既然都已定型，那自是上天的最合理的安排和恩赐。

生活就是柴米油盐酱醋茶的交响，而我却是这首交响乐的操盘手，命运是这部乐曲的编导者。而生活的进行曲中，似有过家家的成分，简单，随性，自然，少了雕琢，少了展望。这样，未尝不可。

感谢上天恩赐给我速发的灵感和智慧，还有那么多恰恰好的机遇。

# 美好的迁与动

七月份结束了持续八年的学区房生活，终于有了一处遂自己心愿装修的楼房。

上半年，奔走在各大装修市场，同价对比，同品比价，在讨价还价中完成装修材料的购买。之后，家具、家电、日用品，面面俱到，如组建新的家庭一样。经过体力和财力的消耗，新居及新居中的一切，都是新的，如同新婚。

为了乔迁，扔掉旧居很多不常用或者不经常用的物品，随之也遗弃了岁月积淀下的一些杂物，唯有书籍，一本不少地搬入新居。其实，新居最令我满意之处，便是有了属于我自己的书房。对于书房，梦寐以求，只因学区房面积受限，书房与卧室合并成为生活的空间。那时，每每写字看书时，内心总会涌动一种渴望，对书房的渴望，而2017年我圆了这份梦想和渴望。

新居的舒适，物品的崭新，心情总是美美哒。生活在新居中，感觉每一分每一秒的日子都充满甜腻的幸福。一日三餐便多出情调，精细料理餐饮，从食材选购，从餐具款式，从烹饪炊具……都精心构思，之后，制作一份份美食，随之拍成图片，配上内心有感而发的随想，成为一篇篇图文并茂的美文。就这样，我迷醉在自己营造的生活里，沉溺在简单的幸福中。

其实，日子不仅仅柴米油盐酱醋茶，还有诗和远方。

无论狂风骤雨，还是和风细雨，我们都必须经历，无法逃避，那就精致地过好每一天。与其沉闷，与其抱怨，与其伤感，只能妨碍前行的心情。既然如此，那就把每一天都当好日子料理，当好光阴经营，这样，心中永远充满光芒。

2017 年对于我而言，值得难忘，值得记忆。居所的变动，改变了生活的质量，与此同时，工作岗位也从财务转变为文职，为此，加足马力，不间断为自己助力和加油，不仅仅要适应新岗位，还要有突破，有建树。古语说，人挪活，树挪死。2017 年，我的生活在挪动，且积极向上的挪动，生活水准和能力渐渐提升，幸福感也在悄然地骤增。

一本日历已经扯完，内心的幸福一如既往地徜徉，虽然还有恐慌，因为这一年的经历将要成为回忆，成为过往，成为旧时光，旧日子，还好，有我的此记录记下这 2017 年美好的动与迁，应该是收获，应该是喜悦，也算不遗憾。

时光不会老去，青春尚未别离，怎奈何，年华无助地消逝，记忆也随风飘零。只因 2017 年的回忆满满，我将幸福的时光镌刻在心底，将美好延续。

同时，也谢谢自己，没有在苦累中将自己放弃。对着镜子对自己说一句：你辛苦了！

## 一切都会好起来

女人在无助落寞时总能想到算命，我亦如此。

九十年代初，我人生的低谷。伤感、沮丧、悲恸，我历经同龄人未曾经历的苦难和心酸。举目无望的现实中，暂且找不到释解的办法，无奈之下，徘徊街边，有些疲倦，便依偎一棵大树休息。猛抬起头，看见不远处，一位年长的老者向我走来，他穿着褪色的藏蓝外套，脚下是黄胶鞋，鞋帮沾满泥巴，松树皮一样的手掌拎着脏兮兮的黑革提兜。以往我遇到这样的人，不去想象他的好与坏，都会尽快绕开躲开而不去理会。或许困惑已把我折磨得失去思考和防范的能力，我木讷地看着老人。这时，老人竟直奔我而来，皱皱巴巴的脸挤出的笑容却很亲切，仿佛我的长辈一样，让我有份亲近之感。老人疼爱地问我："小丫头有啥解不开的心结啊？"我无语，不知如何说起，也找不到诉说的理由，自己的事情自己解决，何必把苦难撒网一般弥漫开来。我摇摇头，一点点笑意都无法从我的嘴角挤出。

"丫头，我会摇卦，我给你摇一卦吧。"老人不在意我呆滞的表情，依然温和地说着。而且未得到我的同意，便从那个黑提包中拿出三枚铜钱递给我。似乎鬼使神差，我机械地接过铜钱，按照老人指点的方法摇呀摇，之后倒在老人铺在树下的棉布之上，连续摇晃六次后，老人低着头，手指掐掐点点，之后叹口长气，缓缓地说："四面楚歌，与官与人都不顺畅，云遮日只是暂时的，阳光就在风雨后，一切都会好起来的。丫头振作吧。"

我半信半疑，乌云已压住了我呼吸，感觉没有回天之力，心中虽然信奉眼前的困难都是短暂的，可现实的纠结却让我不敢相信任何突来的变故和已成定局的现实。老人看出我的疑虑："不要害怕，我平日依靠算卦维持生活，给你摇的卦我分文不收。我是同意村的，靠近河边的矮草房就是我的家，我姓李，你有什么心结打不开，就去找我。"我没有与老人多说一句话，勉强地挤出一丝苦笑算是对老人家的谢意。

望着老人离去的背影，心中似乎有一丝缝隙挤出一缕阳光。

刚才的无助迷茫坠落，瞬间被一双手把我捞起，眼前的灰暗慢慢地渗出微微的亮彩。

老人的"一切都会好起来"时不时地回荡耳畔，尤其阴霾看不到光明时。过了数月，狼狈不堪的我，又被现实放逐在浑浊的长河中，我该如何抵达彼岸，找不到桥，也没有船。昏暗中看到一丝微弱的光，那是李大爷皱皱巴巴的脸上，闪动的那丝笑容，我依照大爷留给我的地址寻去，果然，河边有草房，莽撞地敲敲门，只听见屋内"哇哇……"的声音，却听不清，也听不懂。门虚掩着，轻轻开启后脏乱的厨房直铺眼底，这是怎样的家呢？出于好奇走入屋内，炕上坐着一位神智痴呆的女人，头发脏兮兮得如同稻草，一张沧桑的脸如同调色板，已看不清女人本来的面目，一双手不停地捻着脏兮兮的衣裤，痴痴地对着我傻笑。女人身旁放着瓷碗，看得出这是吃过饭而未曾清洗。女人似乎很好客，见来人便"啪啪"拍着炕席，每一个动作后都是一股刺鼻的土灰弥漫开。我不知该走还是停留，犹豫中，李大爷走进屋中，看到我，惊奇且和蔼地与我点点头："来了，小丫头。"我没有遮掩，如实地把所处的窘迫说给大爷听。三枚铜币摇动后，大爷深思片刻："事情看起来很难，都是暂时的，命中的劫难，一切都会好起来……"

大爷的一番话暂且平息我内心的无助。之后，大爷慢条斯理地给我讲述他的故事，原来炕上的疯婆子是大爷算卦途中捡回来的，大爷看她无人管，可怜她就领回家。大爷说："多个人多双筷。留在家中多一份牵挂，回到家感到温暖。如今，疯婆娘有时闹情绪摔东西发脾气，我一提让她走，她就不闹了，她舍不得离开这。日子虽然清贫些，有吃有喝就知足了……"

我揣着"一切都会好起来"离开李大爷的家。

绝处逢生，我在走投无路时，终于看到了光明。路漫漫，我顺着阳光去追逐久违的生活。李大爷笑容不知不觉便沉落在记忆深处。偶尔，遇到一点点的困惑，李大爷曾说过的"一切都会好起来"从记忆的深谷中浮现。这句话我一直信奉着，也当作调节心情的润滑剂。

一次河堤散步，突然想起过往，眼睛酸酸的，转瞬间泪流满面。急忙扭身不自觉地顺河堤向同意村走去，很遗憾，城市改造泥草房，李大爷的危房无存，取而代之的小区覆盖了这里的凄凉。我不知李大爷和疯婆娘是否健在，如果在，住在哪？如果走，无儿无女的老人们以怎样的方式去往另一个世界。李大爷一生以算命为生，过着清贫的日子，或许这些都是他的宿命。但他劝慰我的"一切都会好起来"是否也是他一生操守的信念？

与李大爷相识已有二十几年的光景，每每忆起，大爷的音容笑貌依然如昨，那句"一切都会好起来"一直伴我前行。只因这句话，无论遇到怎样的艰难，我都会微笑地对自己说："一切都会好起来。"

人生本不一帆风顺，道路本就曲曲折折。坚信"一切都会好起来"，沟壑、险滩、绝壁、陷阱、灾难便成为音符，伴随命运的节奏起伏。

有时，路过广场看到一排排算命的先生，还有那些虔诚的善男信女们，便想起自己无助迷惑时也是如此，找不到心灵的寄托，便借助算命聊以解脱。经历的不够多，磨难的不够深，便在乎面临的困境。当一切看淡而满不在乎时，心情便舒缓便轻松，也就无畏地看待眼前的一切，拿得起放得下。

"一切都会好起来"，通常都是劝慰别人时的语言，然而，细细品味，的确如此，上苍给予磨难之时，必将一份愉悦人心的快乐随后，让苍天之下的男男女女为之忧伤为之欣狂。看开看淡，这是规律，有规律可循，宿命也就不再神秘。

有时，想算一算未来，找不到李大爷，一切兴致淡然。之后，想想又何必，自己的命自己掌控。如果我是算命先生，也会用"一切都会好起来"劝慰迷茫的人。

或许这句话的初衷只是折中的圆场，然而，这句话却给我带来意想不到的解脱。因此，做事做人便多出一份宽绰，不会将自己泅渡在外压与内因的憋闷中。

"一切都会好起来"，我每日都面对着朝阳，抑或面对镜子时对自己说。

## 疏　堵

### （一）

在这里，已居住二载，下水一直顺畅，没有丝毫的拥堵迹象。当先生被委派到外地工作的次日，卫生间的下水道居然堵了，似乎这是一场有预谋的拥堵，目的是给我一个下马威。

急忙买来疏通工具也没有让下水畅通无阻。

无奈之下，拨通楼道的小广告求助。小广告不明身份，心头隐隐恐慌，而我又找不到更好的办法解决下水的拥堵。我只好把家中的几把菜刀分别藏在几处，其中一把藏在手提包中，脑海中幻想着恐怖的画面，以及我如何应对的场景。疏通师傅是南方人，开动机器，一番疏通不见效果。我只好求助楼下人家提供方便。

楼下主人时冷时热，让人琢磨不透。在装修时，楼下总提出异议干扰我的装修，这样不行，那样不让，为了能够顺畅搬家，先生给男主人送去香烟，总算平息了他家一而再再而三的纠缠。这次下水堵，我只能硬着头皮敲开他家的门。女主人满脸不悦，我还要赔着笑脸。谁让我家下水堵，谁让我住在她家楼上呢，还好，语言不满，但并没有阻拦，工人简单疏通，水通了。费用五十元，暂且了却我的烦忧。

本以为，花钱免去烦恼。然而，仅仅二十天，下水道又与我抗衡。偏巧，不争气的身体也来添乱，忍着胃痛去烧开水，企图用一百度的水温击垮下水道中的脏物，滚烫的水不见效果，便捷疏通工具也是废物。

咋办？我瘫坐在地砖之上，只有哭的能耐。偏巧梅河口的朋友来长春，我强打精神去赴约，心还在纠结下水的问题。本想张口求助朋友帮忙，细想人家都是远道的客人，我怎能相求。送走朋友后，我又投入疏通的战役中，我纵有三头六臂，没有工具也无能与下水道中的脏物斗争。侥幸搁置一个夜晚，期待奇迹出现，睡梦中都是疏通下水的样子。醒来，一切如昨，脏水还在水管中沉睡。

楼道贴满了疏通下水的广告，却都是一个人的号码，有了上次的疏通，多了些胆量，虽然上次疏通不理想，但可以证明疏通的师傅不是入室抢劫之人。踌躇许久再次拨通电话，接电话人的口音居然是东北人，而不是上次的南方人，有些迷惑。我讲明用意，也说出疑虑，对方说，他回农村了，电话借给同行了。此人很守信用，说十分到，一分也不晚。可是疏通工具不起任何作用，病根还在楼下的下水回弯处。有时最不喜欢去做的事情却要屡屡发生，只好满脸堆笑，求助楼下得以解决难题。今天女主人不在家，男主人还算和善。疏通师傅拧开回弯处，从里面取出很多脏物，看似很认真，有了上次的经验，我暂不敢相信这次的疏通能有多大的胜券在握。还好，东北人比起南方讲究，仅收四十元。

忍着胃部的不适，清理残局。下水通了，烦恼去了，胃也舒服多了。生活就是这么简单，所谓的烦恼，似乎打包结伴而来，又如同骨牌，当击倒一枚后，其余都会倒下。

只要不被困难吓倒，没有解不开的难题。

## （二）

光棍节，本不想记住这个日子。

天未亮，睡梦中，敲门声吵醒我的梦。开门，楼下大叔，脑血栓后遗症，吐字不清。他比比画画告诉我说我家卫生间跑水，淹了他家的卫生间，让我刨开卫生间地面维修。大清早，哪有师傅。我说："天亮才能维修，现在劳务市场没有工人。"

打发走楼下，回卫生间查找病因，地漏如泉水汩汩溢出脏水，经验告诉我，这是下水问题，与自来水无关。

终于等到天亮，电话接通疏通下水的师傅，说明情况，他说这是主管道堵塞，需要疏通主管道。

偏巧周末，单位待处理的工作很多，急忙去单位，用看家本事处理好手头的业务后打道回府。到家后，狼藉一片，脏水已经漫过卫生间的地面，正在向卧室进攻。可是，疏通下水的师傅却在途中，我只能把脏水一盆盆地从二楼端下楼，来来往往十几个来回，腿酸背痛，上楼的气力都没有了。

师傅慢吞吞地来到我家，开动他那油腻腻的机器，只见脏水一股脑地沉入地漏，露出脏兮兮的地面。心头的沉重也随脏水落下。这时，楼下的大叔又来敲门，他说他家下水堵了，原因是我让疏通人员把脏物通到他家。听到这番话，很愤懑，我疏通的是主管道，与他何干？看他栽栽歪歪的样子，也不想与他辨得一清二白。只好与疏通下水的师傅商量，加些费用，把楼下也一并疏通。

最初讲好价钱，疏通卫生间六十元，为了免去日后楼下骚扰，我又加了三十元，了却日后的纠缠。

我征求楼下大叔是否满意，如有不满，再继续通。大叔认可之后，我才支付费用。

回到家，满屋狼狈，还有臭味弥漫，眼泪噼啪地落下。哭过了，心里舒服许多。又去买回84消毒液，回家后彻彻底底地消毒一番。

收好残局，已是午后四时。才想起自己起床后滴水未沾，饿了一天才有饥饿感。本想做顿满意的饭菜犒劳自己，可闻着屋内的气息，没了心情。再想下楼吃快餐，却没有体力。只好草草地喝杯蜂蜜水。

浑身乏力，倚在沙发上想起手机中还有未读短信，原来是读大学的孩子发来的，短信写道：妈妈，去找疏通下水的师傅吧。如果没有钱，我出。如果需要人，我请假。

看着短信，又是泪流满面。

翻翻日历 11 月 11 日，光棍节，我会永远记住这一天。

（三）

周一，不忙碌。心情蛮好。

静默几天的手机突然来电，有些惊喜，忙接通，原来楼下的歪歪大叔又打来电话。他说，他家下水又堵了，让我回去通。我有些激动："你家堵与我何干？我家堵都不是我的原因。我通的是主管道，我也在学雷锋。"

大叔支支吾吾，我听不明白，但他说得最清楚的话语就是："你家不通，我家不会堵。"

电话一遍遍地打来，有些烦，同事都替我鸣不平。有同事说："不理他。"还有同事说："骂他。"我不会骂人，只能采取置之不理。可我又不能为了躲他而关掉电话，所以短时间内，我的电话成了热线，都是楼下断断续续地责问。实在不耐烦了，只好哀求地说："我上班，也没空回去疏通。这次亏我认了，你去找人通吧，费用我出。"

我刚想说费用多少，电话却断了。不一会，又有电话，还是楼下，他说："通好了，费用八十元。"

八十？似乎被打劫。我通下水才六十元。既然都吃亏了，也就不差二十元了，窝囊憋气就这一回吧。

到家后，给楼下送去八十元。他家女主人毫不客气地接过钱，儿子儿媳都探出头，似乎在捍卫自家的权利。感觉理所应当。我有些生气地说："两次堵，与我一毛钱关系都没有。上次我拿钱通，因为在我家冒脏水。这次你家只是不通畅，还让我来负责。我可以告诉你们，钱我可以出，但道理不是这么回事。下次再堵不要找我了。我本身就很注意倾倒脏水。"

钱多钱少，并不影响心情，权当支援灾区了。可内心总感觉很窝囊。

与好朋友小美女通电话说到此事，她也很生气，但还一直劝我说："楼下花昧良心钱早晚有报应。"

我说："我也没花过昧心钱，为啥总堵我心。"

的确，这场遭遇让我看清了自己，生的窝囊，活的憋气。

堵，堵了下水，也堵了我心。

老妈总告诉我，吃亏就是赚便宜，几次下水拥堵，我都在吃亏，而便宜又在何处？

想不通。只好去买张六合彩，些许脏水入室是给我的某种暗示。

## 遭遇是人生富足

我接过新房的钥匙，开发公司的工作人员风趣地对我说："恭喜二楼啊，你中彩了。碰到两位与众不同的邻居，一个楼上，一个楼下。他俩可都是动迁时最难缠的钉子户。"

听罢，不以为然，笑得淡然。心想，有啥可怕，又不是魔鬼。同时，告诫自己，遇事要往好处想，不就是一上一下俩邻居吗？这时，我觉得工作人员的这番话有些虚张声势。

如果不是亲历这两位邻居，天王老子说他们如何如何，我都不会相信。

楼下的老妪出奇的厉害，皱皱巴巴的脸上总是挂着严肃，不管何时出行，手腕上都要挎着一个塑料包装条编制的拎兜，这个拎兜使用久了，原本奶黄色的塑料条，只能从条与条交汇处露出一点点。她的头上总是戴着白色圆顶的老式的确良帽，一身洗得灰白的涤卡上衣，似乎是租来的。据说她以前工作时，担任一个商店的小组长，在她们那代人中，她该是有身份有知识的女性，用现在的流行话，老人家也算当时的女强人。唯一一个儿子在恋爱时，遭到她的强烈反对，服毒自杀。百平方米的楼房，只有她和老头居住。据说，她住平房时，左邻右舍无一不惧怕她的刁横和尖刻，每次骂街时，都是出口成章，句句听起来也符合情理，十里八街无人是她的对手。

人纵有缺点，但也有优点而言，她非常洁癖，楼梯清扫得干干净净，她痛恨破坏楼道设施的人，发现谁谁破坏楼道后据理争辩，或是站在楼门口，见人就唠叨一番。每次听她滔滔不绝地讲着那些大道理时，我都怀着既敬畏又恐惧的心情。其实，我是相当惧怕她的，每次见到她，我都要尽量躲开，躲不开时，只能心惊胆战地点点头，算是打个招呼。一次我与先生一同遇到她，先生与她打招呼时，我躲在先生的身后，用手扯着先生的后衣襟，意思是别说了，快走吧，这时，老妪说："小子你快走吧，你媳妇不喜欢我，扯你衣襟呢。"一句话说出我心里话，瞬间，红了脸。

这位老妪做饭时，不管春夏秋冬，从不用排烟机，每次做饭都要打开防盗门，烟味，油味，调料味……一股脑在楼道漫开。只要打开楼门，便知道她家餐桌的情况。冬天还好，关紧自家的房门，那些烟油味道只能在楼道乱窜；夏天，只要微启窗户一个缝隙，爆锅的葱油味夹杂着腐烂的味道，随着微风直扑进我家厨房。这时，我拧紧眉头嘟囔着："咋摊上这样的邻居啊！"先生忙接过话茬："日日香味扑我家，偏得啊！"我只能无奈地摇摇头……为此，为了防止杂味冷不防地侵袭，关窗成了我家常态。与她做邻居的，为了避免不必要的烦恼，我只能忍受她所要求的一切。虽然相处中没有出现尴尬的局面，相安无战中，我几乎夹着尾巴做人。

而我楼上的老妪才是天下奇人，也最令我苦不堪言。我哭不得，笑不得，说也不是，辩也不是，而生活在极其惶恐郁闷之中。这位老妪最大的特点很少倾倒垃圾，她家的菜叶，塑料袋等都是从楼上一扬手，如同仙女散花般地纷纷落下，为此，就会有许多脏物落在我家的窗台，我可以不出门就一睹楼上的饮食情况。绝非有意去窥探她家的隐私，而是这些脏物一览无遗地告诉了我。最为棘手的就是她家的剩菜剩汤也毫不吝惜地倾倒，一股风吹过，全部黏附在我家的玻璃上，油星、葱花、菜叶……都会死死攀附在我家的塑钢的玻璃之上，且目不转睛地盯着我家的厨房。每每用心擦拭的玻璃，不超过几小时便被污染，煞有"遥看瀑布挂前川"的感觉。这时，我饶有兴致地对家人说：

"如果楼下没有怪味入侵，开窗换空气，楼上的垃圾就得登窗入户啊……"不开窗之二的理由，就是担心会有不明飞行物不请自来地拜访。楼上老妪的作为，我又能说些什么？只能默默地忍受着这些五颜六色"花絮"。

一日，闲在家里，有人敲门，打开门却是楼上的老妇人，她扭捏地捏着衣角，虽是老态，却有小女孩的矜持，支支吾吾说："我从窗户给女儿扔钱，挂在你家栅栏上了，能不能帮我取来。"我忙进屋开窗，果然栅栏的夹缝中挂着一张五十元票子，不经意细瞅，会让人觉得是盆花的一片叶子肆意向窗外挣扎。我取出钱，回到门口递给老妇人。本以为她会转身离开，可老妪却说："我可以进屋坐一会吗？"她的话出乎我的意料，我有点不知所措，忙说："好好，大娘，您进屋……"

我递过拖鞋，她却不穿，光着脚走到沙发处，拘谨地坐在沙发的一角，双手指尖不停地在裤子划拉，这样的动作让我想起我童年时做错事情，遭遇老师或父母批评时才这个样子。看着老妇人，我却不知该说什么去与她交流。老妇人就这样坐了几分钟后，说："你家真漂亮，真干净，我该回家了。"

送走老妇人，我看见地板上裸露出老妇人的脚印，如同用刀子刻在上面一样的清晰。

过后很久，我在楼道口遇到了楼上的大爷，他已八十几岁的高龄，他说："以前你大娘爱随手扔垃圾，她去你家后很后悔，她在慢慢改。哎，我们都老了，记忆也不好，有些习惯都养成了。丫头别怪就好……你大娘精神不好，这几十年给我养育了儿女，没犯病时，还能守在家给我做饭，我挺感激她……"

听完大爷的一番话后，反倒觉得自己曾经的诸多不满有些不尽如人意。我想，人在世间行走，都承担不同的角色。很多事情，必须遵循自然，顺应环境。如果不能改变生活，就要去适应生活。如果改变不了别人的习惯，那就学会去适应她的习惯。碰着这散仙般的邻居，我又能如何？老人经过了风雨飘摇，艰难地走到今天是多么的不容易，如今，身体衰老，疾病缠身，乱扔垃圾的习惯我也只能去忍受。我只好关紧窗户，不至于让脏物飞入我的厅堂。至于玻璃，勤擦拭清洗，也无妨，权当一次身体锻炼吧。

又一日，楼上又开始仙女散花，一个粉红色的塑料袋挂于铁栏杆上，随着风儿飘飘然，不知有意驻留，还是无意停歇，早已司空见惯，自然不去理睬了。孩子放学回来，看着生病的我气愤地说："楼上的做法实在让我无法忍受，我去理论。"在我强行阻拦下，孩子才没有走出家门。依旧气汹汹地说："妈妈，你有时挺迷信的，为何这次却不去理睬，挂着彩色的塑料袋简称'挂彩'。"

我本不想多事，也不想思虑太多，蜷曲着身体依靠沙发，说："小孩子不要多事，更不要迷信。没关系的。"

"自从这个塑料袋挂在此处，妈妈就开始感冒发烧……"

"就你聪明，妈妈受了风寒，体质弱才这样的。再说楼上的爷爷奶奶也不是故意的。"

"妈妈，您说'挂彩'，听起来多别扭。"孩子有些不依不饶。

……

那个粉红色塑料袋就让它飘扬在那里，尽管"挂彩"听起来不尽如人意，但我依旧让它守候在我的窗口，这也许是上天的恩赐，也是人气的招摇，为何其他的住户没有这份优待呢。

我经历，我收获。不管遇到怎样的邻居，都是人生的一种缘分。尽管他们的做法令人质疑，但是他们身上有着诸多我尚缺的心态。他们不虚伪不做作，有着本真的性格和淳朴的思想。有热心的邻居，应该是人生的一种福分；而我遇到了这样两位邻居，也是人生的偏得。

遭遇是富足的，这该是人生的别样收获。

## 菜篮子小区的悲喜生活

### （一）

为了孩子就读长春市第八中学，那年，我选择了亚泰大街与大经路交会处的菜篮子小区定居。

菜篮子小区，一个没有诗意的名字，且土气得常让我不知如何开口。

2009 年 7 月，天气异常的炎热，就在这个时候，我从梅河口调入长春工作，领着 15 岁的儿子，拎着一个皮包，成了"长春人"。

为了有一个属于自己的小窝，我顶着炙热的太阳，徘徊在八中的周围，一边看着房地产报，一边仰头查找卖楼的广告。由于又热又累，遇到了路边聊天的老人们。与之攀谈后，得知其中一位先生的哥哥要卖房，随之看房，并麻利地谈好价格。

交房后，方知这栋楼是修建亚泰大街时，把占地的菜农统一归拢在这里，所以起名菜篮子小区。

那时，修路占地分房按人头，人均一套，所以那些菜农不用劳动，一家人依靠房子出租就可以过得很自在逍遥。若卖一处楼，即可成为周围邻居眼中的富翁。

房子他们只住不修，久之，破破烂烂。为了有一个舒适的居住环境，我投入了五万元维修，也算装修。装修后的七十平小屋，看起来还是蛮温馨。

可是，楼上，楼下，居住的都是老人。楼下的老大爷爱管闲事，且有些跋扈，对我家强行管制，拖鞋的鞋底落地不能有声音，拿放东西需蹑手蹑脚，甚至洗衣机的旋转都被约束了时间。也好，让我学会安静地去生活，也少了搬搬挪挪，轻松很多。楼上的老妇人心脏病，可她家却养着鸟，每天天不亮，小鸟叽叽喳喳，最初感觉自己住在鸟语花香中，渐渐地，有些反感，可又不敢多言。

在这样的环境中生活，自然学会忍耐和息事宁人。

不巧，下水管道年久失修，在上下楼板的交界处破损，下水管道出现缝隙，从一滴滴渗水，到一股股流淌，水流进入我的鞋柜，一双双鞋子被泡开了胶。为了维修，敲开三楼的门，拜年话一笸筐，希望从三楼换管道，可是，老太太一口咬定，她家没有漏水，也不是她家所为。三番五次交涉都不见效果。闺蜜工作在社区，自认为伶牙俐齿，可以对付一切难缠的老人和钉子户，她主动请缨承担交涉的任务。她信心百倍地敲开老妇人家，一番交涉后，老妇人送给她一句话：我有心脏病，我要犯病了。说着硬把我和闺蜜推出她家的门。

我与闺蜜站在门外，哭笑不得。

还好，聪明人无处不在。闺蜜的先生四处打听，说刨自己家的天棚也可以维修，没有其他办法，也只能如此。经过维修，遏制了楼上漏水，生活才见舒适度。

（二）

生活总是一团麻，按下了葫芦起了瓢。那年冬季，附近纷纷有住户因地下煤气泄漏，顺下水管道进入住户，一二楼中毒者居多，时常夜半时分，110呼啸而来，很是恐惧。听到这个消息，生活陷入恐慌中，无奈，买了煤气泄漏报警器。目的是为了早发现早知道。从安装上报警器后，一直很安静。可是，几月后的一日半夜二时，嘟嘟，报警器鸣叫，一咕噜起床，披上外套就往外跑，边跑边给煤气公司打电话，煤气公司很重视，派人来探勘现场，结果并未找到煤气漏点，维修人员说：最近常遇到这样的事，大多是后半夜气压低，厕所的味道上返，也刺激报警器。无奈，卸掉报警器，只求能睡个安稳觉。

没多久，小区内大面积掘开，同时来了一大批工人。原来这个小区建于1999年，十五年管道都已老化，所以常有泄漏，市政府决定重新换管道。好消息，大快人心。经过数月的施工，煤气的隐患彻底从心底剔除，夜半时分，再也听不到煤气中毒的救护车声音。

菜篮子小区边上有一条阴沟，用于排水，自从搬到这个小区，这条阴沟未见清理。夏日，集聚雨水后，散发腥臭的味道，十里飘臭也不为过。途经此处的汽车都会摇上车窗，途经此处的人流，都要捂住鼻子。可菜篮子小区的 200 多户人家就生活在臭气熏天的环境里，久之习以为常。这条阴沟上有一座小桥，连接着菜篮子胡同和平泉路，而菜市场就在平泉路上，菜篮子小区的居民每天必须从小桥经过。雨天聚集着大量雨水，很壮观，似乎黄河的气势，臭味也随之被覆盖了。而天晴后，臭味再度袭来，飘入每一个人的鼻息。居住久了，臭成了习惯，只是时不时头疼，似乎就是被这味道侵袭而来。

十几年的菜篮子人并没有因臭味而厌倦他们的小区，毕竟这里四通八达，周围公园及公用设施尚多，安居乐业的居民们很容易满足，并不以其臭而退缩。可是，我却不尽然，原本嗅觉欠佳，臭味的干扰却抵达入心，每次遇到这个臭味，便是头疼，撕心裂肺一般，曾去医院各种检查，不见效果，只好依靠止痛药缓解。可离开这里，上班时间，头疼缓解，渐渐地悟出自己病因的来由。无奈，在郊区重新购置房产，目的尽快逃离这里。

在我新居还未交付时，市政府又派来大批的施工队，居然对这条我头疼的阴沟进行治理。2015 年一年时间，施工队掏出沟内的腐烂物质，从沟底用石头堆砌成梯形水道。同时，阴沟两边进行绿化，还安装了健身器材，途经的小桥也进行美化。夜晚时分，一闪一闪的霓虹灯，给阴沟平添了祥和的色彩。木板栈道很古朴，几百米处便有长椅用于市民的休息。不知不觉，我爱上了这条沟壑，曾经的臭早已被新建的美景覆盖。每天，我早早起床，来到栈道上锻炼，尽情享受在这里为数不多的日子。处理后的污水很清澈，潺潺的流淌，如一曲乐章，伴随着我的晨练。

只是，心头掠过失落，曾让我厌恶的阴沟，如今却成了风景。感谢的同时，淡淡的哀伤，遗憾在所难免。因为我即将搬离这里。

（三）

新居交付，经过装修后，不得不离开菜篮子小区。

为了缓解资金的压力，卖楼势在必行。急忙在微信朋友圈发出广告：处理闲置学区房。房源地处亚泰大街八中学区房，面积 71.45 平方米，两室一厅，拎包入住。位置四面八方，一分钟加油站，二分钟美容院，三分钟长春八中，四分钟吉大二院，五分钟南岭体育馆，六分钟动植物园，七分钟伊通河畔，八分钟文庙……价格低，位置佳，皇城根下，风水宝地。价格面议，非诚勿扰……

同时，又在玻璃上贴售楼电话。

本以为地处八中附近，一定会有为孩子求学而来购买的家长，然而，事态的进展出乎我的意料。

前来看房的是一对姐妹，她们说为老人买。一番讨价后，听说是给老人买，很受感动，便给予了两万元的优惠。之后，姐妹的父亲又来看房，他说已经七十七岁了。先生听罢七十七岁，与婆婆同龄。这时，先生想起病逝的婆婆，又给予老人五千元的优惠。之后，与老人攀谈。原来老人在附近镰刀厂出生，就读在菜篮子小区的原址 97 中学，因为年龄老矣，怀念曾经的一切，便放弃电梯楼，而选择菜篮子，与他的交谈中才知道菜篮子名字的由来，以及亚泰大街名字的由来。亚泰大街原名南岭大街，2000 年开始外延，之后，由亚泰集团出资 2000 万元买断命名权。

因为买房者是老人，我必须诚实交代此楼的弊病，我说：楼道破旧，上下楼一定小心，下水管老化，平日多多注意……我说着，老人听着，之后他说：这些我都知道，这个小区楼房的建筑过程我都目睹过，哪有弊端，哪里不尽人意，我都知道。但是，这里的优点却是很少停水停电停气，这里的供暖特别好，最主要，这里的交通方便。没关系，丫头，你没看政府在旧城改造吗，不出多久，就会改造这个楼，那时，你说的毛病都会改，与新楼没啥区别。

老人的一番话让我少了隐约的担忧。默默地祝福老人一生平安。

（四）

2017 年 7 月，我搬出菜篮子小区。留下的只有记忆。

不知为何，每每途经南关区，都会绕路来到此地，远远地望着，好多回忆一并袭来。

这时，我看见了改造后的楼宇，新粉刷的外墙，与新建的楼并无二样。当走入单元门后，以往破旧斑驳的楼梯被改造，如今，曾经潮湿的霉臭味道也随之淡去。

原本此楼的弊端都被改造，这里的居民不会再有后顾之忧。

暗自埋怨自己，不喜欢菜篮子的名字，觉得不诗情画意，不喜欢这里的居民，总觉得他们野蛮，不喜欢这里的阴沟，如今却是这里最美的风景……

失去不再来，既然选择离开，那就让这里成为怀想。

如今，这一带全部改造，以往的破旧焕然一新，外墙保暖粉刷，楼内全部设施更换，这样，旧楼换新颜，又地处城市的交通枢纽，谁还愿意离开，想想，悔矣。

# 第四辑：再见山水

旅行的真谛，不是运动，而是带动你的灵魂，去寻找到生命的春光。

——梭罗

## 开车囧事

十几年前，驾照入手，无车可驾，照老手新，嗷嗷新。

工作之故，调入省城，街长，路远，出行工具成了难题。无奈，买来新车。

新车，如新娘，咋看咋顺眼，可惜，却不能放纵自己。持照驾车，并不违规，可拥堵的车流，让我眼花缭乱，让我束手无策，让我望而生怯。

行车不比走路，等红绿灯，躲车绕行，街路标识……一股脑，许多难题奔涌袭来。

丑媳妇总要见公婆，车停在那，也不能视而不见。硬头皮，也要操练。看花容易绣花难，按步骤走起，可惜，手脚生疏，慢慢前行的车，如同扭秧歌，不仅自己恐慌，坐在副驾驶的先生一边嚷嚷，一边摆手，只喊停停停，一个急刹车，车子停下，先生长长叹了气：这哪是开车，这是玩命。到驾校回回炉，练练手。开车不是玩耍，不能有一点马虎。

先生这番话，听罢不悦，可对车，自己又不能游刃有余摆布。

重回驾校，即时陪练。一小时七十元，每日两小时。先生唰唰点出十张百元大钞，为我定制七天课时。

即时陪练，惹人喜欢，单位接走，送回单位，笑容和善，途中有惊险，他总会说：慢慢来，别急。这态度，七课时愉快度过。

满以为花钱可以解决一切，然而，再度握起方向盘，还是茫然。

一次，与先生参加宴会后，瞅着醉酒的他，心里窃喜，我可以独立驾驭爱车了。第一脚本应踩住刹车，由于心中小确幸，脚却放在油门上，只是轻轻一点，车窜出去，醉酒的先生，立马喊着找代驾。我岂能放过练手之机，对他的话置之不理。急挪足至刹车，挂挡，走起。

车缓缓驶入主路，一辆辆车从车旁飞过，有车滴滴鸣笛，有人探出头瞪我，最可气，竟有人扯着嗓子谩骂。心有委屈，也无良策，骂吧，充耳不闻。一辆摩托冲入我的视线，且摇摇摆摆，尾随其后的我，也随之摆动。十字路口时，摩托车猛地急转，我不知所措，偏巧又闪着黄灯，本该驶过路口，而我却戛然停车。警察拍打车窗时，我才醒过神来，车子竟然孤独地停泊在路与街的交汇处，周围街路的车，皆因惊吓急停。

本来难堪，却还扣分罚款，我极力辩白，而警察看看驾照说：老司机啊，不该犯这样的错。

纵有千口，也难澄清自己是新手，十年光阴，早该是精湛的驾者。

这时，酒醉的先生也醒了酒，与警察道歉，并乖乖接受了罚款单。之后对我说：权当交学费了，要不下次没记性。

罚款，扣分，对我应该有所警示。可是，手新技笨，若遇突发刹车，或是特殊路面，抑或狭窄路况，依然无能应对。

为练驾技，先生当了陪练。时而指指点点，时而犀利呵斥，或许关系太熟，我全然不入心，车技并无长进。

对于驾驶，我，朽木不可雕也。

车技，不苛求成才，但至少是生活的能力。暗定目标，熟练并线，提高车速，倒车及入库……循序渐进，不求速成，一点点，慢慢来，熟了才能生巧。

从胆怯，到自如；从恐慌，到无视。渐渐地，手握方向盘，少了以往的排斥。尽管这样，我依然谨小慎微行驶。最胆战心惊的是行驶中，从栅栏，从车旁，窜出一人，这时，我毛发悚立，冷汗通体，一时间，手脚僵持。然而，这样的遭遇，却常常遇见。总有一些人，为走捷径，为省时间，不走斑马线，侥幸，随意，穿马路。殊不知，这样，惊了司机，也会吓了自己。严重时，车与人还会有摩擦。

不知为何，以往过斑马线，像风一样自由，像风一样空灵，脸上泛着笑靥，脑海也不用天马行空的想象，不就是十字路口吗，走过去便是。

而如今，每每过马路，红灯自然停，绿灯却迟钝，我恐慌，缩手缩脚，左顾右盼，担心遇到像我一样嘎嘎新的手，无法熟练掌控路面而伤及了我。

红绿灯，惊扰我心，过马路成了我的怕，都是开车惹的祸。无奈，只好遥望绿灯，不知归处。

想想当初，忽略自身心理素质，考取驾照，追赶了时髦的潮流风。

早知如此，不该追风而学车。因为，我明白，这座城，不会因没有驾照，没有爱车，而不与我相依相偎。


## 龙湾，诗意的邂逅


### （一）

一想到去三角龙湾，心开始膨胀，轻盈地升啊升啊！

三角龙湾并不陌生，因为它一直属于身边的风景，相约的次数之多，无从细细数来，但每次的相约，都会带给我新的感觉，新的感动，新的感受。

不去回忆曾经的多次，只在意最近的驻足。

轿车离开一级路便驶向林区的山路，路边虽无高山可言，但油绿油绿的颜色足可以让视觉瞬间兴奋，伴着契合心境的轻音乐，我的心如同林中的鸟，陶醉其中。

三角龙湾的景色有几处，但最入心最留恋最难忘的还是吊水壶，也许与我恋水有关。铺着木板的小径，一面靠山，一面临水，靠山则古树相依，鸟鸣相伴，临水则溪流潺潺，澄澈轻盈。渐行渐远，随风吹来轻轻的大山的气息，像生了根似的与我缠绵。最令人难忘的便是瀑布，一条银蛇从半空落下，好似仙女的飘带，把山崖隔开。一丝波光掠过，把湖面涂上多彩的色泽。伫立湖边，感受瀑布拍打湖面的刚柔相济，刚得像是汹涌澎湃势不可当，一泻千里；柔得如同少女的笑靥，温婉恬静。因水流落差的变换，让湖面的精致通透出灵性，蓦然间令我思绪激扬。留恋着，好一阵子不愿离去，难道这就是心的归宿？

不由自主地想到湖中的鱼，知道它的名字叫虹鳟，只有三角龙湾才有的物种。想着想着，心中便生出贪念，如能品尝该是多么惬意。心事被朋友拆穿，午宴真的有虹鳟鱼。细细品味暗暗叫绝。此时颦眉凝注，看着鱼，看着水，想着心事……为什么城市没有这样景致？疲倦时的修复，喧嚣中的静心。

一条有树，有径，有吊桥组合而成的生态链，有特定的内涵吸引着我一次次地光临，不知为何总会令我眷顾每一步的景致，不知前世是否与它有缘，是否定下相约的誓言，为何一次次的到来，一次次的留恋，不曾疲倦，不曾厌弃，总是有种特殊的魔力牵系着我。或许是湖中的鱼吧，与我有着两世的相遇；或许是林中的鸟吧，与我定下今生的约定。真不知前世自己的样子？是鱼？是鸟？而今生的我，却奢望成为鱼，嬉戏水中，这冷冰冰的湖中虽无温暖，但却少了人世间的尔虞我诈，磕磕绊绊。我情愿成为鸟，飞翔在林中，虽无高楼林立，但绿色中的情结是一生的追寻。想着想着，如果我变成鱼多好，变成鸟多妙！

行走于我就是赏心悦目，也是一种逃离。然而，逃离并不能恒久,回到现实,回到生活,依然与纷繁的世界打拼。越发疲倦,越发眷顾行走，三角龙湾留给自己更多的便是回忆。虽然龙湾之行有些时日，窗外飘来的曲子便把我的记忆唤醒，让我再一次走入其中，做了一次心灵的远行。

如果有人问我三角龙湾的印象，我会说去过，不止一次，那里的山不高，林子不多，但是，系在记忆深处的不仅有山水，还有龙湾的虹鳟鱼，如云朵一般，在水中翩翩起舞，它不仅味美，更多是我与它有着无言的约定。

我愿意驻足湖边，守望那些流动的彩色的云朵。

（二）

辉南龙湾我并不陌生，记忆中的美丽依然萦绕，难以随着岁月而飘逝。

龙湾是国家森林自然景观，真山真水，真真切切，飞瀑倒泻，银雾飞溅，徜徉于这样的美景之中心旷神怡。龙湾群旅游区主要由三角龙湾、吊水壶瀑布和大龙湾三部分组合而成，每一处都有其独特的景致，都有吸引人的神韵。

踏入三角龙湾的景色之中，我以游人的身份无法目睹全景，只见山连着山，水环抱着山，山山水水缠绵呼应，勾勒出人间的水墨佳境。若巧逢飘雨，更有一番情趣。雨中的山清新，雨中的水别致，山山水水被雨雾笼罩，似仙境缥缈，似画卷妖娆。龙湾的水很清，清可见岸边的卵石，清可目睹鱼儿的嬉戏。丝丝细雨洒落，在平静的湖面撩起涟漪，波纹荡漾，形成一个个立体微妙的遐思，烟波浩渺中张扬着水的笑靥，把山的影子揉碎后拼起，再揉碎后再拼起，反反复复着喃喃低语。

龙湾的山秀美突兀，并非高耸却很奇特，重重叠叠的群山像睡意浓浓的少女，披着雨雾的薄纱，脉脉含情，凝眸不语，无声中浸湿游人的心扉。湖水的对面几抹远山，一重压过一重，一重淡过一重，若有若无，与天色相抱，缥缈中若即若离，挑逗着游人的视野，一片遐思，一片向往，宛似融入奇峰怪石的怀抱之中。雨丝依旧滴落，冰凉中顿感惬意，爬上龙湾的山，更可一览湖水的广袤，在林涛的柔情中，感受着青山的隽秀。忘乎所以地呐喊，呼唤远山的情思。

水壶瀑布别具一格，叮咚流淌的清澈山溪被栈桥环绕，迤逦曲折，似一首有声的歌，似一幅涂色的画。置身此景之中，聆听鸟鸣，狂闻草香，沐浴细雨，静静中拥抱着原始的旖旎。回归自然的惬意让我忘乎曾经的自我，更让人心驰神往。吊水壶瀑布像折断的白纱从绝壁流下，宛如一束束晶莹洒落，溅起朵朵银白色的浪花，十分壮观，似轻纱如烟如雾。我进入湖水中让浪花吻着我的脚踝，沉浸在轻纱薄雾的深情之中。此时，我俨然是调皮的孩童，回归天真，回归活泼，在这柔波粼粼的水浪之中嬉戏。我喜水爱水，眼前由水组合而成的绝壁让我流连不忍离去，纵情倾听流淌的交响乐，撩起朵朵浪花，目不转睛地观赏着一尾尾虹鳟鱼。妩媚幽深中让我想起"飞流直下三千尺，疑是银河落九天"的佳句，此景虽不比三千直下，但也别具一番韵味。

大龙湾的水面宽广，同样也沉醉在细雨的柔情之中，感受山的爱恋，感受雨的抚摸。大龙湾的水很静，犹如一面镜子展现在我的眼前，柔和中带有波动，动态中富有神思，雨中更具迷人的景象。烟雨蒙蒙，水天相接，幽静与平和中更具魅力。墨绿的深邃中，只有雨滴轻抚，挑逗波光，喃喃细语。大龙湾的道观香烟缭绕，所以更加深了大龙湾的灵气和神秘，把深藏秘密的湖水映显得更加莫测！

龙湾妩媚宁静，活泼清纯，灿烂张扬中犹如童话，虚幻中真切，真切中感动，这独具魅力的景观让我流连忘返。待有闲暇，我一定再次投入龙湾的深情之中，纵情品读其中的美妙。

## （三）

天空丰盈静寂，我，积郁心中的情愫期待一种静美的释放。

缱绻湖泊，徜徉山林，美丽的心曲盛开在冬的圣洁中，在悄然无声地闪烁着生命的诗意。

是谁？引我步入这般仙境。

山间静极，凝神悉听，雪花飘落的声音如同天籁。不知谁踏着积雪，鸣起雪野的音符，这种嘎吱嘎吱的足音在空谷中响彻，惊扰了雪花的安然。抬望眼，有些缥缈，雾霭、山涧、积雪、飞花都被迷茫的烟雾笼罩，如同仙境。满目的童话，洁白的高旷，这雪，这山，这水在天地间轻灵妖娆。而我的心境如同孩童，驻足梦幻般的世界忘却了归程。

是谁？引我的梦凝固成神话。

岁月无声地流过，我的思绪依然飘飞，许多情结在静寂的山涧流淌。我知道，曼妙的矜持是我等待的因由。一阵风来过，我轻偎山涧，轻依山林，用柔柔的情思吻成绝妙的空灵。于是，一副素洁的灵动的底版成为摄影人永恒的记载。这不仅仅丰富了冬天的梦，还会在宁静中轻唤那惟妙的情思。

是谁？锁住我的步履与仙境缠绵。

如果没有冬天，就不会有龙湾这样超越世俗的风景，踏遍冰谷雪野，心中升腾着情愫，情愿被这迷幻的神话诱惑。此时，我情愿徜徉其中，不转身，不离去。都说雪野荒凉，而满载的心境却是生命的爱恋，这其中弥漫着旷世的心音。

听，有涛声，有流水，幻思幻梦间，我听到了澎湃，在冰涧的深处，藏着渴望。一种奔放的旋律源于大自然的箫音，穿过静寂的山谷，越过洁白的林海，将一个冬天的婉约，柔肠百转地植入音节。冬日，放飞希冀的节奏，撩拨着生命的感动。于是，我伫立凝想着，听着一曲曲冬涛散播开来，听着鱼儿的酣梦，听着山林的苍茫。而我不得不驻足，与这份旖旎婉转成幽思的旋律。饮月光的清酒，厮守天地的悠长。

于是，在旷远的宁静中，冬涛在深情地眷恋神话的世界。而我，把这份自然的信息，编织成美丽，遥寄给天外的听者，也许，这一如既往的空灵正在召唤冬涛于掌中。我目光在游走，仿佛看到山水间舞起灵动的希冀。

我的情思是苍穹散落的希望，或是，山水眷恋着的花朵？我的停泊是否久远？我的眼眸是否灵动？在无数个冬季里，倾听龙湾的涛声来诠释生命的底蕴。

我从梦中醒来，独坐屏前。我发现，我贪心倾听的龙湾冬涛，并不是永恒。春天就要来临，我的梦幻将再度启航。

（四）

我喜欢三角龙湾的风景，尤其留恋吊水湖的山峦、树林、小桥、流水。然而，此次的游走却不是以往的那份激情。眼前的美景在雾气中氤氲着，却无法撩动我的心怀。

离开生活二十几载的县城，也就离开身边熟悉的风景。当我走过省城的街道时，熙攘的人群，喧杂的车流迷茫着我的双眼，从前的一切记忆都能找出美感来，我内心深处无法遗忘从前，尤其欣赏龙湾的美景后，我更加寂寞和孤独，在回忆中温暖着我的情感。一路观景中，脑海中飘忽着以往的情形，心头也在律动着从前的记忆。

此次秋游三角龙湾是单位的集体活动，完全是被动的，没有一丝的愉悦，机械地行走，麻木地观景，为何缺少以往的欢愉？这些低迷的感受阻隔着我的想象，眼前重复着以往游走的画面，还有一同嬉笑的朋友，我几乎难以相信我自己，心情为何会如此的残破不堪？为何难以走出从前的记忆？难道这就是苍老的见证吗？

更糟的是我无法目睹眼前纷纷的落叶，它们会让我不自觉地想到自己。

厌烦喧闹的噪音，我匆匆疾走，从人群中挤过。小溪的流水和小鸟的鸣叫难以唤回我曾经的一份浪漫，而我内心深处在独自舞着自己低婉的忧伤。

为了摆脱我内心的惶急，我想极快逃离这片风景。

以前三角龙湾是我疲倦后调整身心的风景，每每来过，都会萌生别样的心情，真山真水总能激荡我无尽的遐思，总能挑逗我的想象。眼前的景色依旧如昨，眼前的流水依然熟悉，而我却静静地沉入自己的怀想中，忆起曾经游玩的情境。

我厌倦城市的冷漠，找不到入心的幽美，向往山水中的风情和温柔却不是城市生活所拥有，为此，为了这份奢侈的心境，便寄托于山水间，所以行走成为生命的一种乐不思疲的追寻和慰藉。

此行前，想象着她的温婉美丽，想象她的万种风情，以及能够博得我无限怜爱的思绪。然而，站在水边，眺望山峦，心情却糟糕至极，看来我此时的心境与风景无关。不论眼前的景致如何之美，而我内心起伏的失落却不被人知。我沉静中像极了树林中渺小的草，麻木地瞧着我身边的人。在这一望无边的林海，我的内心好像缺少什么，又好像在祈求什么。然而，眼前的景观却无从拭去我心灵深处的那份忧伤，也不能释怀心中的那份期盼和寄托。

我是三角龙湾的过客，而这里的记忆却是生命的永恒。

此时，面对此情此景，正是季节轮回中的片段，树叶在慢慢地枯黄飘零，我发现，我如同一片即将枯萎的树叶随风飘摇，却不知归途何方。曾经的记忆葱绿着蓬勃着，而生命的轮回中我也开始面对凋零。

想到这些，怀疑此次三角龙湾之行的对与否，如果能够涤荡心灵的蒙尘该是多么洁净的选择，然而不是，面对如此真实真切的山水，不该有我如此散乱的心境，我在埋怨自己。

这样想来，我内心的角落该得到一丝的同情，因为我珍存着曾经的美丽，还有三角龙湾别样的景致。青春的记忆无从在脑海散去，对于浪漫女人而言，心情本不该如此的凌乱。

（五）

为何每次的光顾，都是诗意的邂逅？

为何每次的别离，都是依依的难舍？

有一种风景，只要看过便镌刻心底，想必今生难以从心底抹去。而龙湾便是我心底无法消逝的风景。

龙湾与我相识许久，每每的驻足，都是别一番的心境。

近日来，心中渴望着化成蝶翩翩起舞，或是变成鸟林海飞翔，或是变成鱼湖间嬉戏，缠绵地追逐自然的风骨。心中的憧憬变成现实，梦的栖息就是眼前的龙湾。

当随友人一同踏上龙湾的石径曲桥的流水间，我的心便插上翅膀，翩飞的神思蓦然地释放，绿树、溪水、小桥、山峰，无不令我痴迷。清幽隽奇的曲径中，我似鸟似蝶，疯狂地翩飞，尽情地起舞。忘记了此次之行是在为友人做导游。或许是我禁锢许久的思绪面对龙湾的佳境后得以释放的缘故，我才变得如此轻盈自如。

龙湾，记不得来过多少次了，但从不厌倦。曾苦思其缘故，总感觉有无言的牵记在无时无刻地把我呼唤。

友人把龙湾比作百媚千娇的女子，而我却别有一番心思。龙湾是火山燃尽后的梦境，是永不枯竭的缠绵，是超凡脱俗的眷恋。

龙湾的水静而深邃，犹如酣梦中向往着气势磅礴；龙湾的山宽广平实，通透出超凡的气质；龙湾的树绿得葱茏，令人犹生融融的欢乐气息。走入龙湾，走进龙湾的溪水和瀑布，感知水与人，树与人，山与人的默契，感知龙湾的脉脉风情，顿生亲近之感，并由衷地感谢大自然恩赐给我们这处别样的风景。走进龙湾，便走进龙湾火山群的底蕴之中，感受他的粗犷和隽秀，感受他的博大和细腻。同时，感觉他曾是我前世携手同行的朋友，感觉他与自己的内心有过相约的盟誓。

凡是真山真水间，总会有离奇的传说。心动的风景，必与我有其前缘。此刻，我仿佛是穿梭在山中采药的女子，寻千年的约定，追逐心中的誓言。谁是我心头的牵挂？谁又是我梦中的追寻？面对龙湾，我有些羸弱，但内心的思绪羞怯怯地静默着。那一刻，眼眸中的龙湾不再是风景，而是我梦幻中的家园。我的周围徜徉着呼唤，从我的目光中舒展到天涯。我的心开始柔弱，仿佛这片风景中的一花一草一树一木都与我惺惺相惜。

幸好，我及时调整自己的痴迷，收回梦幻，回到龙湾的风景中。山峰起伏，树木起伏，微微的风，交织成通透的网，一浪浪地网住我的心。伴着溪水的流声，伴着山间石径旁边一个一个音箱里传出来的轻音乐，伴着与友人朗朗的谈笑声，我再度听到呼唤，来自山峰的那边，来自旷古间不可企及的地方，一声声的呼唤迷惑我的眼睛，扣住我的心，由浅入深地簇拥着我的身体。我的心头升起喜悦，还有一点点哀怨。我知道，这处风景是天公的杰作，而熙攘的游人喧闹着惊扰着这片风景，这片我无法忘却的风景在被游人的足痕践踏着，我自私地企望这片风景唯我独有，我情愿成为精灵与龙湾的水一同涨落，清清澈澈，坦坦荡荡；与龙湾的花草树木一同承载岁月的更迭，平平静静，默默守望。

难得的游玩，难得的友人小聚。

离开，不舍地离开。人到别时，不如最初不相许。静静地听风，感觉龙湾再度把我挽留。

我无限依恋地回望着……

柔绿的树林，像我柔美的心境，在龙湾的山水间，弥漫着无穷的期待，这份特定的温情，化作刻骨铭心的眷恋，永远不会消散。

匆匆走过三角龙湾，不能否认它内在的美丽在延伸，只因自己的心境，忽略许多，同时又唤起许多，这些与风景无关。

期待秋时与醉美龙湾牵手，只为风景，也为记忆。

## 采一朵阳光好种梦

眼前这片土地，像婀娜的少女，只见到了第一眼，便暗恋于她。这里的空气清新，这里的山青水美，这里的农民憨朴。这些最质朴最憨实的优点，就是撩动我情思的最好理由。还有一句话，让我更是怦然心动。

什么话呢？

那就是——每个人都可以在这里当地主。

暮春时节，随游人刚刚走进这片位于东辽县金洲乡的采摘园，导游的这句话吸引了我。

驻足观望，眼前的土地田字格一样铺开，每一块土地都拥有一个有个性的名字，譬如望鹭园、菜鸟田园等。

因为好奇，便与导游攀谈一番。原来这里的农民把田地分成大小不等的面积，分别租给城里来的那些想当地主的人，这些人就成了这片土地的临时"主人"，也就是人们说的地主。而这些"地主"们并不亲手来耕种，当然，有的地主喜欢自己亲手耕种，也可以。而大多数的情况下，是由当地农民按照每一位"地主"要求，种上"地主"喜欢的蔬菜或粮食，到秋天，这片土地上的蔬菜或粮食便都归租用土地者所有。蔬菜或粮食生长期由农民浇水施肥，施农家肥，生长期无公害无污染，成熟后，"地主"们就到自己的地里采摘和收获。这样既满足了需求者对绿色蔬菜和粮食的需求，又提高了农民土地利用的价值，既互惠又互利，又是一种品味的追求。

哦，我明白了，这里所指的"地主"，并不是旧社会拥有土地而又剥削贫农的地主，而是拥有这里土地使用权收获权的"地主"，更深层之意是对每一位光临自己土地的朋友们，尽到地主之谊。

这番话，不仅点亮我的眼球，还牵动我的心。跟随导游继续前行，又看到田地的附近，伫立着许多黄泥建起的房屋，草苫的屋顶，格子窗户，报纸糊的墙壁……板式的栅栏，板皮钉制二层的鸡舍，第一层公鸡母鸡居住，第二层摆着母鸡下蛋的草编的窝。草屋，鸡舍，都是应这里前来种地的地主要求而提供，地主们利用休息闲暇，前来田园培育自己的庄稼或菜蔬，累了草屋可以休息，如若想在这里多些时日逗留也无妨，草屋可以做饭，可以居住，完全可以把日子过得风生水起。

田园，草屋，是这里农民圆梦的道具，又是城市生活人追求别样生活梦的舞台。一片采摘园，却缠绕着农村和城市的梦。

此情此景，勾起我对童年的回忆。这样的草屋，这样的鸡舍，这样的田园……都是我童年的样子。我惊喜地东瞅瞅，西看看，兴奋之余，感觉自己又回到了童年。抚摸着黄泥的外墙，似乎在抚摸童年的记忆，也像抚摸着久远而亲切的历史……一股股温暖瞬间在身体内漫溢。

童年已是久远的故事，可是，岁月流逝中，童年却成了内心驱之不散的梦，时不时，有片段，有声音，有味道，扑向自己，勾起记忆，为此，总会在触景生情时，内心泛起涟漪，荡起波澜。可是，岁月又无法将自己带回从前。这份失落在心头集聚，久之成了遥不可攀的梦。眼前，这片田园，这些草屋，成了梦之畔，在梦想的着落间，暂且圆了我内心的梦。

何止是我，这里的农民也有一个梦，他们梦想着用自己的田园，培育城里有梦想人的梦。农民的梦实现了，城市人的梦想也实现了。而我徜徉思绪中的梦想也在此落脚，再次扎根。

不知何时起，内心疯长出对田园生活的向往，对大自然的向往，对泥土气息的向往。生活在城市，这些向往只能归于想象，也只能算作是梦。而此行，不仅仅是旅游，而是一种回归，是一种收获。

漫步采摘园的木板路上，看着诸多地主家的小菜园，看着当地农民在耐心地浇水施肥，心头升起暖意，凝视间，眼前小小青苗竟幻化成排列整齐的玉米高粱，绿油油的豆角黄瓜，红腾腾的西红柿……我似乎就是地主在骄傲检阅着自己丰收的田园，不经意间，我痴痴地笑出声来。

尽管眼前的采摘园让我惊奇，惊讶，惊叹，纵有欢喜，但更多的是失落，因为暂且没有属于自己的一块田园。因为向往，我想拥有一块我命名的田园，赐给它一个诗意的名字——梦之园。隽永着自己耕耘的足迹，记录着收获的美景。这是我期待已久的田园的梦，又是延续童年记忆的梦，也是改善生活质量期盼的梦。

好想拥有一块自己的田园，也好想采摘下一朵灿烂的阳光，在这里播下希望的梦，让其在爱的呵护中，开出美丽的花朵，收获丰厚的果实。这个梦在此延续，在此生根，在此发芽，在此结果。

告别这片土地时，心中有太多的恋恋不舍。于是脚步踌躇，一步一回头，两步一驻足，有些失落，更有些不甘地回望田间，自言自语地说：我还要来的。这里有我的梦，我也想当地主。

## 遗憾是再遇见的开始

一夜篝火，一夜欢歌，纵然疲倦，也未能阻隔采蒿草的脚步。

转山湖的晨风微微的凉，这种凉，却是内心的一种向往。遥望群山中蓬勃的日出，视觉中的暖意，与晨风中的微凉交融，一份期待，一份享受，一份向往，全都沉潜在心灵的深处。

采蒿草，已久违。踏着露水，儿时的画面在脑海中徜徉。

山是山，水是水，与儿时的山山水水酷似，而思绪却比儿时沉重。成长的压力，生活的琐碎，早已磨灭了童真的欢快。

如今回归本真，我是多么的向往。

城市的拥堵，似乎也困顿了人心的快乐。多么想择一处临山栖水的好地方，以旅游的方式，对心灵做一次洗礼与释放。眼前，湖水绕山而转，山的那边是憧憬，驻足于此，似乎忘去了往日的烦劳；凝注群山，内心默默地与山峦诉说；俯视湖水，目光深情地与水波交融。

就这样，端午的清晨，以采蒿草的名义，与群山，与湖水，来一次深度的拥抱。

美景与美食一样，不能贪婪，留有余地，留有期待，才是恰恰好的距离。

相遇短暂，记忆永恒。昨夜一同欢歌的朋友各自启程。

我从长春来，自然要回长春去。同行闺蜜说，我们路上吃早餐可否。我欣然赞同。

车，缓缓驶出转山湖宾馆，我一遍遍回眸，默默与山水告别，相处虽短暂，留下的印象却极其深刻，让人如何肯舍。

打开车窗，丝丝凉风扑来，同时也飘来蒿草的清香，还有土地的芳醇。这时，村庄袅袅炊烟的味道，也让人心清气爽。城市里的天空是灰色的，云朵酷似水墨画。而眼前，色彩清纯，天空，白云，山峦，树林，纤尘不染，有种婴儿出水的洁净与柔嫩。就连路边的野草，似乎都多出一份迷恋和不舍。

其实，这是梦一般的向往。童年，城市是学习的动力。如今，村庄是健康的向往。人，总在遥不可攀的梦幻中期待着，为之付出一份努力和拼搏。

心里清晰地知晓，生活不会总以个人的意志为转移，而人们却总在难以实现的想象中沉沦。

村庄美极了，却找不到吃早餐的餐馆。此处为旅游的必经之地，这里的村民缺少旅游文化的概念。村庄的人们生活安逸，少了拼搏的劲头。而我突生旅游经济的念头，是城市打拼和竞争的经历中，让我多出了这份忧患。

顺村庄一路行驶，一路寻找，驶到高速入口，也未找到饱腹的早餐店。内心浅浅的遗憾，只好打算饿着肚子回长春了。

还好，高速路上的靠山服务区，喝到热腾腾的粥，吃到老式的花卷。一半因空腹，一半因味道，这顿早餐却吃出了童年的滋味，瞬间，食物的美妙让味觉回到了童年。刚刚还有少许遗憾，饱腹后却升腾了期待，因为这顿早餐。原本这次出游的潜隐缘由，因心中藏有曾经饕餮的李连贵熏肉大饼的记忆。

初识四平源于李连贵熏肉大饼，迄今心底有种香味还在流连。这次的出游，一半为了休憩，一半为了熏肉大饼。虽然此行没有满足吃饼的意愿，却收获了风景的旖旎。其实，每次游玩，都应该留有遗憾，这样，为再相见铺成了期待。

如若每一个人心底都有遗憾，为之便多出念想。世间一草一木，一花一草，一山一水，都有故事和传说，与之相遇自会留有遗憾，只有这样，故事才有血有肉，情感才有所寄托。转山湖，四平，都有故事在心间跌宕起伏，每次遇见，都难以读懂及读完全部，带着这份遗憾，自然成了再次相见的开始。

有些风景虽在梦中，如若亲历，那是刻骨铭心。如若遗憾，便是再遇见的开始。

# 瀚海情书

我对这片芦苇如若说是欢喜，还不如说是沉溺，初次相逢，第一眼相见，便驻足发呆。这时，所有见过的别处风光，都少了诱惑。

芦苇塘曾在影视剧和电影中见过。一直觉得很神秘，且是梦幻般的景致。而这次随儿童作家采风团前来牛心套保湿地风景区，收获此景，欢喜满满。以往未曾晓得，东北地区，还有吉林省会有芦苇塘，这便是自己的孤陋寡闻。还好，未曾了解的未知便是神秘的，便是新奇的，便是倾心的，所以这次相见算为处女见，相见便是动情的，难忘的，隽永的，且有种久违的亲切，似曾相识。觉得这是一场梦，而梦却这么简单地如愿成真。

一切相见，皆因缘。

似曾相识，抑或梦中。而此刻的相见，圆了夙愿，可以说成是再续前缘。

踏上苇塘的宣教长廊，这是一本无字的书，蓝天是封面，芦苇是内容，微风徜徉则是插图。渐行渐近中，本想讨教宣教长廊之深意，想来自己也是写作人，想象便是写作的前提。这样，便搁浅下疑惑，任由思绪天马行空。宣教长廊看似无字的，其实字字都隐匿在风中，藏在芦花里。只有用心地阅读风景，方可解读其中的韵味。有时，文字不在阅读，而在体悟，也在领会。芦苇塘的文字就是目光与风儿拥抱后产生的共鸣。

领悟的深浅，是懂与不懂的界碑，也是相知远与近的分水岭。

初秋的芦苇塘，芦花刚刚绽放，细密的芦花，羞涩的摇曳，眺望着辽远，低吟着情歌。我漫步在芦苇栈道，一边前行，一边欣赏，浓密的芦苇随风儿奔跑，我也融入其中，似乎也随之飞奔。芦苇很乖巧，与微风儿契合，同样的韵律，同样的波浪，同样的姿态，任由风儿漫无边际地追随。风儿似乎就是号角，芦苇便是士兵，在风儿的指挥下，芦苇一触即发，浩浩荡荡，其倾情之度壮观，辽阔，深远。这时，我成了苇塘中渺小的一分子，不敢轻声语，唯恐惊扰芦苇的征程。这时，不远处，同行的朋友们摆弄着各种姿态，与芦苇合影，与风动的旋律合影，与恰恰好的甜美心情合影。

栈道的一个转角处，停泊一艘帆船，这艘船是摆设，是风景的点缀，是给拍照营造一种氛围，让每一位拍照者记录流年的美好。男人们驻足眺望，在深思，而女人们则挥动着五彩的丝巾，每一个动作，每一道点缀，都与帆船珠联璧合，都与苇塘温情相依。

人们留在此处的全是美好和微笑，还有无尽的向往和憧憬。

移步走出栈道，有水车映入眼帘，这也是点缀，如同池塘翠绿中绽放的一朵荷花，独一无二的美，瞬间博尽观景者的芳心。拍照留影必不可少，每位欣赏者，都要用相机把美丽带走，留作未来的怀想，水车就这样投其所好地定格了一双双虔诚寻求美好的双眸。

深情凝望，仿佛这是一幅画，在远方，永远向往的远方。

随着足迹的渐进，来到荷兰风车处。当步入芦苇塘之时，远远望见风车，内心暗暗揣摩其用途。登上阶梯，一阶阶逐梯而上，登极风车最高处，整片芦苇塘尽收眼底。苇塘与蓝天相连，仿佛这个世界是芦苇的天堂。蓝天扯着白云的手，把芦苇塘围拢成一个大圆圈，与大草原的漫无边际极其相似。眺望远处栈道上的游客，如同一朵朵花，在灰绿色的背景下欢快舞蹈。

风依然在奔跑着，不急不缓，带着游客们的美好，带着芦苇的寄托，哼唱着歌谣，快乐地奔往远方。

其实，芦苇塘尚在开发中，还保持着原始的羞涩和纯朴。

未经雕琢的风景最美。不加修饰，依靠不忘初心的那份美妙，依靠没有搽脂抹粉的内涵，依靠错落有致的淡雅，吸引游客的心扉。这片芦苇塘如同少女，美丽羞答答，而真正的美不美看格局，靓不靓看内涵。这其中的深远折射出未被污浊的隽美。

听说，这处风景还要继续挖掘打造，还要继续文化传播，附加的修饰会与时俱进，游客也会随之攀升。如此一来，本真的宁静会被惊扰，原始的魅力会被渲染，自然会破坏眼下的这份娴雅。但是，美景是共享的，美好更需要分享。这处美景在与日俱增的宣传中，会迎来南来北往的客人。想到这些，内心满满的都是惬意和满足，因为我们在恰恰好的光阴里，一饱眼福，一览苇塘的大美，这些都是后来者无法感受的粗犷、浩渺和静美。

此行的一位领导概括牛心套保湿地风景区为西部的瀚海。

细细琢磨，合乎情理。无际的苇塘，如同一片海洋，律动的，奔涌的，浩瀚的。且每一株芦苇都孕育着期望，还潜藏着童话。这里的富饶需要挖掘，这里的风情需要流传，这里的故事更需要传播。

海子说过，向往的生活是面朝大海，春暖花开。而眼前的诗酒田园般的风景,也是美好生活的向往。这里,可以安静思考,可以奔放想象,可以创作美篇。生活在北方,山山水水随处见,而芦苇塘未必处处拥有。稀少便成为它与众不同的标签。

回到长春数日,久久不敢动笔,唯恐自己的笔墨无法描绘西部这片瀚海的辽远,无法抵达瀚海的深处,无法捉摸瀚海的灵性。其实,芦苇塘的这些性格,正如北方人的性格,想到这里,有了胆量,便写下这封情书。

不是情书,也算是情书,因为我喜欢并爱上了这里。

## 秃顶山的诗意

似乎是天意,我只是喜欢文字的女子,偏常常在散淡的墨香中,啜饮文字的芬芳。自然常与文字及写字人相遇。此行,白山军旅诗词笔会。同行友人,唯我不懂诗词。然而,并不妨碍我。我更多的心思,倾注于风景。

这次笔会的景点之一——秃顶山。

秃顶山,顾名思义,寸草不生,满怀疑惑,与友同行。

秃顶山海拔 1420 米,据说是白山地区最高的山峰。

中雨,且只是预报。还好,天公作美,天蓝如碧水,云白如棉絮,我心美如孔雀开屏。

山下,遇见驴友,前一天他们从外地来秃顶山看晚霞,拍朝阳,结果,因雨,晚霞失约,晨起雾大,朝霞也羞答答没有露脸。尽管这样,并没冲淡他们的登山兴致。我们抵达时,他们已经从山顶走回来。

秃顶山，尚未开发，没有登山的阶梯。昨日的雨滴，还留在山坡，未曾前行几步，鞋子，裤脚，都被濡湿。伴着微凉的山风，有种初秋之感。尽管这样，一行友人兴致不减，相互吆喝着，提醒着，照顾着，陆续登上山顶。

山顶雾气缭绕，隔不远，偶有野生的树，歪歪扭扭，随意懒散，看似不成材的样子，却顽强地生长着。山顶的树，不聚群，也不像城里路边的树一样，成排生长。它们该是野生的种子，借助春风，在此安营扎寨，之后，任意地发芽，就这样长在光阴里。

天地间，只有这些任性的树，似乎这些树，是天地的导体，或是天地的纽带，这些树与天最近，它们优先与天空对话。如果天地和谐了，这些树功不可没；如果天地别扭了，这些树必受牵连。这些树就这样，承载着天地的使命，孤独地生长，他们没有欣赏者，也没有群居的伙伴，偶有相连的岳桦交织盘旋在一起生长，也是寥寥无几，也只能相互着取暖，相互着诉说孤独。它们倾心地独恋，立在天地间，散发着最原始、最动情的爱恋。

不经修剪，不经浇灌，不经培养，山顶的树，就这样，在石缝间，在陡壁旁，在任何地方，只要扎了根，就顽强地生长。没有绝世的姿态，没有笔直的主干，然而，却彰显出无与伦比的个性，向登山者昭示生命的顽强。

就这样，动意天地间，迷幻至幽远。

我在这些树中穿梭，远离喧嚣，靠近内心，靠近了灵魂最深层的寂静。同时，以这些油绿的树木作为背景，拍照，拍照，还是拍照。

这里是天然的牧场，周围农庄的黄牛，都散放在这里，无形中点缀了这座秃山。

太阳懒洋洋探出头，冲破雾气，给山顶铺上又一番风景。极目远望，山峦连着山峦，云朵扯着云朵，山峦云朵交错，如万马奔腾。一会儿，山峦藏入云朵间，一会儿，云朵环绕山峦里，云与山，玩耍着，嬉戏着，好似这片秃山，就是它们的乐园。这时，我忽然觉得自己很孤单，无法融入它们的游戏中。同时，我也感到一种幸福，因为有一行文友相陪。

在山顶逗留很短暂，环顾四面八方，只为弄明白秃山之意。所谓秃，应该寸草不生，应该荒无人烟。而这里树绿草美，纯天然的大氧吧。况且还有牛马奔走，让这座山顶，多了生机，多了味道，如何就叫它秃了呢？站在最高处，想起林则徐的话：海到无边天作岸，山登绝顶我为峰。瞬间，自己的内心似乎磅礴无比。关于秃之谜已经不重要。

尽管山顶冷极了，而我依然欢喜。可惜时间匆匆，只好随着友人返回山下。

山顶，山下，拔高只有千米之遥，风景却别有洞天。看惯了山下的风光，山顶的凄凉也是眼眸丰硕的收获。凡事过于熟悉，便少了新奇。但凡神秘，总能牵系人心。

不知为何，前来登山的途中，路边的树木惹人喜欢，那绿意丝丝缕缕撩动心怀。而登及山顶后，回返中再瞅路边的树木，未免让人失望，它们绿得漫不经心，有种颓废，原本的小欢喜变成小失望。唯山顶的绿色，那是生命的顽强之色，已挤占整个心房。

回到长春后，我常怀想游山的感受，每想都感动，每品都愉悦。渴望再一次登极山峰一览众山小，再一次倾听友人们诗意的交谈，再一次赶赴一场与时光的相遇。

## 情无价，雪乡有价

喜欢行走于风景中，朋友们众所周知。

突然，收到同学的邀请，两个家庭一同出行，去看雪。顿时，欣喜若狂。没有过多语言，也不知将要出行的风景如何？只知道平安夜的前一天出行。因不知旅行的具体地点，自然不知行程的安排，一切都在未知中，只是出行的心情是笃定的，喜悦的。至于出行的准备全都交给了导游。

出发的前一天接到导游的短信，才知此行是雪乡。

向往雪乡很久了。但是，一直没有启程。

关于雪乡的故事和传闻早有耳闻，有景色的图片，有景区的宰客，有东北的寒冷……不管传闻如何，目标一定，别无选择。只好翻箱倒柜，找出可以御寒的棉衣和帽子。

出行的当天，早早起床，披星戴月来到聚合地点。见到导游之后，方知此行车程八小时，刚升腾退缩的心情，转念一想，就当八小时加班忙碌。之后，一路颠簸，进入山区，车速极慢，午后两点，就在九曲十八弯的感觉中抵达了雪乡。

其实，雪乡的白雪就是童年的样子，只是童年记忆中，皑皑的白雪没有红灯笼点缀，因少了一抹红色的靓丽，便少了吸引眼球的美感。这里，更多的是借助白雪为背景，而加入了人为的打造，红红的灯笼，厚厚的白雪，蔚蓝的天空，相互映衬着，所以格外的有韵味儿。

雪乡不大，只有一条街，听导游的描述，只是一把瓜子时间就能走完，街道的两边全是商家，各式各样的东北小吃，冻秋梨，冻柿子，烤地瓜，糖葫芦……还有东北土特产店铺，商业化的味道影响看风景的心情。其实，真正的雪乡在长街的前端，那里才有原始冬天的味道，那里才是我童年的味道，而雪乡的长街依靠人工打造，营造出的些童话的感觉，只能诱惑最初的眼眸。一旦在长街走上两个来回后，所有的神秘都变得平常。

导游说，晚上的梦幻世界是雪乡的亮点，是收费的景点，票价百元，听起来也能接受，毕竟雪乡之行，都想拍上几张灯光中的雪乡，才不虚此行。然而，在自由活动时，游客们进入了一个叫作童话世界的景区。景区都是原始低矮的木板房，人工雕琢的雪景，只能远观，不能走近，远远地拍上几张照片发到朋友圈，似乎证明自己不虚此行。走出童话世界，也只能在人工打造的栈道上来来回回地逛，因为这里很冷，只有脚步不停，才能驱散寒冷。

一路行车中，导游介绍雪乡的饭菜如何的难以下咽，这时，想到上海和北京之行团餐的吝啬，自然少了埋怨。然而，晚餐比想象的好，虽没有绿色，但还能饱腹。吃过晚饭，导游将要领着游客去看梦幻世界。走进景区，一半欣喜，梦幻一样的灯光与雪景融合，展现在游客眼前的景色惟妙惟肖，似乎真的徜徉在童话中；一半失望，景区能供欣赏的小木屋只有几处，似乎每一步都可用价值衡量。人山人海，只能插空寻找可拍照的一切时机。其实，这些景色在媒体中早有所见，来到这里，只是在复制他人都拍摄过的景色，发到朋友圈，有那么一点点的虚荣，仅仅只为证明自己来过，自己没有被这个时代淘汰而已。

走出梦幻世界，旁边就是童话世界，再次走进去，发现它与梦幻世界有异曲同工之美，只是梦幻世界的霓虹灯以紫色为基调，而童话世界用红灯为主色，这样便少了一些梦幻。如果没有梦幻世界作为对比，童话世界也是蛮诗意和朦胧的。

来雪乡最诱惑人的是夜景。之后，很多游客都去看篝火，而篝火对我们东北长大的人并没有吸引力，一行四人急忙回到住处。住宿条件，雪乡用了一个新名词，炕标，其实就是一个大炕可睡四个人，室内带卫生间。屋里是电热炕，但是墙壁很薄。晚上盖被热，不盖被子又冷，总之，住宿条件极差。

尽管依然困顿，还是瞪着眼盼到天明。

雪乡旅馆与众不同的规定，吃过早饭必须退房，而回返的车辆要午饭后离开，因雪乡的一条街已经没有吸引力，真不知如何消耗一上午的时光。无奈，按导游索引去雪谷徒步，但是门票百元。大雪谷的积雪是天然的，而徒步的道路却是人工打造，途经的土匪寨，农家小院等都是强行加入的元素，有些不搭界，也只能算牵强的点缀。之后到达"爸爸去哪儿"的拍摄现场。少了电视中的灯光效果，这个经典只能是极其普通的途径。

离开雪乡前，必须在雪乡用午餐，因为还要乘坐八小时的车程回到长春。

午餐自由选择，我们四人选择一处小酒馆，点了一盘土豆丝，一盘尖椒干豆腐，一碗酸菜汤，四碗米饭，结账180元。而菜的味道极其一般，少油，缺点缀，尽管这样寒酸，也远比团餐好。

雪乡之游即将接近尾声，而我摆渡车下车时，由于车上结冰而滑下大巴车，一个趔趄跌落车下。一阵剧痛，眼前漆黑，我心头一惊，以为摔坏了腰。之后，缓缓地，慢慢地起身，可以站立。又坐了八小时客车返回长春，急忙去医院检查。还好，尾骨处骨膜受伤，没有伤到骨头，一次欢喜的旅程以惨淡收官。

从雪乡回来，一直养伤中。近来网上频传雪乡宰客的新闻，其实，我在前往雪乡的那一刻，已心知肚明，自己将会成为雪乡菜板上的肉，任雪乡宰割。可是，游客离开居住的城市，前往另一处向往的风景时，满心全是诱惑，这叫明知山有虎而偏往虎山行。

有时在想，风景应该无价，那是大自然赋予人们的美景，可是，风景却明码实价地标上了价签。尽管雪乡之行有不尽如人意之处，但遇见向往的风景，其他自然成了铺垫。毕竟求得心灵的认可便是无价，至于被宰，那是姜太公钓鱼，愿者上钩。这次，明知雪乡陷阱深，可我心甘情愿被宰。还好，因为有价，我便可以消费。如果无价，满心期许，也难以遂愿。这样想来，雪乡的美，于心，于身毫无怨言。

## 又见梅河口

"我是梅河口人。"

调到长春后，每每有人问我："你的口音不像长春人。"我都这样回答。

我至今生命的三分之二属于梅河口。

并没有出生在梅河口，但我生命中最宝贵的时光在那里度过，那里有我亲爱的老师和同学，那里有我心心相印的好友，那里有帮助我爱护我呵护我的同仁，那里留存着我成长的脚印和记忆里的苦辣酸甜。

与梅河口的第一次相逢，却不是从喜欢开始。不喜欢那里坑洼不平狭窄的街道，不喜欢那里黑面煤掺拌黄泥土燃烧取暖的习俗，不喜欢那里的饮食习惯，不喜欢……纵有百般不喜欢，我仍要继续生活在那里。我在那里求学工作，结婚生子，采买油盐酱醋，涂抹方块文章……

就这样从陌生到熟悉，从不喜欢到习以为常，就这样一点点融入其中，从生活到生命。

梅河口，承载我从走进到离开所有的日子。

时常清晨河堤散步，伫立河边，陶醉于波光粼粼的河水，冉冉升起的太阳为它镀上一层金色，风儿轻抚，一圈圈涟漪起伏荡漾，那优美令人心旷神怡，那奇妙令人乐不思归；时常遥望夕阳西下，等着天空从昏暗变得黢黑，天空万家灯火一点点照亮重重楼宇，再细数水面如星般起伏的亮点；时常心中烦闷，河堤怅然信步，用手撩动一缕缕的柳枝，排解内心的忧郁；时常留恋冬天里白雪覆盖着的冰河，偶见一弯流水与寒冬抗争，一边水在欢畅，一边雪在舞蹈，那时，我狂奔在冰雪中，奔放洒脱好似无拘无束的孩子，没有季节没有烦忧没有记忆。

细细梳理心绪，怀想着与我相濡以沫的朋友和同学们，曾经一同欢笑分享着彼此的快乐，曾经一同落泪分担着彼此的忧伤，曾经一同闲时逛街购物，闲时一同醉里信口开河……怀想着多少次登临的鸡冠山，怀想着多少回游览的三角龙湾，怀想着多少遍驻足的磨盘水库……有多少心旌摇曳的怀想，便有多少浓浓的记忆涌动，有多少的欢声笑语，便有多少不褪色的画图。

我的成长见证着城市的成长，十几层的高档楼宇，花园似的洋房别墅，成排的汽车，飘动的时装……城市在一天天地改变着容颜，潜移默化之中，我喜欢和爱上那个包容我生命二十几载的城市。以往的诸多不喜欢似乎慢慢在城市的季风中消散，而这次的离别让我感受到思念真是一种刺心的疼痛，为什么相守时不珍惜它的好，为什么在离别后才挂念着它的美？万千的思绪啊万千的风情，都在夜深人静时纷沓入梦来。故土难离，故人难舍，人之共性，为什么我的爱如此深沉？因为我眷恋梅河口的一花一草一砖一瓦，我牵系着梅河口的好山好水好人好梦。

此时，缱绻在荧屏前，我的泪，因思念而滂沱如雨。

如今，我每日挤在公共汽车里，人墙挡住了我的视线，城市之大，我的空间却只有公交车的一个角落，思绪飞扬，恍惚之际如同坐在梅河口公交车的车窗前，让视线在小城流淌漫延，顺着通畅的道路向前向前，那时的我是一条游泳的鱼，在城市的怀抱里尽情地畅游，那时的我是一只飞翔的信鸽，不论飞多久，都能准确找到城市里属于自己的那个窝。

我的窝我的家还有我的孩子，傍晚时分大手牵小手，那是我在陪着孩子逛夜市。驻足在一个个地摊和餐馆前，满意的不满意的，就是找不到梅河口的感觉。想起姐妹的海鲜，陈老三的饺子，富华楼的火锅，英兰的锅包肉，百分百的狗肉……我又闻到了那久违的扑鼻香气。偌大的省城，数不清的餐馆，有美味却找不到我和孩子喜欢的梅河口的口味，那一种带着一方水土芬芳的口味。

我的口味我的品位我的时尚，离不开梅河口的春天商业街，还有中联购物广场。那时的我总在嚷着去省城购买时装，如今，逛遍省城的商场却买不到自己心仪的衣装。一方消费适应一方水土，那座城市，濒临辽宁省，又是交通枢纽，接触南来北往的客，形形色色的人，也就容纳天南海北的流行，自有自己的缤纷而不去理会省城商场的引领。生活属于梅河口的生活，流行也属于梅河口的流行。

我的生活我的追求我的远行，走入省城，曾是我孜孜以求的梦想。来到省城后，再也看不到辉发河堤的日出日落，心脏的跳动里总感到缺少些什么。回想起从建国大桥，沿河堤徒步走回西街福民桥头的家。曾经热切地盼望着让那条路一直延伸，延伸到省城，为了父母也为了不一样的生活。

如今的我应该是圆梦了吧，为什么生活在别处的我没有了想象中的那份欣喜，我的双足隐约感觉到一份沉重，我没有勇气也没有力气，像当初丈量你一样去丈量省城辽阔的土地。

我知道我必须走远，哪怕怀着永远驱不散的思念。

当我走向远方的时候，你也成了另一个远方，相见不如怀念，是我心底一首哽咽的离歌。

此时，我只想把一枚红叶，鸡冠山上的红叶，藏于书中，翻开时，似有香气自心底飘起。

## 漫步辉堤

漫步在杭州西湖的白堤，自然回想起与白堤有关的故事，而那些故事都成了传说；当我漫步辉堤时，情不自禁地想起自己的故事，与梅河口，与辉堤割舍不开。

此时，漫步在曾经走过的河堤之上，记忆开启闸门，昨天的故事一股脑涌出心底，一个叫作曾经的词汇，触动了泪腺，浸满泪水的双眼，与回忆，与心情，与河堤一起泛滥成内心的江湖。

八年前，辉堤是我晨练的路。那时河堤在我的眼中是美的，但美的质朴，也美的简单，更美的纯粹。

而今，漫步河堤之上，瞅着堤边花团锦簇，瞧着对岸树林郁葱，看着堤下清澈的河水，水中倒映着蓝天和白云，仿佛天与地交换，而行走在中间的我，如同一座桥，贯穿着天与地，连接曾经与未来。内心情不自禁在陶醉，也在沉迷。悄然间，还有微微的遗憾，淡淡的不舍和留恋。

眺望着，欣赏着，脚步慢慢前行，也悄悄在寻找，然而，曾经的足迹不在，曾经的记忆依然。离开梅河口已八载，可是，却抹不掉曾经的记忆。酸甜苦辣沉淀后，在内心徜徉着，如同初恋，是美好，也有苦涩，还有遗憾，因为故事无法回归和还原。

这条河堤是记忆的路，也是通往心灵的路。这条路记录着我人生的得与失，这条路还承载我抵达长春。这条河堤狭长，却梳理过我人生的诸多伤感。梅河口这座城市，容纳我当下人生二分之一的生命，也是我生命中最难忘的故乡。这里印着我的求学路，这里记录我的初恋，这里组建我的家庭，这里养育我的孩子……这里有那么多那么多的故事，那么多那么多的记忆。

漫步间，一只小松鼠在河堤柳树枝跳跃着，它也是这座城市的主人，这里曾是我的家园，也是它的栖息地。这是一条人和自然和谐相处的河堤，不仅是一种温馨，更是一种文明。河堤公园的假山处，曾经是一处喷泉。20多年前我曾在这里与朋友留影。如今喷泉改造成假山，可记忆却无法抹杀，美好不会遗忘。那时，与我一同合影的朋友已远在大洋彼岸。分别也许是一生，也是一世。而留在我心中的那份灿烂，却时刻温暖着我。而驻足心底的那份思念，也常常抚慰着我。

漫步辉堤，一路风景，一路欢喜。不知不觉，走过河南大桥，来到市政府地带。政府前有一座公园，八年前这里还很凄凉，那时，虽初建的规模，也令人向往。如今，这里的环境酷似江南，小桥流水，杨柳轻摇，荷花也紧锣密鼓地盛开着。悠然漫步，置身其中，仿佛行在江南，又仿佛沉在梦中。一遍遍地问自己，这是我曾经的家园吗？还是我梦中的故乡？

河堤与公园附近新建的高楼叫作城市经典。八年前这里还是一片菜地，如今这里却成了梅河口这座城市的标志性建筑。这里的环境优雅，生活闲适，人们生活如此的美好，该是一份惬意和幸福。

梅河的又一处经典便就是洗手间（厕所）。每一座洗手间，都是一座艺术品。原本洗手间是很污秽的地方，但是，梅城的建筑师从细节入手，为民心所向。一座座洗手间，足足体现了政府的远瞻和作为，也带给百姓无尽的福利，这是梅城百姓的福气。建筑这些洗手间时，我已离开梅河口。如今，它却成了引诱我回来的一个理由。我想目睹它，我想欣赏它，座座洗手间在我心中成为梅城的标志。与其对比，我觉得自己有些卑微。因为我生活的城市，没有雕塑般的洗手间。

梅河口的街道是干净的，也是远近闻名的。街道的隔离带都洁白如新，每日环保工人不辞辛劳地擦拭，才得以这般洁净。曾经梅河口的百姓，似乎有些刁蛮，更多的是任性，破坏环境者也常常有，乱扔垃圾者也屡见不鲜。而如今，这里的人们改掉了曾经的恶习，不知不觉中，百姓的素质与城市的发展一同进步，百姓的格局也在与日俱增，梅城的百姓都在爱着自己的家乡。人人都在保护环境，人人都在提倡卫生。

河堤很长，却连接着梅河口与长春的文化，连接着你我他的心，连接着曾经和未来的故事和梦想。一边悠然漫步，一边回忆曾经，依然亲切，虽然曾经的记忆无法复原，爱过的心却历久弥新。每次来到梅河口，都要看看曾经居住的地方。人是怀旧的，很多事，失去了才知道美好，走过了才更加珍惜，如今，梅河口已没有了我的田园，才更加觉得它的美好。有种怀念总是新的，有种惦念却是久远，以至于梅河口成了我心底的暖，也是心头的殇。这里有我曾经的朋友，有教诲我的老师，还有陪伴我的同学……

这次故乡之行，悄然的，未打扰朋友。因为此时此刻，我很尴尬，已不是这里的主人，也只能算为过客。尴尬的身份，多出许多顾虑。这么美丽的城市已不再属于我。可我的生命却与这里永远割舍不清。

每次回故里，曾经品尝过的美食都在勾引我，而河堤的大裕串店，足可以慰藉我的乡愁，每次吃完串儿，再踏入河堤上的茶馆，一边喝茶，一边欣赏辉发河的风景，静静的，无言的，温润的目光与风景相拥，与心情絮语，我默默倾诉着离情，喃喃地诉说思念，更多的无奈，诸多的不舍，都成了故事。

还好，茶馆有茶，我有故事。还好，河堤有情，而我有爱！

## 河畔情牵

梅河口曾是我居住二十五载的小城。

生命中最宝贵的光阴在这里度过，这里有我亲密挚爱的师生，这里有我相濡以沫的好友，这里有我惺惺相惜的同仁，这里有我经历的苦辣酸甜，这里有我成长中的足痕……

最初相逢这座小城，街路的坑洼，风俗的差异，让我百般不屑。我在这里，求学工作，结婚生子，采买油盐酱醋，涂抹方块文章……渐渐地成长，让我与这座城相融相知，在我离开这里时，却是万般不舍。

然而，离开梅河口后，却在一直关注它的变化。因这座城与自己有着血肉相连的亲情所在，它的一丝变化，它的一点成长，都令我陶醉，令我兴奋，令我欢喜。每次回到这座城，都要绕城默默地品读变化中的惊喜。

这次来梅河口，不是约会老友，不是探望亲属，而是随儿委会参加"深入生活，扎根人民"主题实践活动，途经此地便来体味这座城市的内涵和与众不同。梅河口文联及作协领导提供了最温暖最贴心的服务，居然派出观光车绕湿地观光带十八公里赏读与品味一路的旖旎风光。

湿地观光带是近几年梅河口政府打造出的新的风景区。湿地景观带由五个广场组合而成，长白山植物园的荷花养殖基地成了梅河口市居民休闲的好去处。跨辉发河建有三座形态各异的大桥和一座钢架斜拉人行桥，安装了不同风格的彩虹灯；河两岸筑堤成路，构成姑苏风格的江南水乡一样的景观。堤的两侧是独具匠心的白玉拱桥和亭榭，桥下小溪碧湖相连；景区中栽着具有长白山风情的白桦及曲柳等树木，还有黄刺梅、金叶榆、红刺梅、孔雀草和莲荷等花花草草，多种野生珍禽也在此嬉戏。一派生态风情，周边市县的游客和摄影爱好者络绎不绝。

观光车从长白山植物园出发，植物园依托大柳河滩地修建而成，聚集科普教育、观光休闲和运动健身三位一体。原来这里是一座湖心岛，杂草丛生，安全隐患颇多，我住在梅河口时，曾晨跑在这里。但是，傍晚却从不敢在这座岛游玩。如今，这座岛被打造成长白山植物园，是市民们休闲的好去处。不久前，我曾与几个同学在夜晚来过此处散步。当时，我好惊讶，夜晚灯光璀璨，一眼望不到边的灯海与夜空相连，分不清哪颗是灯光，哪颗是星斗，我在赞叹中失落。离开梅河口让我失去与这片风景厮混的缘分。这次驻足，是午后，荷花悠闲地开着，栈道三三两两的游人很惬意，有凝神看荷者，有弄姿拍照者，有专注的摄影家……

观光车顺着湿地观光带缓缓前行，同行的梅河口的作家担起解说任务。梅河口的美在他们的讲解中变成了一朵花,不仅有清香的味道扑来,还有耐品的美丽入眼。一行作家们被这江南风格的园林折服了。一边欣赏,一边赞叹。优美的环境,现代的气息,野生态的绿地,让游览的双眸领略到水的灵秀,景的深远。

十八公里的路程并不短暂,观光车游览后回到长白山植物园时,作家们才恋恋不舍地下车。这一路,景观的变化,让我的心情错落起伏。

次日,作家们去参观城市建设展览馆时,观看 3D 的大屏幕影片《梅城巨变》,影片展示了历史沉淀的同时,让参观者快速感知和了解了梅河口,在欣赏未来梅河口现代化进程中,看到的是崛起,是腾飞,是巨变。之后,又观看了梅河口经济开发区的数字沙盘,以及总体规划沙盘,与当前美丽的城市吻合。

水是一座城市的灵魂。因为这座城市有辉发河流过,便给这座城增添了无尽的空灵和隽永。因为这条河,河畔便成了美轮美奂的湿地观光带。这条沉浸着我记忆的河畔,如今成为这座城市的自豪。

依水而居成了百姓的追求,也是生活的一种境界。

河流湖泊是大地的眼睛,接近它,便可以衡量人的天性深度。亲近自然,是如今人们亘古不变的居住情结,而梅河口的市民却已依水而居。辉发河流淌着绵绵不绝的河水,河畔徜徉着多姿多彩的自然与文化色彩。在水边,唯见天与地和水与岸,城市韵味尽在其中。

水为生命之源，起初，人类住在河畔只为取水而生活。而如今，依水而居成为一种高档次高品位的居住方式。此时，我想到老子的"上善如水"，以及王羲之的"曲水流觞"……依水可居，依水也与文学相连。此行的作家们凝视河水在沉思中，因为辉发河激发了作家们的灵感。

梅河口因水而宜居，梅河口的市民因河畔而幸福感爆棚。

而我，梅河口永远都是我的怀念和回忆，因为这里已经没有我的依水家园。但是，辉发河及河畔将作为一条纽带，情牵着我与梅河口的情缘。

## 沉潜画中

去乌镇，不在计划中。虽然，心与乌镇有约，何时见，总是待定。一直相信会有那么一天，梦成真，约成行。

这次上海之行，是计划外的行动，乌镇也随其附加，算是偏得。

对于乌镇的了解，来于网络，来于图片，乌镇的静美和古朴，是一种诱惑，牵着我的视线和情感。

当我的足迹踏上乌镇这座古城，初次的邂逅，却有久别经年之感。

随着游人走进了西栅风景区。小桥，流水，人家，江南水乡典型的代表。狭小的商铺，熙攘的游人……似曾相识，而何时相识？又何处相见？找不到答案。

随着游人，循着导游图，阅读这座景点的岁月留痕。故事早已倒背如流，而再度听到，却有亲临其境之感，似乎光阴的故事中，我也担任着角色。从故事中，对号自己的位置。不经意间，我融入了这座古城。

西栅风景，游人应接不暇，镜头中，总是人头攒动，想寻一处安静，都是奢望。

我是崇拜者，带着敬畏之心，前来兑现心头的梦，想来其他游人也如此？风景是共享的，尽管我奢望，能有那么几分钟，这座城只有我。我想以这座城的主人之态，来审视经年的故事。

我是天真的。我是游人。游人走马观花，是过客。

从摆渡码头出发，参观了草本染色作坊、厅上厅、书院、老邮局、大戏院、药房、白莲寺院、文昌阁、将军庙、矛盾纪念馆等。

每一处景点，都是一个故事，都是一部史诗，都是一部水墨画。

最令我难忘，且牵动我心的景点，是茅盾纪念馆。茅盾的名字早已镌刻心底，作品也早已耳熟能详，而他的童年，他的故乡，一直都不曾了解，走进乌镇，也就走近了茅盾，走进了他的故事中。堂前屋后，楼上楼下，亲切、温暖，看着那些老照片，听着导游讲述矛盾曾经的故事，仿佛就在眼前，而我对这些故事却是陌生的。

乌镇何时走入心底？那是随黄磊的《似水年华》把乌镇定格于心底，水墨乌镇就此成了自己的向往。来到拍摄现场，感同身受，眼前回放着电视剧的片段。有爱的风景，才有故事。有爱的古镇，盛产故事。这座江南水乡，因为有凄美的爱在穿梭，才经久不息,才走入每一个人心谷。

途经老邮局时,想起《似水年华》中邮局的片段,鬼使神差地买了贺年片,写上自己的通信地址,投入邮箱。乌镇,长春,千里之外,而我的足迹还未抵达家园,明信片却已躺在我的书案之上。

西栅实在太小,小得让我埋怨自己步伐速度。旅游的时间实在短,短得还有那么多的故事未曾触摸。

导游喋喋不休地介绍这座城的人文和历史,关于饮食这段话,一下子抓住了我心。对于吃货,每每旅行,都要百度目的地的美食和特产。由于乌镇不是计划之列,自然忽略了这道功课。尽管如此,前来的大巴车上,我已用手机,断断续续地了解一些。借助导游的介绍,自然似曾相识的熟知。

导游介绍乌镇的饮水时,不知是有意,还是有遗漏,他说这座城的饮用水,是从房屋下的小河取得,同时,这里的人们在这条河洗衣洗澡等,这里的人,生活的全部用水都依靠着这条河。之后,导游刻意强调:"今天中午饭,洗米,煮肉的水都是这条河的水。"

导游词很多,而我偏偏记住了这段话。

看风景,闲庭信步,时间如风,不经意间,走完西栅风景区。

该吃饭了。自己消费,自己自然可以做主人。本帮菜和荷叶粉蒸肉是特色,来到这里不吃当地特色,该是多么遗憾。按导游推荐,点了这两道菜肴。拿起筷,却想起导游的那番关于水的话题,想着,胃里翻腾着,伸出的筷子,缩了回来。看着先生美美地吃着,瞅着邻桌游人那份陶醉感,我是多么想狠狠地把肉塞入嘴巴，安抚吃货的胃。可是，脑海里总有两张画面，一张从河里取水，一张在河里洗衣洗拖布，这两幅图极有杀伤力，一下子，扼杀了我贪吃的欲望。

饭后，文昌阁前遇到了导游，他询午饭的感受，我如实相告。导游笑了，他说："我是与你们开玩笑，这里早就有了自来水。"唉，我错过了丰盛的午饭。

一晃，从乌镇回来四百日之多，每有写作的想法，心便沉重。素有江南水乡的乌镇，岂是我粗线条的描绘。白墙黑瓦，简简单单，板房本色，古古朴朴，一派粗线条，一派原本色，一派简单版的历史。

既然如此，我只能把这份美好装帧在心底，依靠回想去抚慰光阴。

## 美丽就在身边

对于风景，无论陌生，还是熟悉，我总怀有莫名的敬畏和新奇。仅此让我因新奇而欣然去捕捉任何一次接近自然接近风景的机会。就这样，我再次走进净月潭风景区。

原以为，这处人工的森林不会唤起我的流连和挂牵，直至我走进它，才发现这里依存着我心之向往，静谧，亲切，悠远……

最初，我坐在车里，沿着湖泊，风景缓慢地在我眼前行驶。树木舒展着嫩绿的翅膀，杏花、桃花竞相绽放，风景旖旎，却都是隔着一层车窗看到的流动风景，好似盯住了荧屏，风景从荧屏走来一般。

同行的友人善解人意，停车让我细品风中的味道。当一丝沁凉的风吹来，似乎在挑衅，似乎在召唤，似乎要拥抱，我的心登时融入调皮的风中。耳畔，有风声，有涛声，有鸟鸣……混杂成一部交响曲，我浑然忘我地沉醉其中。

我的眼睛专情地注视着眼前的湖泊，纯净一片，碧蓝一片，静谧一片。午后，阳光的照耀下，湖面跳跃着粼粼波光。极目远眺，山与水，水与山，环抱着，在蔚蓝的天空下，连成一条悠远而又起伏的弧线，一股鲜活的空气在山水间、在血液里荡漾开来，挽着心的旋律跳跃着。

虽是人工森林，如我步行，时间与体力都难以承受，我只好又回到车内，看似走马观花地将风景掠过，其实我的心比眼眸还要默契地记录和遐思。那一刻，眼睛和心灵一同上路，观赏这一路很平常、又很甜腻的景致。

能够在一个阳光明媚的日子，赏读山水的音符，真好！

感谢上苍给予我的这份浪漫的情怀，能够感受到大自然赐予的这份美丽，才涌动我如此欢欣的心灵震颤。我知道，置身在美妙的风景中，正是我所喜欢的那种朦胧的惬意。

许多美丽不期而遇，当用心去设想和刻意追寻时，景致便缺失了鲜活，内心便失去了体验，只因现实的风景永远不及想象中美丽。走过许多原生态的山林水域，却找不到诱惑之初的那份向往，看了，忘了，很简单。美丽总在远方，熟悉便没有了风景，成为无法深读的借口。有时，我们置身在美丽的景致中却浑然不知，因而错过了更深的阅读和体会。

我的目光与湖泊相遇的瞬间，我似乎明白，我就在美丽中徜徉，我在与美丽切身地交谈，没有语言，而是心灵与心灵的碰撞。同时，莫名地感到生命之可贵，只要快乐，就是与美丽结缘。我静默地凝望着，注视着，这片山山水水仿佛就是我一人的乐园。

姗姗而来的夏，少些往年的生机，而我身在其中不以为然。我暗自提醒自己，置身在景色中，要体会和欣赏的不仅仅是景物，还有一份情感也是静美的。正如友人说：有人在意身边的风景是否美丽，有人注重看风景的人是否真诚。其实，美丽和真诚似曾相知，美丽用真诚挖掘，真诚用美丽铺垫。大千世界，惆怅百转，而美丽和真诚不离不弃地与心灵相伴，只是不得而知，不曾发现。面对眼前幽静的山水，让我心灵瞬间顿悟：好好享受美丽的生命，因为美丽就在我们身边。

猜想有人会有不解，苍凉中刚刚探出绿意，定格在我心间的却是美丽。然而，季节不同，美丽不同，今天与昨天不同，清晨与傍晚不同。欣赏精致不仅用眼，更要用心，心是滋润美丽的温床，心中绽开美丽，你的眼中便是无尽的曼妙；心中铺满凄凉，你的眼中便多出苍茫。在历经曲曲折折后，美丽于我是何等的珍贵。

从心而论，净月潭是身边的景色，而这种熟悉的美丽却不能随心所欲地赏读，并非交通，而是时间。为此，把这份梦幻般的美丽反复地记忆，一缕隽永，刻在心头……

# 寻　我

说不清的迷茫，一颗心漂浮着，莫名地感到无比惆怅，无比荒凉。

我想一个人缱绻于水岸，静静地凝望，深深地思索，只要有一片水，一片静谧而又辽远的水域足矣。

星期天，关掉了手机，背起了行囊，起大早，独自一人，奔往城外的自然风景——净月公园旅游区。

净月公园的清晨，游人甚少，我喜欢此时此刻的宁静，可以静听湖水拍岸的涛声，静听鸟儿的私语，静听寺院的钟鸣。我盘坐在湖岸，风一遍遍地从发间掠过，有些凉意，而我喜欢这种沁凉的感觉，似乎我需要这丝凉风来平和内心的愁肠百转。

我专注地注视水面，不思，不想，有些痴，有些傻，有些忘我，有些迷醉。这一刻，感觉自我丢失了什么，只有凝视水面，才能找到答案。

远处飘来花香，浸染着春夏交替的味道，清新，甜腻，说不清的滋味缠绕我。喜欢这种味道，如同喜欢一件事或一个人的感觉，说不清，道不明，只能痴痴地怀想，孤独地体会。

因工作角色的转变，短时期内难以适应。已经安稳无欲的心，突然没了着落，似乎丢了，而丢在哪里却不知。近些时日，我如同一只迷途的蜜蜂，东闯闯，西瞧瞧，看花看景只是借口，本想找寻一种宁静的踏实，而惶恐的心就像注入了石浆，沉重得失去了活力。

起身绕湖边徘徊，没有目的，没有思维，没有目标。

游人渐渐多了，安静转瞬间打破。看来此处也不是自己想要静候的栖地，只是不知哪里才是心的归宿。

净月美丽的风景，我却无心赏读，因内心的空灵，如此的悠长，如此的疯长。

我后悔没有带来葡萄美酒，此时此刻自斟自饮，只有醉了自己，内心才不是这样的漫无边际。

偌大的城市，不知自己丢在哪里；一望无垠的水域，也找不到自己的心音。我丢了，丢得莫名其妙。

工作的压力，生活的琐累，内心将要承受的负荷，寻觅不到可以倾诉的人。我没有朋友吗？不是。只是不想把自己的惆怅蔓延，只是不想把内心的苦楚扩展。

叩问自己独行净月的缘由，答案仅是两字：寻我。

既然游人打破了宁静，打破了寻我的梦。离开，迅速地离开。塞车，一个小时。我呆坐在大巴之中，注视拥挤的车流，揣摩驾车人和坐车人的心情。

有时，苦恼是自找的，为何不去学会排解，学会遗忘，一味地纠结，只能身心俱伤。

突然，看见人行道上一对老夫妻，都有七旬，老头胸前套着绳子如同一匹老马拉着车，老妪面无表情地推着车，车上装满废品，车很重，拉推都极吃力。看到他们艰难地推拉车，我内心豁然开朗，我还有啥不满，还有啥茫然。与老夫妻相比，我是多么的幸福。

这时，我感谢塞车，感谢净月，感谢老夫妻。打开手机，看到朋友的祝福：每个人心中都有一扇门，当没勇气打开这扇门时，外面的门就无法打开；当心里的门打开时，外面的每扇门都是虚掩着的，只要你轻轻一推，它就会给你让路。

温暖一下子在心中荡漾开，登时，我的眼睛湿润了。

值得记忆的时光，应该是刚刚恍惚的迷茫，还有净月的山，净月的水，净月的静好。

## 童话火车头

大安，因一次聚会，知道了这座城市。

某年某月某日，与几位好友相聚在长春南湖大路的大安鱼馆共进晚餐。一道主食，小米捞饭，制作方法有别于米饭和米粥，介乎饭与粥之间，味道如炒饭，且是捞拌而成。那一刻，这道美食便深深刻在脑海。这时，记住了大安这个名字以及这座城市。

此后，每每想到大安，自然联想到小米捞饭，还有大安味道鲜美的鱼品。

当收到省儿童文学委员会到大安采风的消息后，大脑磁盘瞬间飘来想象中的大安，还有诸多画面，譬如，月亮泡的水域，嫩江湾的风景，火车头博物馆的火车头。想象归于想象，当抵达大安后，仅是第一站，火车头博物馆，就颠覆了几日来大脑中的天马行空。一个全新的画面瞬间植入脑海，覆盖了漫无边际的揣想。

火车头博物馆由大安机务段多年来收集到的内燃机火车头三百多辆汇集而成，是东北最大的火车头博物馆。机务段把收集而来的火车头维修翻新后，依据铁路路徽的形状摆放，但所有机车头均冲向圆心。

    如今，时代更迭，火车提速，被淘汰下的内燃火车机头，没有了用武之地。这处火车头博物馆，为这些废弃的火车头找到了一处安适的家。有这么多的伙伴来陪伴，不定时地还有游客拍照。这里既是舞台，又是家园，火车头从此不再寂寞了。

    随采风团来到此地，屏息凝神注视着三百多辆火车头，第一眼的震撼，不仅仅是数量之多，而是每一辆火车头所承载故事的延伸而萌生的情感。它们是历史的诉说者，还是史诗的亲历者，更是时代变迁的见证者。

    其实，对于火车头内部的结构，带给我的疑惑一直藏于心上，乘坐火车无数次，却从没踏上过火车头。火车头的构造和原理一概不知，因为陌生，所以才向往。随着火车的飞速发展，内燃机火车退出了历史的舞台。而我的向往随之沉溺，本以为，这份期盼会夭折。然而，此行却解开了伴随我成长的迷惑。

    以往神秘的火车头近在咫尺，探秘的心情随之膨胀。在火车头中穿梭，寻找着曾经的每一个故事。驻足车头之上，想象着司机开车时嘴角的微笑，以及内燃机运行的过程，那么多那么多的故事信马由缰蜂拥而至。

    这时，如梦方醒，洞察到挑选此地采风的更深用意，火车头只是一个契机，这其中延伸的故事，延伸的历史，需要挖掘，需要记录，需要传播。

    一辆辆的火车头，如同玩具一般，每一辆都吸引着我。我欢喜着在车头上爬上爬下，每一次攀爬，每一次落地，都在聆听一个故事，都在追溯从前。

虽然摆弄相机拍下很多火车头，可惜，再好的相机也比不上人的眼睛，再好的硬盘也比不上人的记忆。所以，对每一辆收录视觉的火车头，我都倾情地凝视，用我的眼睛刻在脑海。

其中有一辆火车头，是拍摄电影林海雪原时的道具，如果没有此行，这个故事的主人公杨子荣早已尘封在记忆的谷底。面对火车头，影片的画面再次浮现，白皑皑的雪野，黑幽幽的森林，勇敢的战士，艰苦卓绝的交锋……思绪扩展，记忆的碎片连接，复原成完整的影像。

火车头数量之多，不能逐一对话和探究。内心的深处不免生出遗憾。

如今，高速列车替代了内燃机火车。中国火车的提速，成为世界之最！然而，这份荣耀，正是这些内燃机火车头，曾经默默地奔跑，而延续来的硕果！

大安建造火车头博物馆，是对历史的见证，是留给未来的借鉴，也是送给欣赏者的一份美丽风景！

想想这些火车头，曾经承载着天南海北的故事，曾经传递着那样多那样多的温暖和情怀。想到这些，心中略有遗憾，如果能与这些火车头，抑或是高铁的车头一起驰骋在神州大地，该是多么欢喜的事情。

火车头博物馆只是此行第一站，却让我喜欢上大安这座城市。再度提及大安，不仅仅小米捞饭，我还会说，火车头博物馆是童话的世界。

## 铁栅栏上的雕塑

晚报上刊出一则消息：雕塑公园本星期六免门票。

一直想去雕塑公园，总因忙而搁浅。星期六免门票，如此诱人，便央求先生陪我同行，他爽快答应为我拍照。

星期六，我早早起床，翻出新买的牛仔裤，拿出喜欢的彩色高跟瓢鞋……一番打扮后，才兴高采烈地挽着先生坐公交车奔往目的地。公交站点与雕塑公园之间有段距离，需要步行才能抵达。因许久未穿高跟鞋，走起路来顿感不适，走着走着，鞋子居然磨起了脚后跟。咋办啊，我一瘸一拐地顺着公园的边缘行进。这时突发奇想，拽拽先生的衣袖："哥，走不动了，还有那么远，不如咱俩跳栅栏吧。""不行，不道德，被人看见了，训一通多没面子。""反正也不收票，咱也不是逃票。""我不同意。""真不同意啊，那你就得背着我。"先生"唉"了一声，真的蹲下身来。我不甘示弱，果真趴在先生的背上。先生背我走了二百米，我不忍心他劳累，一挺身，从他背上滑落下来说："还是跳栅栏吧，那样少走好多路。"先生上下打量我，阴着脸说："逛的是公园，也不是去舞厅，居然穿高跟鞋啊……""穿高跟鞋拍照显得瘦，好看呗。"我既无奈又嬉皮笑脸地回答。

先生拗不过我说："我先跳过去，到栅栏那边接你。"先生身手敏捷，一个跳跃，就攀在栅栏上了，只见他一抬腿，"嗖"落在了栅栏的另一边。一道栅栏，如一道银河，隔开了我和他。我扶着栅栏，腿开始哆嗦："哥我害怕，不敢跳了。""咋这样呢，大小姐，跳也是你，怕也是你。"

细想也是，是我出的馊主意，我不能退缩啊。虽这么想，心里还是惶恐。我一脚一脚地往栅栏上攀，幸亏铁栅栏上有图案，为我提供了落脚之处。总算攀到栅栏的顶端，才长长地舒口气。栅栏是铸铁的，顶部有一个长菱形的装饰，菱形的一个角，如同红缨枪的枪尖，在我准备跨过栅栏时，随肥臀的移动，只听见布匹撕裂的声音，顺声音扭头看，不好，裤子被划出一个三角口，而且还将我挂在枪尖之上。我一着急，一蹬腿，左脚的鞋也被我甩出很远。

这时，先生拾回了鞋子，见我一副悲伤的表情，还紧皱眉头，就问我："是不是裤子挂在上面了？"我咧着嘴点点头，先生却坏坏地笑着说："真长见识，少走一段路，搭条裤子。走捷径的代价啊……""别说风凉话了，我咋下去啊。"

在我琢磨如何挣脱，如何跳下去时，先生却拿出相机，"啪啪"拍个不停，从侧面拍，从正面拍，蹲着拍，站着拍，仰着拍……我一脸愤怒："有啥好拍的啊，快把我弄下去，挂在栅栏上，多难堪啊。""别，等我拍完就帮你。"果不其然，先生不紧不慢地拍出了他满意的镜头后，才把狼狈的我接下来。

脚步还未站稳，迎面出现两个人，直接奔我俩而来，诧异？随着距离的缩短，我看见他们胸前戴着雕塑公园的工作牌，感觉出事了，出大事了。其中一人说："你俩违反了公园管理条例，每人罚款五十元。"我欲要辩解我们不是逃票，先生却抢先对他们理亏地说："对不起，媳妇脚疼，想走些近路，对不起，我们知道错了，罚款无条件接受……"

这公园还怎么逛啊，裤子的伤口在风中招摇，百元大钞就这样打了水漂，最初的兴致一点都没有了。我悻悻地说："回家吧，不逛了。"先生嬉皮笑脸地说："原路来原路回呗。"我狠狠地瞪他一眼，摇了摇头。之后，挎着先生一瘸一拐地从正门处狼狈地逃出来。

回家的车上，郁闷之际想起妈妈曾对我说："凡事都不要走捷径，图便宜，贪小便宜会吃大亏。"此行雕塑公园该是最好的见证，虽没有大亏可言，但是一条新裤子破了，一百元罚款交了，既失小财，又丢面子。

回家后，先生把相片导入电脑，死皮赖脸地拉我去看："今个真没白去，你看这栅栏上的美女雕塑多有个性，表情逼真，造型别致，牛仔裤，高跟鞋，还光着一脚丫……媳妇太有才了，就知道当不成明星，咱就当雕塑。"

一个"电炮"砸向先生的背，只听先生喊："刚才落魄时，可没这力气，回家长能耐了，早知这样，还不如让你挂在栅栏上呢。那样，雕塑公园的栅栏上可就又多了一处雕塑。"

## 老驾照和新司机

天空的灰暗，雾霾的泛滥，拥堵的街道，都说是奔跑的汽车惹的祸。曾有一段时日，我也在埋怨与日俱增的车流，遮盖了天空，影响了空气，堵塞了交通，暗自发誓：守住无车族的底线，做一名不折不扣的环保卫士。

面对身边朋友纷纷添置四轮工具，内心的底线渐渐松动，我没有车，天空也不会蔚蓝，我不开车，道路也不会宽松。我只是这个社会小小的一分子，少我一台车，也不会缓解眼前的诸多困惑。为此，我要积极涌入塞车的洪流中。

决定购车那日起，上网不再沉溺淘宝和唯品会了，而是汽车网，抑或易车网。每天闲暇，便漫无边际地搜车搜资料，从自己偏爱的车款，从汽车的性价比，从口袋人民币数量，逐一考虑，搜集，排除，再搜集，再排除，锲而不舍，百看不厌。经过近一个月的网络扫荡，暂定马六、凯美瑞、速腾、福特、哈弗五款车作为选择。

先生接收我的购车意向信号后，对五款车从性能、耗油、款式等方面一一对比，并做出表格来分析，通过深思熟虑，找出了每款车的优劣，以及定性哪款车对我更适应。看着先生精心制作的表格，我感慨一番："当年上学时，能有这番劲头，不考清华，也能上北大。可惜，劲头用错了地方。"

先生瞅我一眼说："找对象时，能这样对身边的女孩从三围和身高一一比较，如今这台车的主人就不会是你。"

听罢有醋意，又不好反驳。毕竟要购置车辆的主人是我。

先生对五款车做了翔实的分析，但最后选择权由我定夺。日本车我从内心排斥，价位较合理，但安全系数低，为此，马六和凯美瑞毫不留情地被枪毙。福特是最爱，可联系4S店后，喜欢的车型近期无货，一份期盼戛然降温。哈弗SUV从价位和实用性比较合理，可是相中的车型都是手动款，我蹩脚的车技无法驾驭手动的车辆。一一排除后，仅剩速腾一款车了。

速腾曾有一段日子因断轴而沸沸扬扬，虽说已经召回修理改进，可我内心还存疑惑和彷徨。通过网络咨询后，方知已经改版，断轴成了历史。既然如此，隐患改进，少了担忧，那就选择速腾吧。

参加速腾团购网上报名后，吉刚 4S 店打来电话告知说速腾正在优惠中，库存不多，让我尽快订车。我不去想 4S 店这番话的真伪，与其意向速腾，那就把这番话当作是上天的馈赠。迫不及待地挨到周六，我与先生交了定金。

业务员是一位郭姓的小伙子，当我告诉他我想订凯旋金色的速腾时，他说："这款车漆很娇气，一旦有刮痕，补漆颜色很难一样。"可是，我暗恋这款颜色已经许久，没有丝毫犹豫地说："那我也选这个颜色。"小郭见无法劝我改变主意，只好道出实情："这款车暂时无货，得等一段时间。"等，我也不改变初衷。

过了一周，小郭来电话告知预定车已到，尽快提车。

提车前一天，先生调侃说："新车就当生日礼物吧。"

"今年生日过完了，来年的生日太远。"

"那就当作三八妇女节的礼物。"

"也还有一段距离。"

"圣诞节礼物可否。"

点头应许，想想也只能如此。

不管是哪个节日的礼物，内心还是蛮感激先生的这份厚重的礼物。

2014 年 12 月 8 日，星期一，跟单位请了假，与先生早早地来到吉刚，交车款，办保险，取临牌，缴税款，选车号……

生命中与"5"缘分颇深，出生在阴历五月，新楼 5 栋 5 楼 505 号。这次购车后，一直琢磨车号的数字多少才是自己的最爱呢。看着如股票一样翻滚的选号屏幕，一眼定格 Q155L，果断拍下。

当所有手续办理完毕后，先生把车钥匙递给了我："开车吧。"

这不是明摆着出我洋相。我的车技，先生早就领教了。况且新车本身就让我怵头。为了不丢面子，强装傲慢："哥你上车坐着，为了表达小妹的一份谢意，和一份诚恳，我决定推着车走。"

正在我难堪之际，小郭跑来替我解围："把车开进店了，照张相留个纪念。"

先生把车开到店内，一个女业务员递给我一束花，为我与新车拍照留念。同时，伴随"好日子"的音乐，一位小伙子拿起麦克说："恭喜陈女士成为一汽大众吉刚销售中心第 29236 位幸运顾客。"

漫不经心地从无车族步入养车族的行列，注定为加油站添砖加瓦，注定为塞车添油加醋，注定对蓝天通透漫不经心。只可惜，执照老，手把新，满腹的"远大理想"，也难马上付诸行动。

新车开到家，新手不知如何调教，也只能眼巴巴地瞅着新车了。此时顿悟：婚前同居是磨合，只可惜我领悟的太晚。

## 山野情深

通化是儿委会采集童心及丰富内心主题实践活动中的一个驿站。

时值旅游季，大多宾馆爆满且房价暴涨。通化作协的领导便将此行作家们安排在白鸡腰山下。这样既可以节省住宿开销，还利于次日启程，省去市内塞车所浪费的时间。

白鸡腰，通化市区的一道天然屏障，它可调节气候，还能涵养水源。相传几千年前外星系陨石落于园内两座峰上。其中景观有天女梳妆、棒槌峰和参女沐浴等，山中动植物资源非常丰富。

通常计划总是极尽人意且周密翔实，而实施却总会有突如其来的变动而打破初衷。

入住这里时，面对周围高耸的山峰，心中满满的惬意。暗自思忖明日早起，可以登山看日出，可以登高望云海，可以高处体味初秋的微凉。然而，夜晚突来暴雨疯狂拍打山峦，雨水夹杂着泥石流肆无忌惮地滚到山下。一觉醒来，发现不远处的小瀑布水流浑浊，如一面黄泥墙贴在峭壁之上，瀑布的水柱落入它归属的小溪里，溪水已不是洁白的浪花飞溅，而是汹涌狰狞。

刚刚的梦中还在游历的山峰，却被暴雨折磨了整整一个夜晚。

尽管这样，我还是冒雨去登山。一边踏着雨水蹒跚前行，一边望着密绿的山林遐思。隐约间，我知道山峰似乎懂我，我总想把心事与它诉说。走至三分之一山路时，突然想到长白山区尚有野兽出没，便胆怯起来，虽有不舍，但属无奈，只好退缩回到了住处。

早饭后得知前往 303 国道返途中的水泥桥被冲垮，道路中断无法行进，只能继续逗留在山野之中。

带队的团长与通化作协的领导都很焦急，一遍遍地与交通部门联系,还随时关注天气动态,他们的心中情系一行人的安全。交通部门很快回复消息,修桥的横梁在运输中,维修需要时间,我们只能静候。

桥被冲垮,并不是很乐观的事。但是,也要把这份窘迫揉碎成快乐,之后,放逐在山林中。团长握着电话,在了解修桥进程和天气的变化,而其他人则散步在雨中。尽管雨水打湿了衣衫,浸湿了鞋子。可是,雨中漫步的悠闲却安然自得。

白鸡腰是一座森林的氧吧,有天桥、正岔、吴里常三条沟系组成。我们只能围着三条沟系汇合处的小河塘游走,沟系的深处只有依靠自己的想象,依靠百度的介绍而得知。也好,想象总是美好,更多的遗憾借助思绪变得更加魅力无限。为此,有了期待,便与白鸡腰暗暗有了约定。这份情感如同暗恋,得不到的那份美好总是在碰撞内心的渴望。

无法与这三条沟系尽情相约,水塘边散步也是偏得的收获。

散步消磨时光的惬意间,总有五只小白鹅在视线里,白鹅被雨水洗过的羽毛洁白如雪,金黄的蹼足如一枚刚刚入秋的枫叶,泛着秋日的色彩。这几只鹅形影不离,其中一只公鹅总是走在最前面,后面四只母鹅并行两排,有节奏地踩着雨滴与公鹅前行,不急不缓,不躲不藏,慢悠悠地舞动着它们自己的舞蹈。只因无所事事,便尾随鹅而行,不知不觉间,似乎自己的步伐也随着鹅的脚步而摆动。调整好脚步后,暗自窃笑,明白了入乡随俗这个词语的更深刻内涵。

傍晚五时,断桥修好。在一阵鞭炮的欢愉中,面包车载着我们顺利通过只有桥梁铺设的基础桥面。这时,肆无忌惮的暴雨也归于沉寂，这里的山峰，历经了暴雨的洗礼，都将恢复以往的静谧。世间的经历，看似有些急促不堪，尔后，都会在微苦中体味一丝的甘甜。这次暴雨的滞留，是用静谧的力量抵抗了天气的粗劣。此中深意，唯有心知。

透过车窗，桥边拥满穿着雨衣在修桥的工人们，他们冒着雨还在工作。此时，深情比山石还要浓重，恩情比山峰还要高远，敬重比山瀑还要深沉。这时，我真想跳下车子，与这些冒雨的修桥人握手、拍照、问候……尽管这些肢体语言无足轻重，而对我而言，却是内心里最真实最浓烈的感激。可是，除却这些，我却找不到更好的方式表达这份谢意和深情。

然而，为了尽快抵达下一个目的地，车子未停，我只能将这份情愫埋藏在心底。

此行白鸡腰雨中逗留，看似无意，却是天意。经历了暴雨，经历了桥垮，这些经历并不是每一次活动，也不是每一个人，或者每一个团队都能经历到的。同时，也让人心有彷徨时，体悟到一种默默的情怀。那是亲友对安全处境的惦记，那是修桥人紧锣密鼓的抢修。

事事皆如此，一帆风顺只会成为过眼烟云，只有插曲才可记忆犹新。山野情深，就这样镌刻在心底。

## 画乡情思

农民画，东丰的标签。提到东丰县，自然想到农民画，以及与画有关的文化。

省作协儿委会"采集童心，丰富内心"主题实践活动的第一站是东丰中国农民画馆。

曾途经高速公路时，见过东丰农民画几个明显的大字鹤立在高速路旁，似乎是提示车已在东丰地界行驶。初见这几个字，心中充满好奇，潜意识中勾勒出一幅幅与农民画有关的画面，却一直未能圆下参观的梦。而此行走进画馆后，映入眼帘的是门前偌大的农民画集锦壁画，画中有淳朴憨厚的人物，画中有憨态十足的动物，画中有惟妙惟肖的风景，景景交错，情情相连，连贯的表达无声却亲切，迅速拉近与历史的陌生感。

导游绘声绘色地介绍农民画的发展历程后，我思绪跳跃，情不自禁地穿越回到了童年。

儿时，我喜欢绘画，没有画纸就在用过的算草本的背面画；没有彩色的画笔，就用铅笔一层层地涂抹出层次感；没有老师，便去拾拣商标抑或是烟标等带有图案的包装物当作临摹的范本。随着年龄的渐长，见到邻居叔叔在玻璃上画梅花，便央求妈妈也给我买盒彩色的颜料。之后，装模作样地在玻璃上画出自己心中的花朵。玻璃可以随时清洗，我反复地一遍遍洗，这样可以节省好多图画纸。

玻璃画色彩单一，总觉得内心的画卷无法表达出来，便逆转风向，重新对着白纸勾勒。白色画纸，彩色颜料，涂抹后酷似当下的农民画。就这样，我痴迷地沉在自己的画中。尤其春节前，我用大红大绿的色调去勾勒年的味道，看似违背了生活常理的色彩，视觉上并未觉得突兀。反之，却把年味的热闹喜庆烘托出来。虽然，人物，动物，花花草草画的并不逼真，且还有儿童画的滋味。但是，我依旧乐此不疲地沉浸其中，画呀画啊！

后来，遇见国画，视线又被国画飞白的飘逸诱惑。便放弃了酷似儿童画和年画的彩色画。

随着导游参观了画馆的一幅幅色彩鲜艳的精美画作，其中有东北三宝的长卷，有关东三大怪，有梅花鹿故事，有民间传说……一帧帧画卷之上，洋溢着关东优秀传统文化特色和浓郁的满族风情，彰显着农民的生活以及时代进步和发展变迁；从画的意境和人物神态上，把理想和现实借助色彩勾勒。虽没有学院派的技巧变化，但质朴的笔触，却把生活的场景生动地描绘出来；看似土里土气，却有着相当的艺术魅力。

农民画从萌芽到成熟，历经百年历史，早期从民间刺绣图样，以及民间祭祀的绘画，还有民间剪纸以及彩棚画等，奠定了东丰农民画的基石。追溯到农民画的绘画初期，几位民间艺人把田间地头的场景绘出画来消磨枯燥的光阴，他们以满族传统为根基，以关东民俗为养分，以自身生活为源泉。久而久之，成了独特民间彩色绘画体系，开创东丰农民画新纪元。

农民画形象质朴,色彩明快,造型夸张,构图饱满,凝重和谐,装饰性强，保留人类天真奇特的想象，以及淳朴的民间风情。而画在形式与内容的结合上是创新的，内容与形式也是和谐统一。每一笔，每一色，都具有浓厚的乡土气息和地方特色，把劳动人民的审美意识和价值观淋漓尽致地彰显在画中。一幅幅农民画中，意在传递农民"在场"的体验，意在传递乡村农民对生活质朴的向往。他们的眼睛定格在哪里，哪里就有生活，哪里就有画卷，哪里就有蓬勃着的一股特别的生机。画师们把民间巨大的宝藏通过笔的勾勒，通过色彩的渲染，通过手眼的捕捉，把乡土气息源源不断地流淌在画卷中。

一遍遍欣赏满墙的画作，又想到曾经的年画，年画中的年味的浓厚，与农民画有异曲同工之妙，与自己少年时痴迷的那一张张拙作对比，感觉农民画介于年画和儿童画之间，淳拙，幽默，鲜艳，都是对当下岁月的记录和对未来生活的向往。

只可惜，我未能持之以恒地坚守，半途而废后全是遗憾。

农民画已被东丰打造成独具乡土文化特色的名片，并成为非物质文化遗产。如今，有一部分画作是以农民画为基础，嫁接油画及抽象流派技巧，把所感所想大胆地画出来。细细品味，无尽味道尽在其中，万千风情融入画里。

绘画意境无限，画作欣赏有时，恋恋不舍离开画馆后，内心流淌而来童年的一个个场景，是童年一曲曲欢快淳朴的乐章。似曾都已忘却，但在农民画中，曾经那些熟悉的温暖而快乐的片段，又被目光缝补。仿佛刚刚参观的不是农民画，而是自己的童年。那年，那月，那景，那人，都是潜入骨髓的万种风情。

东丰农民画中徜徉的情思，该是回归童年的入口。


## 古城情韵


塞外小江南，集安也，是一座古城。小城与我并不陌生，数次游览城里及城外的风光，景色秀美，空气清新，小城独有的情韵，早已隽永在心底。

集安有高句丽遗址，历史悠久，文化底蕴厚重，2004年高句丽王城和王陵及贵族墓葬一并被列入《世界遗产名录》，集安也被命名为"中国优秀旅游城市"和世界历史文化名城；又因自然的风景区绵延小城周围，这里冬暖夏凉，气候宜人，美景胜览江南绝色，成为中国著名的新兴的边境、生态、文化旅游城市。

此行，随省作协儿委会"深入生活，扎根人民"作家主题活动前往集安，也是这次活动的最后一个行程。天公不作美，突来的风暴偷袭了通化地区，集安遭遇洪流严重，受灾区域偏多。停留通化时，从微信的小视频中见到通沟河洪水湮灭了河畔的烧烤一条街。只见洪水汹涌，却不知集安的具体灾情。尽管天空迷雾萦绕，还是冒雨赶赴小江南。

途中隔车窗，眺望远山被若隐若现的云雾笼罩，如仙境诱惑双眸。路边的苇沙河积满上游流淌而来的雨水，似乎就要溢出岸边，如若暴雨继续如注，河水将会漫过公路。一路前行，小心脏忐忑中。还好，途中山峦起起伏伏，视线被美景转移。

华灯初上，作家们与古城邂逅。入住的一丁酒店在小城的新区，酒店的后面是通沟河水漫过的烧烤街，左边不远处是连绵的山峦。

次日醒来步行前往不远处的鸭绿江畔。江水已恢复了平静，悄然地欢快地流淌，一层薄雾漂浮在江水的上空，如一条薄纱罩着朦胧睡意的江水，似乎刚刚退却的洪水只是一场梦境。眺望对面的朝鲜也被轻纱笼罩，时而田园，时而山峰，总是以神秘的姿态与我捉着迷藏。虽然早已知对面的景色，可是，云雾中不见全貌，还是颇生好奇。就这样，等候着等候着，随着太阳的升起，云朵在一点点地升腾，雾气再慢慢散开。鸭绿江及对面的朝鲜一并呈现在眼前。

上午，"吉林文笔四十年儿童文学创作研讨会"后自由活动时，一行人踏上政务广场对面的鸭绿江畔，眺望对面的朝鲜。鸭绿江与朝鲜相望，它是中国和朝鲜两国的界河。而眼前这片江域只是鸭绿江其中的一个段落，也是集安之行无法略去的景观。湛绿的江水，如同一道分水岭，一江之隔，便是两个世界。站在江畔近距离瞭望一江之隔的朝鲜，看到那里人民劳动生息的身影，体会独特的民族风情，不必出国，即可感受到异国的情调，顿时浮想联翩，对朝鲜的状况感慨万千。

江边各种拍照后，扭身望见不远处的音乐喷泉，直冲高空的水柱变幻多姿，伴随婉转轻柔的音乐，喷出朦胧轻舞的水雾。光波、乐曲、水流完美结合，纵情演绎着美丽集安的大交响曲，如梦如幻的广场汇聚成律动的海洋。

移步前行，喷泉的周围是一块块玻璃拼接而成的栈道，玻璃下面游动着色彩缤纷的鱼儿。随着游客飞扬的鱼食，这些形状各异且色彩缤纷的鱼儿，欢快地游动着，犹如穿着彩色裙子的舞者。一颗颗鱼食的诱惑，他们以马拉松冲刺的速度，张开椭圆的嘴巴。我的目光却随着鱼儿的游动而游走。玻璃栈道折射出的蓝天白云的倒影，还有游客们的身影，影影交错，似乎踏着云朵在前行。这里适合拍照，聚集了许多摄影爱好者，也吸引了爱美的女士，她们穿着绚丽多彩的衣裙，摆着各自姿势，与风景一同定格在梦幻的风景里。

穿过玻璃栈道便可见到荷花塘，水中鱼跃，偌大的池塘紧

209

锣密鼓地盛开着荷花，花儿清丽质朴，亭亭玉立；花香沁人心脾，心旷神怡，让人陶醉不已；碧绿的荷叶千姿百态，在微风中摇曳，荡漾出一道道绿色的波痕，瞬间令人清凉舒爽。漫步在荷塘的林荫道上，远离了喧嚣，感受着别具清韵的宁静和悠然。

前方是政务广场，回身便能望见鸭绿江畔及远山，山山水水皆为美景。

集安古城的古迹、自然风景区和高句丽文化的参观地未能前往，但也并不遗憾。游历城内的景观也足以撼动心扉。置身古城中，随时可听见鸟鸣，随处可闻到花香，蓝天白云笼罩下的边陲小镇，山峰与水域交错构成秀丽旖旎的湖光山色，山水映画，有味清欢，让人想到金山银山，不如这里的青山绿水。

喧嚣的长春，静美的集安，隔着一段"九曲十八弯"的山路。在这段路程中，正有一支架桥修路的队伍，分秒必争地赶赴工期，他们将会架起一条宽阔的高速路，缩短城市与城市的距离，拉近人与人的情感，进而更好地把古城的情韵传播，把古城的文明传递，把古城的文化传承。

这一天就在不远处！

## 迟来的拜访

日子在不经意间悄悄地滑落……

与御花园为邻已有半载，而我却迟迟未去拜访。最初以忙为借口，后来以热为理由。每日我只是透过临街的窗，贪婪地赏读它的风景。

近来，工作依旧忙碌，心情依然低落，在我偶然游走御花园后，却如此地眷恋起在这里行走来。没有约束，没有渴求，没有嘈杂，自由自在地瞧着走着。

眼前已是深秋，花谢了，叶落了，以往的葱茏只能是记忆，而我却莫名地眷顾眼前的萧瑟。行走于此，风吹过，丝丝凉意毫不留情地拂面扑来，一个冷战，似乎清醒许多，工作的累，生活的烦，瞬间遗忘。

御花园，我行走的园，曾是清朝皇族们游玩的乐园。想来从前的园景也不会有如今精致的风景。而如今，普通人却能毫无戒备自由地行走于此。每一个行人都能无拘无束地享受皇家园林的恩泽。

以往，多少次梦里走进御花园，只因绿叶在召唤，只因微风来唆使，还因职场与御花园为邻，心中的梦是一份深度的诱惑，而我的脚步却迟迟融不进它的风景。那一段时日，梦想着与它为邻，尽管当时知道那是一份奢望，而我却乐此不疲地妄想着。那时，御花园因心中的梦想而多姿多彩；那时，御花园因无尽的神秘而变得神圣；那时，御花园因富贵的名气而遥不可攀。

我时常沉浸在梦中不知归途。

梦想实现了，我如愿地调入与御花园为邻的楼宇工作。

而想象与现实的差距，让我无闲暇亲临风景的深处，无心情游走在风景的心间，无欲望叩响风景的美丽。

此刻，行走在曲径通幽的栈道上，游人如絮，飘飘忽忽，仰望蓝天，如此的蔚蓝，这是我仰望的天空吗？我在疑惑，为何以往未曾发现天空的通透。一颗心，纠结着，为了前途，为了生活，为了虚荣，为了名利……整日沉溺其中，又怎能有闲暇去品读天空，去赏读风景。

时不时有鸟飞过，喜鹊，麻雀，鸽子，乌鸦，鸟儿的鸣叫，如乐曲，给御花园平添许多趣味。时不时还有笛声和二胡声掠过耳畔，沉溺，享受，悠哉乐哉。

如今，每日行走御花园的这段时光，心才能释然，每一步轻松地如插上了翅膀，我忘乎了年龄，也如鸟儿一般，幸福地飞来飞去。那一刻，我要感谢自然给予我的恩赐，才有此机会分享帝王的园景！我还要感谢命运的恩泽，才有机会与御花园比邻。

人生能有几回这样无拘无束地游走在御花园？

我惊叹御花园的幽美，咫尺之间，三面是喧闹的街市。静和动，美妙地界定了自然和人生，和谐地结合了现在和历史。它让人想起了清朝的风云，那是一部骄傲的霸气和耻辱的伤痕交织一起的历史。它让人想起了现代的发展，又是一部荡气回肠的神圣和文化的厚重结合一起的唱响。

我知道，御花园只不过是我生命的驿站，漂浮不定的职场，让我无法与它定下厮守的盟约。纵然百般欢喜，千般留恋，某年某月某日，我将与很多同事一样，因林林总总的原因，顺理成章地离开这里。想想，失去职场的打拼而成为宅妇的那日起，御花园将是我永远的背景和刻骨铭心的记忆。

虽然此时此刻是迟来的拜访，却让人流连忘返。有时，某事，迟到换来的是一份珍贵，一份醒悟，一份豁达，更是一份难以忘却的经历。

　　风再一次吹过，似乎是再度的欢迎，似乎是久别的拥抱，似乎是深度的祝愿，我醉了，醉在一部历史中，醉在满园浸染的景致中，醉在自我编制的美妙中。就这样，御花园悄然地与我默契。相逢是首歌，分别是首诗，珍惜眼前，祝福未来。

　　迟来的拜访，让我欢喜，感动，澎湃！

# 第五辑：三生简爱

人类的生命，不能以时间长短来衡量，心中充满爱时，刹那即为永恒！

——尼采

## 抱 抱 我

深秋看银杏树时，不经意扭身，颈部有痛感，本能摸摸，却有鸡蛋大的包块。以为扭伤，以为炎症，并未在意。然而，疼痛在蔓延，只好去看医生。医生漫不经心地说：血管瘤，切去即可。

瘤，听起来如魔鬼。又换医院查看，检查结果肿物。瞬间，眼前模糊，不知所措。

住院，手术，经过一场血与肉的PK，割下一粒药丸大小的瘤子。瘤子好与坏，都需要病理检查。可是，病理之后，医生却电话通知先生面谈，并告知要再做免疫组化检查。先生含糊其辞解释这个电话，但我明白了隐衷。这时，想到老师留给学生的家庭作业，如果没有错误，老师是不会找家长。有错误，或抄袭，老师才需家长到校。这时，便对切下去的肿物，多出了恐慌和畏惧。

次日，我拒绝先生参与此事，尽管虚弱，还是自己去了病理检查科，捏着一把钞票，并不心甘情愿地交付医院。检查结果，纤维瘤。怯怯问医生如何治疗，医生面无表情机械一般地说：中性瘤，复发率偏高，没有好的治疗方法，再长再切。

切！经医生的唇齿碰撞后，似乎切萝卜一样简单。而我听后，通体哆嗦，不自觉盗出冷汗，内心却也结了寒冰。

刀口的痛在蔓延，病理又如一颗炸弹，心情被各种坏消息折磨着，我有些坐立不安。并非我胆小，而是亲眼经历好友的生命被病魔折磨得苟延残喘。蜜蜜们似乎从第二次病理中明白了什么？纷纷送来鲜花，买来礼物和食品。似乎我不是从手术台败下来的病人，好像从前线凯旋的将军。每一个人都在劝我要有好心态，病要慢慢养……一份份鸡汤"端"给我。以往我也以"智者"之身给他人灌鸡汤，而自己的鸡汤，不但无法稀释烦恼，反而如一剂毒药，侵袭着折磨我，又如一把利剑，剜我心头的肉。

无奈时，喜欢借助网络寻求解决内心纠结的良方。

如果我是无知的村妇，不懂网络和书本，自然不会慌张，我会活得很自在，很逍遥。可是，我有文化，还爱求根溯源。通过网络看到几个病例，令我毛骨悚然。默默祈祷自己是另类，与他们不一样。自我在安慰，可内心的惶恐一点也没有削减。

女人是水做的，果不其然，一边伤感落泪，一边怀想曾经，感觉天要塌下来，生命也到了临界点。想着年迈多病的父母，想着尚未成家的孩子，想着下岗打工的先生……总之，内心满满的不舍。恐惧病魔的原因是还有一份责任在。以泪洗面的日子，让我对生命充满着期许和向往。觉得当下生命的每一分，每一秒都是奢侈，都是恩赐。

先生也因这份报告单焦头烂额。

怎么办？怎么办？怎么办？

都说有病乱投医，同事建议去北京看看，况且北京有神奇，也有神话。

刀口渐渐愈合，而内心的恐慌驱之不散。以往的笑容不知逃遁何处。强装笑颜，却让蜜蜜们心酸和心疼。学姐为我买了红围巾，她想用红色平复我内心的悲伤。而我也极力用亮色衣裙为自己增加喜色。我不想以病态示人，更不想把内心的绝望昭示天下。

北京就医充满着向往和神圣。医生对病理结果轻描淡写，却如创可贴，止血止痛，还化解了忧伤，内心的恐慌瞬间瓦解。同时，血液肿瘤化验单上也没有肿瘤细胞的成分。登时，如重生，我想雀跃，我想狂奔，我想高喊，我的生命线并没有戛然而止。这时，扑面而来的泪水是喜悦的，是温暖的，内心的压抑，释放了，稀释了。

医生确认"肿物"的那一刻，时隔几十个日夜，茶饭不思，寝食难安。就这样，分分秒秒的时光，被无端的颓废剥夺；大把大把的钞票，为了治疗而消耗。不经历了苦难，就无法得到救赎。经过这一场生病的插曲,更加珍惜生命的重要,更加懂得人生的价值,同时清晰该舍弃什么,该珍惜什么。记得一篇文章说过:"人不生一次病,往往意识不到自己的身体有多脆弱。生一场病就活得通络了。"道理既如此,但还是不生病为妙,能不生病就活通透该是智者。而我的通透却是在生病的虚惊之后。

走出首都医院,冷风习习中似乎有暖风吹来。我抹去泪水,羞涩地对先生说:抱抱我!

疾病面前考验的不仅是生命,更是感情。生病时日,先生比我还要煎熬,他既要承受我疾病的现实,还要精心护理我。其实,病者是一种福气,大难过后的从容和通透都是赏赐。通过这次生病,让自己活得更加明白,让自己懂得爱的珍贵。

之后,我拉着先生的手说:"我们去前门吃烤鸭吧。"

## 生日,在军营

天气预报,有中雨。入军营采风偏偏碰上了雨?心怀忐忑,有些担忧,担忧被风雨淋湿了采风的雀跃。

尽管如此,还是启程。一路颠簸,一路风景,似乎忘记了中雨的到来。抵达军营下车后,潮湿的路面,已告诉了我,雨水已早我而光临了这里。被雨水洗涤后的军营,如同被漂洗后的森林,绿得清晰柔美,绿得生机焕发,绿得心潮澎湃。

随着同行的文友在军营的操场驻足。远处有一方队,在训练中,看不清方队中军人的面孔,迎面扑来的却是嘹亮的口号声,在耳旁回荡,在山峦萦绕,在心里盘旋。

随着队长的一声声口号和指令，队列由聚而散，之后，各式擒拿演练开始。

刚下过雨，操场的草坪沾满了露珠，低洼之处还存着雨水。演练的小伙子们，无从选择，也无法躲避，第一个俯卧的动作，就有几个小伙子伏身水洼，起身后，前胸的衣，下身的裤，脚下的鞋，都被雨水浸湿，还有几个小伙子黝黑的脸上也沾了泥土。就这样，几番演练，队列中的二十四位小伙子，衣物都被染上泥土的颜色，脸上也被涂抹大地的色彩。演练动作的精准，令人叹服。同时，心里也疼着这群与我孩子同龄的小伙子们。

这是一支新时代的军人队伍，这些小伙子正值二十芳华。

曾有几段日子，为独生子女的未来心存忧患，这一次的目睹，一改以往的顾虑，看到小伙子们的精气神，油然而生的是士气，一种民族的自豪感充满胸膛。

这时，手机震动，见到同学的祝福，原来忘却了今天是自己生日。

同学说："借生日之由，庆贺一下吧。"

我说："我在军营采风，也是一种祝福祝贺。"

同学又说："好别致，军营过生日哦。"

我说："天意。此时，心里满满的都是感恩之情。我的生日，娘的苦日。感谢娘给了我生命。"

……

不知为何，双眸氤氲，如同刚刚的天空。其实，军营是我青春的梦。曾几何时，当一名军人就是我的梦。多少梦里，身穿绿军装，手握冲锋枪，喊着保卫祖国，保卫家乡。然而，自身素质欠佳，军人之梦成了今生的遗憾。此种情结，已被时光覆盖，采风之旅，梦又来寻我找我念我，浅浅绕着的，是唯美的气象和圆梦的伏笔。

驻足军队，记忆袭来，那份美好，总能点亮心中的憧憬，驱散眼中的阴霾。

伴随这份美好心境，参观了历史纪念馆，参拜了英雄纪念碑……这是一次红色之旅，重温历史，也勾起内心那波澜壮阔之梦。

有些事，是天意。军营梦，边防梦，都是青春的记忆和憧憬。然而，又在这个值得纪念的日子，在这个朝气蓬勃的军营里，青春梦重温，幸福感萦怀。

这份幸福，让常怀感恩之心的我，默念起恩情种种。

此次采风源于对文字的热爱。

文字是一座桥，架起了我的文学之梦。因文字才有机会参与这次笔会，此时，最该感恩之人，是引领我走进文学圈的老师。又是巧合，此行却与启蒙之师同行。

本想对启蒙之师说出心底的这份恩情，由于自己语言愚笨，便把这份炙热的感激藏在心底。

预报的中雨，并没有淋到我，反之，一场场感动，一份份感激，一幕幕感念，把情感濡湿。一个值得纪念的日子，农历五月二十一，几度惊喜，几度感动，几度回忆，岁月的指针，巧妙地编织了这个日子，让我在回想与感恩中度过。与众不同的采风，非同凡响的生日。我在感动和感恩中，幸福得一塌糊涂。这般情趣，这般滋味，我的心中暖意洋洋。

由于自己沉潜于感动中，却忘记了军队的名字，临行前，指着部队后面的山峰，问一位士兵："这座山叫什么名字？"

"帽儿山。"

铭记，且不会忘记。毕竟这里留下了难忘记忆，波澜不惊只是外在的表现，其实，内心早已气象万千。

## 春节之重

未出嫁时最喜欢春节，春节因此成了一年的期盼。

春节有新衣可穿，有美食可吃，有亲朋来访……可以走亲属，可以逛庙会，可以看秧歌……春节在眼中是天堂，是乐园，是……

出嫁后的第一个春节，随先生去婆家过年，这是我第一次与没有血缘关系的一家人过春节。婆婆对我甚好，让妯娌去洗洗涮涮，屋里屋外忙活，而我的任务则是吃美食，看电视。可是，我却无精打采，父母没有儿子，我已出阁，只能由未出嫁的小妹陪父母过春节，没有我的陪伴，父母心情是否失落？看着婆婆一家人欢声笑语，我的心却莫名地疼，以往春节的兴奋不知何时没了踪影。内心的一份牵挂，让我难以融入春节的喜庆之中。

婚后的第四个春节，妹妹也出嫁了，我的家也已是三人组合，而我依旧要陪先生，领孩子，按传统惯例，回婆婆家过年。婆婆生养五个儿子，春节是一年中最热闹的日子，而我却人在曹营心在汉，我不知父母的这个春节如何度过？年夜饭后，拨通母亲的电话，母亲告诉我："在沃尔玛超市呢，我和你爸没啥事，这里人多热闹。"

一句热闹，我哽咽难言，心里五味杂陈。母亲似乎听出我的伤感，忙说："过年了应该高兴才对，过年不要流眼泪……"

婚后第五个春节的前夕，莫名火燃起，我牙疼，喉干，眼涩……先生心疼地陪我打针买药，仍无效果。春节一天天临近，病情一天天加重。当先生与我商议购买年货时，我的泪水簌簌落下。先生一脸迷惑，我吞吞吐吐地说："我想回娘家，陪父母过年……"先生大吃一惊："传统过年，媳妇都回婆家。""我知道，而我父母没有儿子，谁陪他们过春节呢？"我的回答很微弱。先生低下头，思考片刻，拍拍我肩："你自己回娘家吧，我去陪我妈可以吗？"先生的豁达让我感动，忙说："那孩子去谁家？"先生挠挠头："你说的算。"先生能够准我回娘家过春节，已让我感恩备至，还怎能在孩子的去留上抱有奢望。心情立刻洒满阳光："让孩子去陪奶奶过年……"

春节的去留敲定后，牙不痛了，眼不涩了……心情也无比的舒畅。

从这以后，每年的春节，成了我和先生分别的日子。别人家的春节夫妻团圆，而我家的春节却是夫妻分别。我们找不到更近人情的办法，只有各自回自己的父母家，这样，俩人心情都可以释然。

2007 年，婆婆去世的那年春节，先生伤感地对我说："我妈病情很重，不知道还能过几个春节？"先生话音未落，我忙回答："今年春节我去陪婆婆过。"

婆家的这个春节，气氛很凝重，一家人都在强装笑颜。也许因我不能总回婆家过年，婆婆对我还是那般娇惯，不准我下厨房，不用我扫房间，我悠哉地陪着婆婆唠着家长里短。

那年夏季，婆婆离开了我们。

老人是春节的集合体，公公在三十多年前就去了另一个世界，婆婆的离开，春节在先生的眼里，少了顾盼和归依。只是按传统的观念，老人过世后的三个春节，不贴对联，不放鞭炮。

婆婆离开后的春节，我不必在自责和忐忑中求得先生的赦准，一家三口顺理成章地回娘家过春节。然而，每当除夕夜，我的眼前都会浮现婆婆生活的片段，心情为此而沉重。为人妻，曾经不能依传统回婆家过春节的负罪之感在隐隐作怪。

如今，娃也已成年，不久的将来他要自立门户组成一个独立的家。那时，他们的春节与谁过，也该是他们即将面临而又难以取舍的问题。而我秉承传统观念的同时，更能释解父母没有儿子的苦衷。

春节因此在我的心头变得并不轻松。当下，春节不再是我的盼，更多的是一种传统和一份责任。作为儿女，要担当，而这份担当，因凝有团圆的因素，会成为我心头挥之不去的沉重。

希望在不久的将来，春节会是婆家娘家的大团圆，只有这样，儿女们才能少了份牵挂和不安，才可以心情坦然地享受春节祥和的气氛。

## 八分钱的初恋

年少轻狂，恋上文字后，便跃跃欲试地投稿。一首小诗《十八岁的心情》居然挤进了一本杂志的角落，很不起眼的角落。它为我的鸿雁生涯拉开了序幕。

天南海北的信件成为那段日子的主题，看信回信，忙得不亦乐乎，谈理想，谈爱情，谈憧憬，谈人生，年轻人之间总有说不完的话题。

渐渐地，一位笔友从陌生到熟悉，从熟悉到惺惺相惜。

渐渐地，书信中更多的是关怀是惦念，涉猎情感的话题也多了起来。信件由每十天一封，缩短到每五天一封，之后每三天一封。我的日子在盼信与复信中度过。字里行间，写着彼此的生活和工作，以及生存的态度，用文字来温暖彼此。

一来二去，书信交往几月之久。天各一方，一枚邮票承载着两地的情感。彼此没有言说一个爱字，字里行间却洋溢着无限的爱恋。与风月无关的话语，在这内心的诗卷里，唱尽了相惜。

那时，没有网络，通信费用甚高，唯一交流的方式就是书信，交流的信使就是邮票。那时，邮票面值仅八分，八分钱却把心中的欲语还休表达得淋漓尽致。看不见对方的容颜，听不到对方的声音，而内心的期盼和惦念却与日俱增。日子在书信中缩短，思念在期盼中拉长。那时年少，不懂海誓山盟，不懂地老天荒，只有见字如面的震颤，望眼欲穿的焦灼。

夜深人静时，独享夜色，静静品味诗情画意般的文字，跳跃在行云流水的语句里，沉浸在遒劲飘逸的笔画中，连标点符号都有了内容。

复信匆匆言不尽，是一种怎样的担忧？期盼信件又开封，是怎样的一种告慰？期盼与日增，鸿雁传佳音，是怎样的一种喜悦？细腻与震颤的文字把一份情感融入内心的深处。

突来的变故,改变了我的生活,我的境况瞬间变得一塌糊涂。童话中的诗情画意在蒙雾中破碎,心情糟糕得七零八碎。鸿雁折翅,美景良辰就此尘封。这段奇缘定格成记忆中的画面,只有小心翼翼地珍存。

那种感觉朦胧里萌生甜美,那些信件微妙中渗透快乐。等待,思念,期盼,只属于那段日子的惊喜与快乐。诗情的开始,离殇的结局。怨不得命运,怨不得谁,或许这就是人生注定的插曲。人生很多事情,错过了一轮明月,将错过整个天空。

如今,年已不惑。经历了恋爱,结婚,组成了美满的家庭。那段经历想来该是初恋的花蕾,未能开放就夭折在破碎的雾霭中。

书信在电子时代渐渐退出生活舞台,取而代之的手机短信、QQ和微信等新兴的快餐般的情感交流,与当年的书信相比,我更加怀念那段日子,怀想那段感情。

不知这位笔友如今身处何方?如今他生活工作如何如何?我只有默默地为他祈祷,毕竟他把一份真诚送给了我,在我的人生中流溢出静美的记忆。

八分钱的情感很重很真很美,越发怀想越发凝重,有时在想,没有生活的变故,书信交往下去,该是怎样的结局?也许友情延续?也许筑成婚姻?也许变成陌路?

结局并不重要。那书写的过程,随着岁月的更迭,将荡出涟漪,飘出香醇。

# 生活本该就这么简约

新居装修三月，大功告成。

施工期间，每去"视察"都要随车捎去一些平日未用或者不用的生活备品，一来二去，旧窝三分之二的物件都挪到了新居。因不适新居甲醛味道，未及时入住，依然守在旧窝，与剩余的三分之一生活备品继续庸常的生活。

可是，每日规律如昨，生活水准也未见降落，反之，简单的旧窝有了层次感，以往满腾腾的局面变得清爽舒服。原本喊着旧窝居住面积小，屋内拥挤，急盼换新居改变困境。而眼下只剩三分之一生活备品，并未觉得缺少什么，却腾出偌大空间，顿觉宽敞通透。

细细琢磨，留在旧窝的生活备品都是最实用的物件，挪到新居的备品是无用甚至是多余的。原来与我生活息息相关的物品，潜意识地不经意地都留在身边的，也就是留在旧居的三分之一。

新居历经数月通风，甲醛悄悄消失后，我才乔迁到新居。而旧窝的物件并没有随我到新居，而是启用了新居新物模式，无形中也是一种浪费。同时，忍痛遗弃了早早搬来的三分之二物品的其中一部分，这时，新居的备品也降至以往的三分之一，而生活还一如往常之态。因新居的新，因备品的精，因心情的美，生活质量提高，生活空间阔绰，生活趣味提升。

原来惬意的生活是如此的简约，并不是豪华空间和奢侈物品的叠加，而是在简约中享受着一种不简单。备品臃肿只能给生活带来诸多附加和累赘，平日里需要清洗，需要整理，无形中浪费多少光阴。舍弃不常用或不实用的物品，能给房间增加宽度，给生活增加厚度，给思维增加长度。重新拿回驾驭生活的主导权，而非成为被生活束缚的奴隶，

突然，想起《断舍离》这本书中主张把身边不需要、不适合和不舒服的东西替换成需要、适合和舒服的物件，这样，让居住环境清爽，也改变心灵环境。这提法正与自己的心境不谋而合，渐行渐悟中，处理了家中没用的物件，无形中舍弃了对物质的痴迷，让空间宽敞舒适，让内心自由自在，同时，也一改大手大脚的毛病，不再购买不需要的东西。

近日，无意翻开手机及微信通讯录，好多不联系或不知何时存入的陌生人电话号，果断删除，之后通讯录一目了然，全是好朋友。其实，存在通讯录中的不一定是朋友，好朋友都珍存在心里。既然这样，借用删除键让心儿与通讯录平行对等。人渐渐衰老，感情浓度在不断做加法，而朋友的数量却渐渐做减法，入心的人，才是最好的朋友。通讯录的朋友不在于多，而在于精。

很多人喊着生活疲惫，压力山大，那是他内心的欲望在不断膨胀，如果舍去内心那些漫无边际的欲望，而设定现实的目标，往往事半功倍。这样，一步步去完成既定目标，再一步步设定新的方向，循次渐进，能力在慢慢提升，逐渐向巅峰靠近。久之，既定目标清晰，前进方向明确，压力自然会变成动力，动力进而助推成功。

上品画作，需要飞白诠释深意；精致生活，需要空间铺陈

美好；自由心情，需要简约体悟深远。世间万物皆如此，很多道理是相通的，断舍离不仅仅适用物品，也适用手机、微信和QQ等通讯录，还适用于人的思维。不要把生活积累成冗余和拥挤，不要把内心堆积得憋闷和寡欢，为空间，为内心，为环境，留足空白，去呼吸，去回味。

生活本该就这么简约，其实，多余的物件并不代表富裕和殷实，而是给心灵无形地套上繁复。只有降低欲望，才能返璞归真。

## 背影里的目光

双休日，无论多忙，我都要回娘家，去看望爹娘。

娘，第一场大病，脑出血。很多人都以为娘会一病不起，老天眷顾，娘奇迹般康复，且行动语言趋于正常。这场病之前，娘每天都在为女儿忙碌，包饺子，蒸馒头，腌咸菜……等待女儿回家。每当我离开时，娘都背着大包，拎着小裹，送我到公交站点。这一切，我却没有感恩之念，其实这是娘疼爱孩子的方式。有时还叽叽歪歪说："别拿了，都吃腻歪了。"可娘似乎听不到，依然忙碌着。

娘病好后，老习惯延续着，却又添了新的习惯，每周还要为我准备可食用一周的菜蔬。这以后，我的背包更重。每去公交站点的途中，娘为我背着沉甸甸的包。有时，娘选择离她家很远的站点送我，其实，娘想多陪陪我。

就这样，我理所应当地顺从娘的这份爱。那时，娘住四楼，

227

我上下楼，若拎着包裹，都会累得气喘吁吁。而我却疏忽娘的疲惫。

娘，第二场病，脑血栓。住院后，娘昏迷，我恐慌，我怕失去娘。几日后，娘脱离危险期，也失去精气神。语言迟笨，行动迟钝，就连思维也迟缓。血栓后遗症让娘一下子苍老，就连行走都没了力气。无奈，爹娘只好搬迁进电梯楼。这样，可以省去攀爬楼梯的劳累，况且，住八楼，窗外的视线也辽远宽阔。

出院后的娘，就像一个刚懂事的孩子，每次见，她总是少言寡语，且祈望地瞅着我，有慈爱，更多是无助，这一望，警示着我肩负的使命。瞧着娘，我知道，岁月轮回，我已是娘的家长，娘陪我长大，我陪娘老去。

如今，我若开车看娘，离开时，娘总会说："我想下楼溜达溜达。"

就这样，娘陪我下楼，看我开车走远。至于娘何时回楼里，我却忽略了。

一次，傍晚去看娘，娘身体不适。离开时，娘说："今儿不溜达了，你自己下楼吧。"

当我走到小区大门，扭头一望，看见枯老的娘，趴在八楼的玻璃窗上，望着我，如同我小时候，两只手掌紧贴玻璃窗，盼着娘下班的样子。不知为何，我眼睛湿润了。娘舍不得我离开。瞬间，我的心一揪一揪地疼痛。本想返回楼里，可井喷的泪水却无法克制，我不想让娘看见女儿脆弱的模样。想想，就是返回去，终究还要离开，毕竟我还有自己的工作。

此后，我开始细心观察娘的变化。我每次离开，娘都要下楼，乘公交回家时，总要陪我等到公交车来，乘轻轨，总会陪我到检票口，上下高高的站口几十阶楼梯。之后，娘目送我上车，直至我消失在她的视线里。这一刻，如同我小时候，娘送我去幼儿园的情景。这时，车上的我也扭头望着娘，泪眼蒙眬。

每次，娘都这样目送我的背影，我也这样注视娘的方向，娘的眼中我的背影，我的背影铺满娘的目光。每想到娘的目光和我的背影，心里酸楚，眼中潮湿，说不出的伤感袭来。有娘在，那就是个家。有娘爱，那就是女儿的幸福。我怕，我怕有那么一天，娘不再送我了，我的背影不再有娘的目光。

其实以前每次离开，娘也是不舍，只是我粗心怠忽而已。我是娘的小棉袄，娘期望时时呵护女儿在她的身旁。

每个人活着都有一份责任，不能把它当作衣襟的烟尘，一吹即散。对于娘眼中的女儿的背影，应该与光阴强健，与岁月成熟，因为人生有一份责任，已降落于双肩，娘望着我的背影，满眼不舍和期盼，而我必将用全部的爱，承载娘的目光。

我背影中娘的目光，是娘爱我最直接的方式。我是娘的棉袄，护娘温暖。娘是我的灯塔，引我远航。

幸福到底是什么？蓦然回首，娘在巷陌，或是拐角，慈祥地望我。我的背影中，有娘的目光，不离不弃，永远，到永远。

我很幸福，因为我有娘的目光牵挂着，庇护着，普照着。

# 贴心的小情人

### ——写给儿子二十岁生日之际

岁月如梭，恍然间，我与儿子已有二十年情缘。

儿子的出生，算奇迹，从我腹部疼痛开始，到儿子出生，经历了四十二小时。儿子出生后，不哭不闹，安静地让亲人们担忧。医生经过两个小时的抢救，儿子发出人生的第一声哭喊。从此，他成了我最贴心的宝贝。

儿子的成长，也算顺利。偶有小疾，几日静点便康复。

从幼儿园开始，我成了儿子的保镖，每天陪他学书法，学画画，练钢琴，我蹬着自行车，驮着儿子从西街到东街，很远的路，儿子紧紧搂着我的腰，那一刻，很辛苦，想想腰间肉嘟嘟的小手，紧搂着妈妈的腰，一切劳累瞬间散去。那一刻，我暗暗发过誓言，用我的青春，换儿子未来的辉煌。

儿子的学业并不努力，情商高于智商，为此，成了我的一块心病。有担忧，有失望，还有隐痛。望子成龙是每一个家长的愿望，而我的儿子却用自己的个性，叛逆父母的期望。把父母精心搭建的梦之楼阁，在他的叛逆中轰然倒塌。那一刻，我的世界灰茫茫，回首与儿同行的路，我判定自己是一个不合格的母亲。

转变在瞬间，刚入初中，儿子如同变换一个人，学习积极，待人谦和，仅是小学到初中的一个跨越，却脱胎换骨般，出落成乖巧懂事的男孩。一度失望的灰心又被点燃。最令人感动的一刻，是儿子给父母端洗脚水，给父母按肩推背，他懂得了去疼爱他人，懂得孝道，懂得关怀……那一刻，我觉得自己是世界上最幸福的母亲。

为了给孩子更广阔的学习空间，我和先生倾其所能，陪儿子搬到了省城来读高中。高中的学业紧张，儿子在努力，我暗自焦急，既心痛熬夜的孩子，又担心考不上理想的学校。内心既矛盾又纠结。那一刻，我觉得儿子不长大多好，我心甘情愿地养育他。

高考很残酷，儿子外语失利，破碎了我的美梦，也击碎了儿子的愿望。

吉人自有天相，高考分数与期望相差甚远，但录取的大学较为理想。

如今，儿子求学在外，留给我的只有遥遥的思念。我知道，儿子的世界在远方，我只是儿子最初生活的驿站。自我安抚心绪后，每次看到蓝天，眼前都会幻化出一只展翅的大鹏。那一刻，我才感知，儿子开始打拼他的世界，开始人生的航程。我能做到的只有祝愿祝福祈祷。

此刻，我满腹的话语，却不知从何倾吐。我只想告诉儿子，男子汉的未来，一要打拼出一份好的事业，二要寻找优秀的伴侣。我心中曾遐想过儿子生命另一半的样子，那只是我的渴望。我知道，儿子处事干练，做事稳妥，交友大度，在择偶上，也一定会谨慎认真。我还想告诉儿子，生命的另一半必须是相互心仪，情趣相当，要把婚姻当作责任，选择便是永远。

今天，儿子二十岁生日，却不在我的身边。想想儿子曾经的生日，那时我在为生日忙碌的身影，却成了我快乐的音符。

如今，我的忙碌隐退，我的等待消失，与儿子的交流依靠网络和电波。此刻，我在温习儿子为我按脚捶背，熬粥煮面，还有恶作剧地惹我发怒的记忆，想着想着，情不自禁地发出笑声。

有人说，儿子是妈妈前世的情人，而我却认为儿子是妈妈今世的情人，融入了亲情，渗入感情，割舍不开，无法分离。不管他人如何定论，而我依然把儿子认定为了贴心的情人。无人可敌，无人可比。

有时我在想，儿子就是我精心构建的游戏，达到一定级别，就该易主，我只好隐痛把儿子交给社会，之后再交给他的爱人。想着想着，却黯然神伤。我不能总沉溺在思念之中，我要学会放下不舍，让儿子放心开心地学习生活。爱儿子，就为他祝福吧，祝他学业有成，心想事成。

不知为何，不想收笔，谈及儿子，我的脑海浪花翻滚，一个个片段，一朵朵花絮，成了我的财富。都说女儿是妈妈的小棉袄，而我却感知，儿子能给妈妈遮风挡雨，是妈妈暖暖的外套。那股暖，入心扉，无论隔着多厚的袄，都具有穿透性的暖流。

儿子二十，尚青春。我早已不惑，渐老矣。尽管如此，我依然心甘情愿用我衰老的身躯，倾其所有为他做云梯。

我的回想和祝福接近尾声，我再次向世人呐喊，儿子是我今生的情人，最贴心的小情人。

## 父母有了第三者

妈妈的眼神怪异，爸爸的表情尴尬。每周只有周六才能回娘家，我刚进屋，见到父母的神态与往日不同，心里咯噔一下，不知发生了什么事情。

以往进屋的第一个任务，就是翻冰箱，其实翻冰箱不是翻找自己想吃的食物，而是检查父母购买的食物是否符合我"认定的标准"。父母老了，眼睛花了，总爱买一些过期的，或是三无食品。每次回娘家，都要与父母唠叨，三无食品对身体的危害，过期食品对健康的不利，可是，父母总不当回事，可能是记不住，可能是不在意。没办法，只能勤检查，早处理，免得三无食品伤害父母的身体。

可眼下，检查冰箱放置脑后，我想知道父母隐瞒我的事情。

"妈，又给我买啥了？"

"没买啥，没有钱了。"妈妈说着低下了头。

"钱呢？"我皱皱眉头。

这时，妈妈瞅瞅爸爸，爸爸抢过话题："还没开工资呢。"

第六感觉告诉我，父母的"老顽疾"又犯了，试探地问："最近看什么电视了？"

父母异口同声："没看啥。"

这时，门铃响了，透过门镜看见一年轻的丫头，虽不是美人，但有青春的粉嫩笼罩着，看着心里很舒服。这是谁啊？不是亲属。忙问："你找谁啊？"

"爸，妈，我来给你们送鸡蛋的。"门外回应。

爸？妈？岂不是我的妹妹，可惜我不认识。心里瞬间闹挺起来，难不成是私生子？我很生气。瞪大眼睛瞧着父亲。父亲有些语无伦次："不是我让她叫爸的。"

"她是谁？"

妈妈拽拽我的胳膊："别误会，她是卖药的。"

听罢，心里的警备撤退一些。打开门，看看她要做些什么。

小女孩嘴真甜，进屋后，爸妈喊得比我都甜，不熟悉家里情况的人，岂不是以为我是串门的。

通过父母与她的对话，我明白了父母刚刚的神态。父母看电视买了预防脑血栓的保健药，这个女孩是定期来访者。这是第二次来，每次来都不空手，上次是二斤小米，这次是十个鸡蛋。这份"孝心"让空手而来的我，倒有些不自在。

原来父母有了第三者，嘴巴甜腻的第三者。

第三者离开后，我开始对父母盘问一番："又买药了，这次花了多少钱？"

"我怕得脑血栓牵扯你们，买点药吃，就不得脑血栓了，这样，我不遭罪，你和你妹也不分心。"母亲道出实情。

妈妈这番话濡湿了我的眼眶。我善良的妈妈，总是为我们想，可我怎么做，她才能科学地服药呢？才能不信假药而相信医院呢？

"这次花了多少钱？"

"卖药的说，三万元，我和你爸都不得脑血栓，我想值得，若得了这病，几个三万都治不好。况且，这些药只卖中级职称以上的知识分子，你爸是中级经济师，我是跟他借光才能吃到这药。"妈妈很自豪地告诉我。

"为何不与我商量？"

"卖药的人说不让与子女说，说了，子女干涉多了，影响服药效果。再说，你爸也不让说，他说你不会同意的。"

药已经买了，我又能说什么呢。权当给父母买了快乐。只要父母快乐了，身体健康，那是金钱买不来的。只好顺应父母说："吃了药健康比啥都强。但以后记住千万别买了，没病定期检查身体预防，有病更要去医院去治疗，只有科学服药才健康。"

这些药是父母年初买来的，而这三万元的药是父母十八个月的药量，服药一半时，父母腿僵硬，行走不便，去医院检查方知，是脑血栓。为了缓解病情住院治疗。住院期间，我开玩笑一般对父母说："都吃了预防的药，咋还得脑血栓了呢？"

爸爸低头不语。

父亲出院后，他拨通第三者的电话，问询为何服药还得了脑血栓。对方回答很干脆："吃药前你就有这病，幸亏吃药了，否则就没命了。一会儿我给你送去治疗的药……"

搁下电话，父亲兴奋地告诉我："幸亏吃药了。"

没过多久，第三者又来喊那刺耳的爸和妈，并送来贰万肆仟元治疗的药。

第三者离开后，妈妈拿起才送来的药盒，前看后瞅的，很开心，看着母亲的样子，似乎获得天大的便宜。一直信奉一位哲人说过孝父母必须顺从父母。我一直顺着父母的意愿，很少干预他们的生活，可眼下，若再顺从，不阻拦，父母将会被愚昧洗脑，会深陷其中，被虚夸成灵丹妙药的假药蒙骗，我在思索如何让父母不再这么愚昧，如何让他们科学地养生，科学地服药？

我思考的问题还没有得到结果，母亲又住院了，病因又是脑血栓。

父母接连脑血栓让我崩溃。幸亏母亲及时送到医院，恢复很好。

出院后，我开始教父母上网。并告诉他们："网上一百度，便知天下事。"之后，让父母把第三者送来的药名输入对话框，点击鼠标后，整个荧屏全是关于此药的评论，父亲一页页点开，一字字阅读，之后，面有难色对我说："干吗不早教我上网，那样我也不会被骗啊。"

"其实你们每次电视报纸购药，我都反对。可是我的反对无效。电视报纸卖的药专治疑难杂症，如果真如他们所说，医院岂不破产，医生得全部下岗。"

爸爸直点头："以后再也不买了。"

趁热打铁，在恰当的时候，恰当的时间，对父母科普一番："如今老人们在家寂寞，那些卖药的抓住了这点，一口妈，一句爸，围着你们转，她们看中的是你口袋的人民币，如果没钱，她们还会喊你爸妈吗？任何时候，都要相信科学，只有科学地养生才能健康，才能长寿。如今，卖药的人抓住情感这张牌，为了赚钱，啥科学，啥健康，都置之度外。"

此时的父母如同小时候做错事情的我，小心地听着，乖乖点着头。

三万元预防脑血栓的药，也让我陷入了郁闷，父母节衣缩食攒了点钱，为了健康，却相信那些非法的卖药人。

其实，父母也都是知识分子，且都是懂科学的人，可是，他们老了，心甘情愿地被愚昧蒙骗，因为他们每日与电视为伴，电视骗子成了他生活的"好朋友",与报纸为友,报纸的广告成了他们追求健康的导向。想到这些,我很自责。父母年老了,更需要的是女儿的关心和爱,可是,我总因一个忙,而忽略了对父母情感的呵护和陪伴。久之,那些卖药的第三者抓住了老人的孤独感乘虚而入,用虚伪的亲情换得了他们的利益,却坑骗了老人的钱财和耽误了老年人的健康。

这以后,我放弃了很多无聊的瞎忙,抽时间陪父母,抽时间陪他们聊天,给他们讲健康,讲科学,讲趣事。其实他们懂得的科学知识远远超过了我,可他们更希望健康的科普知识是由女儿讲给他们的。这是父母的愿望,更是做儿女的幸福。

## 孤独,灯光陪伴我

那年,因工作调动,我与先生开始了分居生活。

带孩子到达省城的当晚,分别不足 24 小时,我拨通先生的电话,只听到他在那端哭得一塌糊涂。在他心中,调动就是别离。明知这段时间不会太久,期间也会偶尔相见,可他还是那么多愁善感。没想到铁铮铮的男子汉,刚别离便如此动情,那一刻,怎不让人柔肠百转!

夫妻是上苍送给彼此的亲人。婚姻初始是爱情,久之是亲情,是手足,是兄妹,离别于我们而言,是无言的不舍,是深深的眷恋。

我离开家了。对于女人,一旦步入婚姻,丈夫在哪,哪儿便是家。

平日里工作忙碌,借助电波和短信互诉思念,这样,在彼此间，有种诗意的浪漫，其中挂牵也色彩斑斓。可是，春节莅临，分居尚未结束，偏巧先生又出差数月，酸涩的滋味突然拥堵胸口。

那年除夕，我只能领孩子回到娘家。以往春节，那种盼啊，盼着回娘家与父母团圆，不知为什么，先生不在家的春节，心底寂寥得无边无际，如无根的浮萍，少了安全，少了归属。尽管如此，我还要强作欢颜与孩子陪父母吃除夕的团圆饭。

春节晚会是春节的重头戏。可是，先生不在家，春晚都没了兴致，因了无聊，因了孤单，因了牵念，本是喜庆的除夕，我的双眸却总是氤氲。本打算除夕夜住在娘家，一起吃除夕夜的饺子，一起听新春的钟声，可内心的孤单，催促我迫切地想回家，我惦记身在他乡的先生啊。

无奈，只好恳求父母，早些吃饺子，我要回家，回自己的蜗居。

父母理解女儿别离的愁绪，顺应恳请。随后，无精打采地吃罢饺子后，我与孩子回到清冷的小家。家虽小，且只有我和孩子，可是，我却觉得回到家也是团圆。我点亮家中所有的灯，让柔黄的灯光温暖我内心的孤单。然后，打开电脑，借助网络与他聊着家常，却少了往日的调侃，彼此都不敢言说内心的孤独和想念。反之，相互安慰着，他说："过年是老人和孩子的欢喜，我们是大人，过年就是休息，平日挺累，利用过年假期，好好休息。"我嘴上答应着那是那是，心底的伤感，却又如何掩饰得住哇。

窗外鞭炮声令人触景生情。往年节前，先生都要搬回很多爆竹和烟花，而他不在我身边的春节，也只能听着别人家在爆竹中欢天喜地。蓦然间，我异常讨厌窗外的爆竹声，也反感电视中关于团圆的祝福。

索性避开爆竹和祝福，睡觉该是一种逃避。蒙头便睡，很快进入梦乡。梦中我牵着先生的手，在红彤彤的长街散步。街边树枝挂满红包，我居然灵巧地爬到树上，摘取好多红包，兴奋举起，向先生炫耀时，发现漫长的街只有我自己，先生却不在身边，我哭了起来。这时，一个激灵，醒来，发现潮湿的枕巾遭遇了雨季。

这时，钟声即将敲响，窗外是热闹的，电视是欢腾的，唯有我的小家是寂静的。心口莫名隐隐作痛，前所未有的无助和惶恐袭来，弥漫着除夕夜。我害怕极了，胆战心惊地盯着灯光，连呼吸都缓缓的，唯恐虚长的气流把自己拖进黑暗。就这样，困顿全无，除夕夜成了不情愿的无眠之夜，还好，一盏盏灯光，温暖地，忠实地陪伴着我的孤单。

初一清晨，先生来电话，小心翼翼问我，除夕夜如何度过？从他沙哑的声音中，我知道，他也如我一样，除夕夜与灯光相伴。瞬间，一种叫作别离的滋味，再一次濡湿我的双眸。

如今，已经团圆的彼此，每到除夕这一天，便翻出这段往事而温故，尔后，更加懂得陪伴的珍贵。

## 都还是孩子

在《新文化报》上看到一篇报道：一个叫明宇的小男孩五岁时得了白血病，父母变卖家产仍无法支付医疗费，举债无望之下，明宇的妈妈只好沿街乞讨，来维持小明宇的生命。明宇这一病，已经五年。这五年,明宇妈妈不知走了多长的街,伸过多少次手,受尽多少白眼……在记者采访这一家人时,记者问明宇有啥心里话想对读者说,明宇怯怯地说:"想要一套新衣服,去医院看病时穿。"

当我看到这篇报道后,泪流满面,一套新衣多么平常的事,然而,对于一个生病的孩子却是奢望。我急忙拨通《新文化报》的热线,找到撰写这篇报道的记者,问清楚明宇的身高,要来明宇妈妈的手机号。之后,奔往商场,为明宇买了两套新衣服。之后,按记者说出的住址,见到明宇一家人。

他们一家住在医大一院附近的个体小旅馆。十多平方米的小屋中,我见到躺在床上的小明宇。一个十三的孩子,身高看起来只有七八岁,枯槁的身体蜷曲着,凌乱的发盖住了耳朵,一双眼睛陌生而又恐慌地看着我。瞬间,我仿佛看到故事中的小萝卜头,在期盼自由的片段。我强忍着泪水决堤,忙展开新衣服给明宇看,她的妈妈泪流满面地握住我的手,与我讲述着这几年来的酸甜苦辣,为了明宇,一个母亲放弃了尊严,情愿去乞讨,甘愿受奚落。

说话间,我瞥见床边的那双黑色棉鞋,心生诧异,明宇妈妈看出我的疑惑,急忙告诉我,孩子没有鞋,这是去年冬天一个老乡送给孩子的,天热了还一直穿着。我自责自己的疏忽,为何不给孩子买双鞋。我问明尺寸后,掏出口袋中仅有的两张百元钱,递给了明宇的妈妈。明宇妈妈再次握着我的手,泪水涟涟地一遍遍说:"谢谢……"

我不忍在这里逗留太久,布满雾霭的双眼几欲决堤。

　　回到家后，我一边抹着眼睛，一边把看见明宇的经过，一五一十地讲给儿子听。儿子高考失误，成绩不理想，高考后一直都萎靡不振。当听到明宇的事后，他也抹起了眼泪，之后，很郑重地说："明宇的鞋，我给买。""你没有收入，拿什么买？""我去打工赚钱。"听完儿子的话，我只是点头，并没有放在心上，儿子也还是孩子，况且眼下正处于高考失误的烦躁期。

　　翌日，儿子早早起来，告诉我："我在网上找到了一份工作，汽博会发传单。"我没有阻挡儿子的行动。儿子说到做到，果然去发传单了。炎热的夏，儿子穿着厂家的T恤衫，没有任何防晒措施，从早站到晚，一直站在炎热的太阳之下，滚热的阳光把儿子稚嫩的脸烤得黝黑，也晒破了皮，鼻子也凑热闹地流出鼻血。看到儿子这个样子，我的心隐隐地疼痛。忙劝儿子："别干了，明宇的鞋，妈妈有能力来承担。""我知道妈妈有能力去帮明宇，而我更想用我自己的能力去帮明宇。"听了儿子的这番话，我深受感动，不再阻拦儿子的爱心行动。十天后，儿子握着四张百元人民币，有些激动地对我说："曾发誓我人生的第一笔收入，给爸爸妈妈买礼物，可我能力有限，只赚了四百元，只能先解决明宇的困难。"

　　握着儿子递给我的四百元钱，我心中五味杂陈，都是孩子，只因健康差异，处境差别，让他们有不同的境遇。

　　我按儿子的授意，给明宇买了新鞋子。送鞋的时候，本想带着儿子一起去，让他看看命运多舛的明宇，如何坚强地与死神抗争；还想让儿子看看一位伟大的母亲，为了儿子的生命，遭受着怎样的心酸。然而，儿子又去民博会当志愿者了，目的就是为了适应社会和历练自己。送鞋的时候，本想告诉明宇，鞋子是一个比他大六岁哥哥的心意。因过于匆忙，还因不敢久留引来酸楚，放下鞋子，就离开明宇所住的旅店。

在儿子去哈尔滨上大学时，我悄悄地把那四百元钱放在他的行李箱里。因为在我眼里，明宇和儿子都还是孩子。

## 在心中为他撑起一把伞

认识他，在雨天。

我每天上班的途中，都能遇到他，他总是穿着一件褪了色的鹅黄色外套，戴着辨不清颜色的鸭舌帽，一双残破的旅游鞋猜不出来是白色，还是灰色？左脚的残疾处，把鞋面折成一道深黑色的裂痕。斜挎的军绿色背包总是满腾腾的，感觉就像挎着历史的沧桑，怀里还抱着厚厚的报纸。

我徒步上班从秋天起。

第一次见到他，就是在那个秋天飘雨的清晨。他目光呆滞，语言含糊不清，张嘴露出龅牙，让人想到历史课中的原始人。扭曲的表情生出些许狰狞，我有些怕，尽其所能绕他而行。然而，每日必须途经此处，都能相见，渐渐地，我发现他的笑容很牵强很卑微，模糊不清的语言也很吝啬，唯有的虔诚就是紧紧地搂着报纸。平日，无雨时，他总爱背靠叫作富贵居的楼宇，仰望天空，不言不语，机械地伸出老树皮般的手收钱，之后付给路人一份报纸。而雨天，他则躲在公交站点，面朝富贵居，仰起的目光似乎锁定在"富贵居"的三个大字之上。怀里的报纸却用塑料布包起，雨水肆无忌惮地淋湿他的衣服，他却一动不动，像一尊雕塑。

久而久之，他认识了我，每天的清晨，他都会站在那里，我感觉他在等候我，每次途经，他都会自然地递给我两份报纸，两份我单位和家都已经订阅了的报纸。我成了他虔诚的顾客，不仅仅为帮他能够多卖出两份报纸。

冬天来了，飘雪的寒冷中他依然还是那身装束，怀中的报纸像救命的稻草，似乎能够给他带来温暖。行人匆匆，寒冷凝固了行人的目光，很少有人会注意到他。每次我买完报纸走后，都会为他惆怅顷刻，这么多的报纸想卖完，岂不是要在冰冷的街头站许久。我深知，卖报的收入对他是何等的重要，而卖不出去，对他的生活又是何等的煎熬。

春天来了，我脱去厚重的棉衣，露出捂了一冬天的脸。他却认出我来，每日将要途经此处，远远的他，总是对我微笑。那蹩脚的微笑近乎卑微，让我看罢心头如针刺般的痛。他面部因残疾而扭曲的表情，似乎是横亘在他和我之间的沟壑，难以让人有亲近之感；模糊的语言，似乎是未曾翻译的天书，难以与人沟通。每每这时，我都无语，只是默默地递过一元钱，习惯地接过两份报纸。我不知道他每日几时始站在这里，又是几时离开这里？我不知道他的境况，但从他的装扮上，足可见他活得艰难。

因生病，住进了富贵居下的医院，每日晨起散步都能看到他站在那里，终于知道，他与太阳一同来到这里。何时离开却因报纸的卖出量而定，早卖完，早离开，晚卖完，晚离开。无论刮风，无论雨雪，都要风雨无阻地伫立在那里，富贵居成了他的背景，不管是面对，还是背靠，他都要机械地完成这份使命。住院的那些日子里，每天清晨，我总爱站在医院的门前，静静地望着他，或许这样做的原因只为他而已。当他卖完最后一份报纸，很高兴地与我挥挥手，含含糊糊地对我说："今天真好，这么早就卖完了。"看他开心的样子，我的心顿时释然，他的快乐如此简单，他的幸福又是如此的低廉。从那一刻起，我觉得他的笑容不再那样卑微，他跛脚的步伐似乎融入了旋律。

出院后休假，散淡地蜗在家，没有途径富贵居，也就忘却了他的存在。当我上班后再次遇见他时，他激动地向前跨出一步，伸出一只皱皱巴巴的手，似乎要拉住我，我后退一步，牵强地笑着，他有些尴尬地退回脚步对我说："知道你身体不好住院了，最近看不到，很为你担心。"听到这番话，我好生感激，一位素不相识的人却在牵挂着我，有这份牵挂该是多么温暖的事情。我照例递过一元钱，他却找给我五角。他说："只有日报了，晚报卖完了。"

"那就来两份日报吧。"

"买两份浪费，买一份吧。"他很倔强地拒绝我。

我摇摇头，拿起报纸离开。整整一个上午，我都沉浸在陌生人牵挂的温暖中，有幸福的喜悦，还有辛酸的痛楚。扭曲的面貌，跛脚的步伐，微驼的背影，还有褪色的外套，一幕幕闪动在眼前，泪水情不自禁涌出泪腺，有甜有酸还有苦。

日后，许久，我依然每日清晨购买两份报纸。有时他很知足地笑着，高兴地告诉我："就要卖完了，可以早回家了。"有时他一脸的茫然，看到他怀里满腾腾的报纸，我知道，他很不开心。我总想询问他的家境，还想知道，卖报微薄的收入，如何操持一个家。每每话到嘴边，不知为何，哽噎了，我无能力为他做些什么，何必还要掀开人家的伤痛。

汛期。时常有暴雨清晨袭来，那日，突来暴雨，我狼狈地途经他卖报的站点，只见他仰着头呆滞地站在那里，仅有的一块塑料布却罩在报纸上，衣裤被淋湿，这场罕见的暴雨让我看清了他衣服的黄，尽管褪色，仍然是雨中的亮点。雨水顺着帽檐瀑布一样流下，而那扭曲的表情在倔强地与暴雨抗衡。我的心头一阵酸楚，我能为他做些什么？雨中的我也是一样的狼狈，又怎能为他撑起一把伞。

这时，我只有暗暗祈求苍天，把我未曾领受的福分转让给他。同时，苦涩的心中徐徐地为他撑起一把伞。为他挡风，为他遮雨。

## 透过短信聆听心音

清冷的上午，闲来无事，坐在办公室悠闲地翻着林清玄的散文，有些疲倦，于是托腮想着心事。天冷，风寒，体温又超过37度。身体的顽疾一直不见好转，有些泄气，随它去吧。

短信铃声响起，一个朋友发来的短信："如果需要输血，我可以提供。想到你的疾病，白细胞低下，所以想起这些……"

那一刻，我却被温暖感动，眼睛潮湿。

"但愿不用输血，相信奇迹出现！"回复短信后，走出办公楼。

冰冷的冬天无疑夸张了温度，尽管我还在发烧，却感觉不到寒冷；尽管冬天萧瑟，但却渗透着美丽。我一边走一边咀嚼着短信的一字一句，并在心中一字字镌刻。瞬间，心间勾勒着短信的画面，同时，半空中飘来输液的针管连通彼此的血脉，我似乎感觉到血液的奔腾，好多希望和期盼在意向中复活。我似乎听见了血液间相互的交谈和融合。

我品味着血液的浓度，品味着短信的厚度。

途径中心街去购买蜂王浆，都说王浆可以增加白细胞指数。这时，一乞丐跪在冰冷的地上，伸出脏兮兮的手，这是一个装扮得十分苍老和落魄的老者，不去辨别他的真伪，掏出口袋中的零钱提供给他一顿丰富的午餐，我能做到的也只有这些。不知为何，不再对乞丐抱有敌意，反之，却羡慕他的心宽无忧和不知忧伤。其实，不求上进，不思进取也有着生命的另一种解读。

买回蜂王浆后绕道河堤，顺河堤路返回单位，因为我惦记着林清玄散文中的禅意。

冰冻的河面拥着许多孩童，开心，快乐，这些早已离我远去。何尝不是羡慕？还些许有点妒忌？停留我眼中还有那些摄影人的身影，他们执着，他们虔诚，为了一份爱好，与自然抗争，冬练三九，夏练三伏，心中充实得不会为忧郁腾出一丝心空。我凝望冰面，想象着冰层下的宁静，试图驱散内心惶惶的焦虑，试图触摸内心深处的那丝脆弱。

远远的有鸟飞入我的视线，我知道我并不想做一只鸟，只是有飞翔的心愿。人是脆弱的，如叶子一片片地凋零，情爱，苦难，怨恨，喜乐，是多么的无奈呢？要为重生而高兴，不要为失去而忧伤。冷风中，一遍遍地告诫自己，洗涤心境，从忧郁中逃脱出来。对压伤了的芦苇，不要折断；对点残了的蜡烛，不要吹灭。不要去理会苦痛的创伤，只要心中把持一瓣心香，在冰冷中，也能燃起暖意就足够了。

短信绑架了的我的遐思——输血，置身在朋友的关爱中，却成为心中一处不可触摸的风景。无疑，短信此时是冬天留在我心里的温暖，虽然平实，但很凝重。

回到单位，握着一杯温水独坐，却无法投入林清玄的禅意中，感觉水杯中的每一分子都是一个音符，都在随升腾的雾气冰凝成短信中的节奏。一杯水中也沉浸着浓浓的感动，独坐中便有了别样的深意。

其实，我早已看开一切，包括生命。我相信因果，相信轮回，所以不会恐惧死亡。

世界以伤痛吻我，我要以笑容回报。

## 不能忘怀的哀念

2014年7月3日，同学通知我："段启斌老师心梗猝逝。"

我不相信这是真实的。但转念又想，任何人都不会拿死亡当作玩笑。我半信半疑地拨通几个电话后，悲伤无奈地确认了这个噩耗。

在梅河口读师范时，我认识了段启斌老师，他四年级，我一年级，他是我的学哥。一年后，他毕业被保送到高等学府深造，两年后，回到师范学校任教，成为我的音乐老师。那时，只是彼此熟识，并没有更多的交流，只知道他在谱曲上有天分，以及羡慕他是省市音乐界的佼佼者。在我的儿子七岁时，他又成为我儿子的钢琴老师。从这以后，我们从熟识到熟知，并成为我们一家人的好朋友。我儿子的钢琴在他的指导下，顺利考过九级。

每次聆听儿子弹出悠扬乐曲时，眼前都会闪过段老师激情灵动的授课场景。久之，段老师融入我的心底，成为好友，分量重，情意浓，感情深。

段老师有一个小嗜好，就是喝酒。但他酒品极好，且酒量惊人。我与先生陪儿子学琴后，常常约几位好友，并邀来段老师一起把酒言欢。一次，一起推杯换盏的几位男士喝啤酒后，一遍遍地去洗手间，唯有段老师岿然就坐，泰然处之，我瞅瞅啤酒瓶，再瞧瞧段老师说："段老师真能装，已经八瓶啤酒了。"先生批评我太过放肆，对老师一点礼貌也没有。我一脸难堪，准备解释，段老师抢过话题说："说得好，说得好。我喝啤酒是强项。"从此后，段老师"能装"的典故，在同学中传开。还有一次，我斗胆与段老师开玩笑："您既是我老师，又是我儿子老师，因为您，我和儿子都成同学了，辈分都乱了。"这时，段老师风趣地说："咋论你娘俩都是我学生，但你儿子比你有灵性，钢琴比你好。"我从段老师的话语中听出我的缺憾和不足，但这番话却让我美滋滋的。

2009 年我工作调到长春。离开梅河口前一天，我去海龙师范与段老师告别。段老师祝贺我调入长春，同时，补充一句："过半年我也去长春工作。"果然，半年后，段老师如愿调入长春市汽车开发区少年宫工作。这以后，段老师隔三岔五召集在长春工作的海龙师范毕业生一起聚餐聊天。不知不觉中，段老师成了海师毕业生在长春市的首领。汽车开发区成了海师毕业生的聚点。

就在段老师去世半月前，他又召集我们去彩织街喝德国啤酒。席间，他说："以后，每个月都聚餐一回。"一句话赢得在座学友们拍手叫好。为有这样活泼不拘谨的老师喝彩。谁会想到这句话却成了他的遗言。

听到段老师离世的噩耗，我的大脑瞬间空白，东南西北打电话询问真假之时，多么希望这是一个骗局，这是一句假话，这是一则玩笑，因为他才四十七岁，他正当年，他是好人……可是，没有人告诉我消息是假的，没人说是玩笑，没人强调是骗局，都说他真可惜，都说这挺突然，都说他不该离去。

葬礼上师母撕心裂肺地哭声如针芒刺痛我心，她沙哑地哭泣："你为何不骂我，你为何不打我……近在咫尺，竟是天涯……你说我是你的贴树皮，就这样不让我再贴你了吗？……你好狠心，就这样不要我了吗……"

揪心的恸哭让在场的人都潸然落泪，人死不是死者的痛苦，而是生者的不幸。

各地学友纷纷赶来参加葬礼，人数之多，让我想起十里长街送总理的场面。段老师的生命短暂，却在短暂的生命中培育出满天下的桃李。

参加完段老师的葬礼后，我心情低落、哀伤和无奈，拨通儿子的电话，本想先告诉儿子段老师离世的噩耗，在犹豫如何与儿子说起时，儿子先开口："妈，我今早梦见段老师了。"听到儿子这句话，我很惊讶。儿子又继续说："段老师说他最近忙，让我假期帮他辅导学生钢琴……""段老师离世了，我刚从他的葬礼回来。""不能啊，他是好人。""是真的，心梗，没抢救过来。"这时，我听到儿子的啜泣声。

段老师匆匆离去，我们失去一位好老师、好学长、好朋友，音乐界失去一名好教师和优秀的钢琴家。逝去无法归返，给生者留下一片片哀念、一声声无奈、一啧啧惋惜。我，他的学生，内心沉淀着诸多感谢之言，却迟迟未能表达，这份感恩，包含着对我本人的教诲，凝结着对我儿子的辅导。如今，千言万语不能表达的惆怅间，我找出《哀念》的乐谱，我想，用我笨拙的手指弹出这份离殇。

感情不是河水，无论遭遇什么，不是说断就断。流出眼角是情，流在心里是伤。只有经历别离，才知逝者的恩情。且行且珍惜，善待身边的每一个人。相知不易，相守更难。

## 岁月你别伤害她

天气突变，初春的第一场雨，超乎寻常的大，虽已立春，却感觉不到一丝暖意。心里莫名地纠结，便有些坐立不安，或许因心头牵挂多多，让我少了以往盼望春天来临时那份浪漫的心情。

我被冻人不冻水的冷包围着，这份冷，躲入了身体，潜入了骨髓，涌入了心里。

心事重重，望着雨，想着远方。只因这场雨，我的情绪一下子多出了许多惆怅和踟蹰

这时，儿子来电话说："……感冒了，发烧了，牙还痛，腿也疼……妈妈，你要多穿些，别感冒了啊。"

顿时，我有插上翅膀飞翔的欲望，我想飞到哈尔滨，儿子求学的城市，我想去为儿子疗伤，我想为儿子取暖。

在我心思波动之时，儿子说："妈妈别担心，告诉我买些啥药，可以祛病就行。"

我有些手忙脚乱，手机荧屏的手写板似乎很难任我支配，错乱得打不出字来，买些啥药，我一时也不知所措。

想了很久，学着医生开药方的口气：甲硝唑配头孢一起吃，之后再买点牛黄解毒片……

短信发出，还觉不妥，便拨通儿子手机："周六回家吧？"儿子不同意。我又说："那妈妈去看你吧？"儿子说："老妈，没事啊，我这周还有很多活动，走不开，您来也没空招呼您，别来啦，我吃了药就会好的。"

儿子不能回来，又不让我去看他，我该怎么办？满脑子胡思乱想。

无心写字，无心看书，无心工作，神经的每一个触点都与冷有关，都与痛相连，似乎我一转身，我一眨眼，我一点头……都能降温，都能结冰，都能给儿子带来更大寒凉。

午饭时，同事领着她儿子来食堂就餐，看着她们娘俩有说有笑，我有些伤感，人家娘俩谈天说地的场面对于我而言，都是昨天的时光，都有曾经的情景，都是回忆的画面。儿子长大了，

在外地求学，况且志在四方，我只有默默地祝福和祝愿，不能贪念相聚和守候。我深知，祝福和祝愿将是我未来的必修之课，相聚和守候将成为我心中的祈望之灯。

心头多了挂牵，便少了情趣，少了热情，少了笑容。随之而来的就是无休止地想，无边际地念……

下班的路上，无心欣赏雨后清新的景致，而是一遍遍地祈福：把自己未领受的福分，转给父母，转给孩子；把他们的疼痛和疾病，都让我来承受。长辈健康，晚辈快乐，这才是我生命的价值和人生的使命。

傍晚，翻看儿子的微博，看到儿子写下这样一段话：生病时，妈妈说，别吓妈妈。吃饭时，妈妈说，别管妈妈。出门时，妈妈说，别念妈妈。妈妈病时，妈妈说，妈妈没事。我有一个好妈妈，岁月你别伤害她！

微博的下面还配着一幅画，上面写着一行歪歪扭扭的字：妈妈是个美人，岁月你别伤害她！

纵有千言万语，哽咽在喉，瞬间，泪雨滂沱……其实，盈满内心的是满腾腾的幸福，而眼泪却不争气地流淌着，一边擦拭泪水，一边自言自语：我是妈妈，却不够坚强。

雨后的夜，寒气依旧在浸淫着我每一寸肌肤，扰动着我每一丝思绪，儿子微博的这段话，在我的心头迸发出滚烫的暖流，顺着血管徜徉在整个身体。岁月不要把她伤害。我默念着，一遍遍，一字字，谢谢儿子，由衷地感谢。同时，我也把这句话送给我亲爱的妈妈。

## 儿子混成丐帮

淘气的儿子笨得可爱，一米八的个头却不会骑自行车。看着同学骑车上学放学，他心中好生羡慕，便利用周五早早放学的时机，借用同学的自行车练习。我可爱的宝贝，笨的真是独一无二。自行车没有学明白，反倒被自行车狠狠地摔出一米开外。孩子带着伤，一瘸一拐地回来，看着既心疼又可笑，因为好端端的校服裤子与地面摩擦后，变得狼狈不堪。暂无暇顾及裤子的"伤"，把心思都用到儿子受伤的膝盖之上，殷红的鲜血一直渗出，虽不严重，但我的心却很痛。

膝盖的伤历经两周才见好转。而裤子的伤却是一个不齐整的口子，本想把裤子拿到服装店缝补，而儿子执意不肯，佯称这样凉快，喜欢得不得了。孩子喜欢就由他去吧。

又是一周流逝而过，再次漂洗孩子衣裤时发现，裤子原来的口子变得更大，四周参差的毛边，露出一个空空的洞，像大大的眼睛在注视着什么。翻过裤脚看罢，我被一条条的布条气的扑哧笑出声来。原来校服裤子过长，有时被鞋子碾过，留有星星点点的破损。然而，孩子却在这些破损处大动脑筋。顺着这些破损有规律的撕成一条条，为了左右裤脚对应，把另一条没有破痕的裤脚也同样撕成一样的效果。看着这条裤子，满心愤怒，却强装笑颜询问孩子为何？结果小家伙理直气壮地回答："这样证明我很廉政清贫，裤子坏了都不换新的，还有我在学雷锋，穿破裤子，说明我是好孩子……"

哎！如今的孩子做错了事情，还要强词夺理，我自愧用语言无法战胜他。我知道有时的纵容迁就，不是爱的表现，而在将孩子的小错误放任自流。明知自己的做法是在娇惯孩子，而我却不忍心打破孩子学习雷锋的觉悟。

昨日，孩子放学归来，异常的兴奋，讲述着一天的见闻。其中讲到裤子时，却幽默地告诉我："穿着这条破破的裤子，端着盘子，去食堂吃饭，学校的老师和同学见到我，视线都落在裤脚之上，许多不认识我的人都多看我许多眼。看来他们把我当作乞丐了，其实我是丐帮帮主。"

我低头看去，布条又长了许多，看来孩子上课的小动作应该是撕裤脚吧。"不能再撕裤子了，校服不好买，再说，好好一个孩子穿着这样的裤子，哪里像是学生呀。"我终于按捺不住情绪。

"妈妈，哪呀，我是学雷锋呢，学雷锋有错吗？我都不与家长要新裤子，穿旧裤子还说我。"孩子感觉自己很委屈。

索性满足他学雷锋的想法，我便就一针一针地将布条缝合，将破处贴块布缝起。结果这条裤子失去刚才的滑稽，真的成了伤痕累累的稀罕品，终于可以学习雷锋了。这时，便想起电视剧中乞丐的样子，他们的裤子也就如此。不经意的一次跌破裤子，儿子却与乞丐有了相似之处。本想按样再做一条新裤，思索片刻，欠妥。裤子如今的伤痕，是孩子一手制造的杰作。

必须告诉孩子，敢于面对自己犯下的错，尽管是失误，也要由自己来承担，因为男子汉必敢作敢当，在错误中总结原因，在错误中寻找弥补的方法。只不过一条裤子，必须让孩子把它想成人生的一次坎坷。跌倒勇敢地爬起，纵有伤，也是好男儿。

把裤子撕破就该承担自己亲手制造的错。缝合后的伤痕影响穿裤子人的"形象",也要不卑不亢地承受。

我不知,这条裤子还能陪伴儿子多久,也许升入高中才与它告别;也许过些时日,这些破损处再度"狰狞",我是继续缝补,还是遗弃?想来,我可以为孩子买上许多裤子,但这次绝不会纵容他破坏性的行为。过些时日,如果裤子再告危机,我还继续缝补,因为他自己喜欢做乞丐的感觉,索性由他性子做他的乞丐去吧。

如今,街中的乞丐经济上都不贫穷,而真正贫穷的却是一颗不思进取的大脑。孩子喜欢乞丐的原因是侠义,能否成为小说中的乔峰也是孩子的造化。

## 接　站

儿子提起一星期前就预购了回长春的火车票。

临近上车前,给我发短信告知车次 K296,十八点二十二分从哈尔滨火车站出发。

我担心,稍后手机信号因车速而不稳定,无法联系娃在火车上的情况,忙拨通他的手机:"到站后打车回来吧,妈妈身体感觉很乏,不去接你了。"

"我口袋只有一元钱,妈不来接我,我就回不去家了。"

自从儿子上次准备回长春,在哈尔滨车站丢钱包之后,他对钱包多了怯意,对哈尔滨车站多了抵触。但是,哈站是他回家必经之地,即厌即怯,也躲不开,逃不掉。儿子买完票后电话告诉我回家时不带钱，免得丢了心疼。当时，我满以为这是孩子在调侃，万没想到说到做到。

儿子央求我去接他，心软了，接吧，毕竟这是他第一次独自乘车，且跨省之行。

问询 12306 得知此列车二十一点三十七分到站，列车行驶三小时十五分并不长，而我等待中，每一分钟都是那么漫长。十九点前后，心中疯长了荒草，坐立不安，往日的闲淡混时光的感觉，在等待中变得漫长。无奈之举，去车站。

夜晚，不塞车，半小时就来到站前。尚有两小时等待，俺该如何度过？幸亏国商正在营业中，有一搭无一搭地闲逛，从鞋类、服装到家用电器，逛到二十一点，商场打烊，我又被驱逐到夜色之中。秋雨之后，凉气肆虐涌满全身，俺似乎小跑一样在站前徘徊。

离列车进站还有十分钟时，我忙去肯德基买来奥尔良汉堡，以便打发儿子见娘常说的一句话：老母，饿啊！

车站改建，出站口临时设在长白路，一进一出两个通道，异常拥堵。眼前只看人头攒动，心里隐隐担忧，视线可别错过儿子。忙拨打他的手机，他说："临时停车已经三十分钟了，不知几点到站啊。"就这样，苦苦等待。凉风似乎从每一处可以入侵之处大肆搜刮俺。我搂着汉堡，用双臂去抵挡秋风对它的侵略。

足足晚点一个小时，火车进站。我踮起脚尖，伸长脖子，似乎拔高成了巨人。一分、二分……远远有人群奔出站口来。我的儿子走在最前面，浅灰色的裤子，暗红的外套，瘦高的他在朦胧的夜色中成了突出的亮点。

他看到我第一句话：我可以自己飞翔了！

到家后，已是深夜二十三时。看着他狼吞虎咽地消化我为他早早备好的牛肉和多味鸡，我心头无比甜蜜。他一边吃，一边给我讲述在学校的许许多多，我不停地点头，他长大了，懂事了，我心头的隐忧，看来都是多余。

最主要的是他喜欢他的学校，喜欢他的班级和同学。凡事只要喜欢，尽管行走艰难，也会无憾，更会有份热情作为动力去拼搏。

满身倦意也阻挡不了我睡前看微博的习惯，打开微博，最先入眼的是娃的一段话：

现在在火车上，虽然有点吵有点闹，但是这毕竟是俺在外面第一次坐车归家。尽管之前为了回来俺丢失了身上所有的财物……那又如何？俺回来了，空气污浊的长春，哈哈！

电脑显示时间二十一点，德惠京哈 G1 高速。

有网络真好，随时可以书写心情，以便亲人朋友随时了解动态。只怪我在等待时，没有登录微博。看来，在网络时代，我必须紧追网络脉搏，才能适应这个时代。

夜深了，无睡意。偷袭在骨缝中的寒意，在燃烧俺的每一寸肌肤。伤风感冒在所难免，但我却幸福着……

## 珍存，不仅仅是回忆

不知是谁触动了我的神经，莫名中竟然想起沉睡在书柜角落的贺卡来。

那些贺卡已被岁月熏黄了皮肤，早已失去最初的洁白。然而，那一字一句的感情中，却漾起别样的滋味来。至真的问候，至真的祝福，至真的关爱……无处不是温暖心灵的火焰。

这些贺卡来源于学友们的祝福，有简单的单张卡，有美丽的折叠卡，还有同学亲手绘制的独特手工卡。每张都有与众不同的风格，其中每一句祝福都是一颗闪烁的星光，在心海中荡漾涟漪。

我喜欢怀旧，喜欢收藏和珍存他人赐给的每一份祝福。忆起学生时代，紧张的学习中，乏味，无趣，疲劳，整日三点一线中没有什么情趣可言，最盼望的就是放假，其次便是节日了。最值得学生时代留恋的节日是元旦，只有这个节日，才能与同学们一同度过。可以联欢，可以聚餐，可以相互赠送贺卡。我们便在卡片与卡片的交流中，升华一种质朴而又朦胧的情结。

那时，日历一旦撕到第十二章，许多同学便利用复习考试的空闲忙碌开来，纷纷绘制贺卡，画上心仪的图案，修剪成期望中的形状，思来想去，酝酿出最令人满意的、最标新立异、与众不同的祝福。心中装有多少学友，手中便诞生多少贺卡。当时，我若收到亲手制作的贺卡，心中无比佩服学友的才华，还有那份辛苦。同时，送去内心最纯最真，且不是"鄙夷"的笑。因为那时，一张贺卡两角钱，不必付出那样多的辛劳，殊不知，当时的我，无所顾忌地花掉一元钱买上一盘炒菜满足贪吃的胃，而那些来自农村的同学，两角钱却是一顿早餐的开销。

还有一位学哥，在国庆节后便从批发市场批来大量贺卡，进入十二月，便经营起自己的产业，短短一个月，收入不多，足可以用于开销生活的费用，剩下的一张张精美的卡片，他都赠送给同学们。看着学哥的辛苦，也看到他开心的笑容，当时的我悟不出这其中的所以然来，其实这就是大人常常说的穷人孩子早当家。回想起那时自己的心态，顿感罪恶弥漫。未经世事，被父母娇惯，不懂得生活的艰难，更不了解为生存而需付出的辛苦，还有为奔波无法诉说的无奈。一个人做的每一件事情，都会有自己的理由。当我懂得这句话的深意时，已不是青春年少。

想起自己当时的做法，心安理得地消费，毫不吝惜地购买贺卡，大大方方地发放到每位同学的手中。当然，贺词都是精心酝酿的金玉良言。当时的做法没有顾及同学们的感受，无法领会制作者的用心良苦，经营者的辛劳无奈。幸亏自己有珍存祝福的习惯，才让自己在历经沧桑后的回忆中感受那时的一份份心情和感受。

假使，我无心遗弃了这些卡片，便无法触景生情，无法扪心自问，也无法忏悔年少无知时散漫中的一丝无味的笑。如果这些卡片没有在书柜角落沉睡，这些记忆将无声无息地熄灭，这将是我生命中多么大的缺憾。为此，我感谢自己，感谢这些珍藏许久的祝福，一字字都在叩打心灵。

为此，我仔细地，认真地整理着，精心地包起来，这些将成为生命中的一枚果实，尘封在时光的底片之中，珍存在心灵的收藏夹里。也许，垂老暮年，白发苍苍，这些卡片中会徜徉成一朵朵花朵，笑开在阡陌般的皱纹里。

时代变化了，这样的祝福方式也随着淡然，人情淡了吗？感情薄了吗？一段段手机短信的祝福，一条条微信短语的问候，替代了一张张贺卡的初衷。然而,我依然喜欢这种带着温度,可以抚摸的真实感受,喜欢笑在眼中的真实,喜欢记在心里的感觉。一字一句带着墨香抵达心灵的深处,可以珍存久久,甚至伴随自己走向天堂。而手机中的短信和微信将会随着手机的更换而消散。

莫名地又踱回了从前,坠落于怀旧之中。

不愿承认自己老去,然而,却总在怀旧中徜徉的人,一定是衰老的缘故。

看到这些卡片,想起了学友、老师,男的,女的都是如此可爱。女同学俊秀、娴静……男同学调皮、淘气……一幕幕回放,一张张的笑脸,翻卷于眼前。遗憾没有在这些卡片中酝酿出爱情来,没有爱上某位帅哥,也许那是自己太笨太傻,不知爱情为何物。想来也是自己学生期的安全过渡。也许是自己的感情有些呆滞,更多的还是自己不是美女的缘故吧。

虽然,未在这些贺卡中寻到爱情的音符,却收藏了浓烈的亲情般的友情。

当我步履蹒跚时,我回忆起这些可爱的男学友,亲爱的女同学,他们天真烂漫的笑容,足可以打发垂垂老去的光阴。

## 泛滥成灾也是爱

《大丈夫》中母亲王慧娟奔走超市购买促销和特价商品的几个片段,极其亲切和幸福。之后把绿色的、新鲜的菜蔬送给女儿吃,而自己吃陈米蔫菜的情节,一下子触动了我的心。这时,我想起了我的妈妈。其实，王慧娟诸多的行为，似乎就是母亲的翻版。看着看着，潜然泪流。电视剧中，王慧娟是顾晓珺和顾晓岩的母亲，其实是所有母亲的化身。剧中，王慧娟把一个母亲淋漓尽致地表演出来。

合上银屏，走入生活。想着母亲在超市奔跑的情景，想着自己小家的冰箱中满腾腾的食物和菜蔬时，我的双眼氲氲，以至热泪盈眶。

我的母亲喜欢超市的促销单，她喜欢购买物美价廉的商品。每周，母亲都要去几次超市，为我和妹妹买回一周的食材。之后，拉着购物车，踉跄地搬回家，再一份份地包装和打理好，然后，静候我和小妹休息时再拿回自己的小家。有时，遇到超值日用品，会破例买上两份，一份给我，一份给小妹，而他们自己家却没有。

每周回娘家，都是空手去，满载归。最初，我不情愿从父母那里拿回食材和日用品。赖赖唧唧地嚷着：不拿，不拿，家里都有。

母亲听完这番话后，脸色暗淡，失落地说：你们上班都忙，哪有空闲买这买那，再说，我买的这些都很便宜。

没有办法，为了博得母亲的开心，我不再拒绝母亲忙于超市的心情。

这之后，我家的冰箱总是满满腾腾。母亲似乎能掐会算，总会在食材所剩无几时，及时填补上。有时，因忙碌双休日无法回家，父母便背着最新"抢"来的"便宜货"，步行一个半小时，送到我的小家。母亲晕车，只能靠步行完成这份工作。

前些年，我无意中说喜欢吃辣白菜，本是一句无意的话，却成了母亲忙碌的由头。母亲没隔夜就去了超市，买来腌制辣白菜的食材，满足了我一时无意乍现的想法。母亲腌制的咸菜咸淡适宜，成了我餐桌上的最爱。这一切，母亲看在眼里喜在心中。之后，又开始研究和腌制各种风味咸菜。一时间，我小家的冰箱成了酱园，咸菜在我家泛滥成灾。

美食再好，也有吃厌的时候，我告诉母亲：别再腌制咸菜了，我不喜欢吃了。

可是，母亲却理解为我吃腻了，不喜欢冰箱中存放的那些了。她又开始重新选食材，研磨新咸菜。冰箱依旧在泛滥中运行着。我不喜欢的咸菜，母亲都背回了她的家。

一次咳嗽去医院看病，医生说不要再吃咸菜了。母亲听到这番话后，冰箱才得以减负。

母亲每日去超市成了习惯，给我和小妹买食材和日用品等，从不思考，就像不花钱送给她的一样，而给自己买食材却是琢磨来琢磨去，唯恐多花一分钱。看着这些，我心里说不出的酸楚，无论我如何劝说母亲别买了，家里啥都不缺时，母亲总有很多理由，譬如你们没时间买啊？你们买不到便宜货啊？

渐渐地，我发现母亲把去超市买促销品当作一种幸福。她觉得自己虽然已年迈，却还能为女儿们分担劳累。同时，母亲的这份爱也暖暖地拥抱了我。我家满腾腾的冰箱，还有取之不竭的日用品，存在我的小家中，看着也极其幸福。这其中的个中滋味，是母亲省吃俭用后，送给女儿最幸福最熨帖的爱。

《大丈夫》中王慧娟住院抢救时，顾家女儿焦急的样子和母亲王慧娟离开人间后的悲痛，让我痛苦之余，反省自己，我自己的母亲近古稀,应该安度晚年,我不但没分担她老人家的辛劳,还在向母亲索取。在顾晓珺痛不欲生地喊着:我没妈了！那一刻,我懂得七十有个家,八十有个妈的幸福。

其实,我是多么的幸福。我有老母亲满满的暖暖的爱笼罩着,有老母亲最真最美最伟大的爱照耀着。这份爱,看似泛滥成灾,却引领我踏实地前行。

因为有爱,才有我甜美的微笑和无忧的生活。

# 第六辑：独有情钟

让自己的内心藏着一条巨龙，既是一种苦刑，也是一种乐趣。

——雨果

## 小烟标大情怀

七岁那年，心血来潮想学绘画，可是，物资匮乏的年代，没有画册供我临摹。偏巧，上学的路上遇见一枚迎春牌的烟标，惊喜地捡起。之后，拿起铅笔在用过的算草本上临摹迎春花。

我似乎发现了新大陆，烟标可以成为我绘画的"老师"。

只是，父亲不吸烟，烟标的来源只能靠捡。

有了那第一次弯腰，第二次便容易多了。就这样，我捡到了很多不一样的烟标，多了临摹的样本。年龄小是优势，没有羞涩感，似乎弯腰捡起都顺理成章。一次，见到一位叔叔拿出"北京"牌的香烟，此烟第一次见到，为了得到它，我悄悄尾随叔叔走了几公里，等待他把烟标丢弃。当叔叔取出最后一支烟后，狠狠地把烟标捏成一团球状抛在路边，我迫不及待捡起，把烟标放在膝盖上，心痛地小心翼翼地一点点抚平，虽然无法还原最初的平整，但能够得到也兴奋许久。

那时的香烟没有过滤嘴，烟标的印刷颜色很单调，很粗略，但便于我临摹，在没有玩具的年代，烟标成为我的伙伴。日久生情，我养成了捡烟标的习惯。明知捡烟标很不卫生，可内心对它的渴望让我忽略了大人们的忠告和束缚，一张张烟标就这样夹在用过的课本中，厚厚的，蛮有成就感。

时间悄然流逝，我渐渐长大，烟标品种也与日俱增，如若公共场合见到有人抽的香烟牌子是陌生的，我就会恳请对方把烟盒留给我，烟标便又多出一份来处。

有心栽花花不开，无心插柳柳成荫，绘画没有成绩，烟标日积月累，积沙成塔，已达上千枚，小有规模，而旧图书也无法容纳得下，我只好放在鞋盒中存放。这时，烟标也从纸包装，变成硬包装，随之烟支上还多出过滤嘴。烟标的印刷颜色也丰富起来，色彩单一、图案简单的老烟标，被设计精美、印制精良的新烟标取代。薄薄的粗糙的印刷烟标的纸张也变成铜版纸。同时，为方便不同嗜好的烟民购买到自己喜欢的香烟，烟标上分别注明了卷烟类型，比如烤烟型、混合型、外香型和雪茄型。

悄然间，烟标在记录着我生活的变迁，也记载着时代的进步。九十年代初，一盒香烟的价格是七十年代末几条香烟的价格，过去凭票购买的历史一去不复返。这时，我恋爱了，先生也帮我捡烟标，二人同心，烟标数量品种自然飙涨。

回望烟支，平装到带滤嘴，到低焦油，到低危害烟。香烟品种的多样化，烟标成了烟草的名片。如今，烟标主体改版数十次，版式内容一次次丰富，也增加必须标注的商标注册符号、含焦油量、卷烟类型、警示文字等新元素。

同时，倡导新的健康理念，烟标30%以上的面积都注明了"吸烟有害"的警句，这对吸烟者是一个警示。最抢眼的便是印刷的飞跃，彩色印刷技术的应用，商标图案变得丰富多彩，而具有立体感，更能吸引消费者的眼球，更能诱惑我对烟标拥有的欲望。

如今，烟标的外形多元化，不像过去那样整齐一致，规格上有长有短，有宽有窄；包装材质上也多样化；形式上有软包装有硬包装；设计图案上更是变化多多，有祖国山河，有十二生肖，有古典名作……让人眼花缭乱，目不暇接，如同老百姓的生活一样丰富多彩。

而我生活的幸福度与烟标的热度也在提升，乔迁成了岁月的插曲，这时，一盒盒装满烟标的盒子引来了邻里的羡慕，他们都以为盒子中装满了我的鞋子。望着他们眼神，我想说这是我生命的记录和回味，比鞋子珍贵，这其中珍藏的故事是成长的见证。其实，每一枚烟标都飘扬着历史的烟尘，折射人类的智慧，徜徉岁月的脚步，散发文化的芳香。烟标，只是香烟的包装，而外观、图案，却隐藏丰富的历史情愫，镌刻时代的痕迹；翻看一张张烟标，盘亘着社会发展和变化，也折射出卷烟企业的兴衰。

这些不同时期的烟标被我收藏成册，成为记录时代变化的教科书。每次打开，不仅心花怒放，曾经的苦辣酸甜悠然眼前。同时，烟标的变化也从侧面佐证了历史，体现着时代步伐。我收藏它，珍爱它，且欣赏它，在回味过往中，珍惜眼前，随之更热爱生活，丰富自己。

烟标，是中国烟草文化的重要组成部分。方寸间，烟标自成天地，印满设计者的心血，潜藏时代的秘密！而烟标图案的包罗万象，承载着时代的秘密。透过烟标，便能看到历史的辉煌，还能体味民族的风俗。

如今，人近半百，却视烟标如无价之宝。网络及交流的顺畅，烟标又多了亲朋的赠予，一枚枚烟标，传递友谊，小烟标大情怀，只有亲历者才感同身受。同时，收入不再捉襟见肘，时常见到喜欢的烟标便买来香烟，虽然价格已是八十年代的几倍之多，但收入的殷实远远超过香烟价格的增长，只因无亲人吸烟，便分给朋友和同事，不知为何，分发的瞬间，似乎我在将历史遥寄给他们。

回顾收藏烟标的经历，恰与四十年改革开放契合，无巧不成书，而我在不经意间收藏记录着烟标四十年的发展历程，记录着伟大祖国灿烂的文明成就、浩瀚的山川湖泊、多样的民俗风情，还记录着社会的变迁，时代的巨变。

烟标里承满我的记忆，还载满岁月的绵长，也装满改革的韵律。

## 给汽车当把孙子

我喜欢下雪，雪越大越亢奋。从前每次下雪，我都会兴奋地喊着：下雪了！

如今，我却不敢乱喊了。默默饕餮雪景之时，同事都会发出牢骚：咋又下雪了，这车咋开。这时，我如被发现在雪景中迷醉，定会招来有车族同事的炮轰。

哼，车啊，葬送了多少雪中的浪漫！

眼前这场暴雪来得突然，在人们猝不及防之时，席子般覆盖了城市。仅个把小时，周遭白茫茫一片。我家楼前路上的雪，无人清理，车辆驶过后，碾落下坑坑洼洼的车痕。这时，我看见有二驱轿车驶来，爬行的速度如同裹脚太太的步子，还时不时喘息下滑。我只是观众，不懂车技，但让我感到这辆车在跳慢三步，走两步，退一步。尽管尾气一股股地喷薄，车子还是慢悠悠地独舞。平日看着开轿车的主儿，不临风，不淋雨，不暴晒，多悠哉，多惬意，可暴雪后，轿车变成累赘，扔不下，走不了，平日像爷爷，此刻也变成了孙子，对雪抱怨，对路抱怨，甚至对车子也抱怨。他们只能眼睁睁看着四驱爷爷车驶过，人家一脚油门，车痕下翻滚白烟，风驰电掣，一眨眼，没了踪影。

这时，我兴致勃勃地蹚雪前行去站点等车，扭头回望，发现道路上蜗行着一辆辆轿车，我居然比车走得快。踏着沙沙的雪，心情那是无法形容的愉悦。班车来得晚，我只好数着从我眼前驶过一辆辆形形色色的孙子车和爷爷车。

我等车的地点是坡路，平日无雪，行驶顺畅，万万没有料到，这个飘雪的日子班车为我停靠后，居然无法启车前行，车胎下被碾划出黑亮的车痕。车上帅哥先行下车，"一二一二……"喊着、推着，车还是一点点地下滑。无奈，车上美女们也只能下车，加入推车之列。三人在前排，第二排用脚挤住第一排同事的鞋子，否则，鞋底滑，车子不动，人却会滑倒。就这样，排成三排人墙，靠脚劲助力，靠手劲推动，车子才一点点前行。推过二百米坡路，来到主路后，帅哥美女们才松手喘息。

平日曾嘲笑过推车的人，可眼下自己也加入了这个行列。坐车时是大爷，推车时连孙子都不如。

我想好了，要想不推车，就得当爷爷。只有四驱车，雪天可以不当孙子。

私家车像油田一样，一股股地往外冒，浪费多少石油，造成多少污染，想想都窝心，看着漫天的雾霾，都快落下毛病了。当爷爷，当孙子，都让人发愁。

其实，我暂时没有买车的意愿，出行只好低三下四打出租挤公交，这时，我连孙子都不如。

所以，能当孙子，也好，忍吧。

## 情敌之爱

与先生正在热恋时，偶得一消息，曾有同事为他介绍过一女友，在新华书店工作。我旁敲侧击打探过，姓甚名谁，先生"顽固"，只说是美女，其他一无所获，心里隐隐泛起醋意。

不知为何，这个人成了一块心病。

未恋爱时，一有闲时，便光顾新华书店，买书是必须的。而得知先生的爱情史中曾有这个人的出现后，光顾书店更是休息中必不可少的工作。以往逛书店，看书是主旨；这个人出现后，看书看人平分秋色。

不知为何，以前并没有留意书店员工的音容笑貌，这以后，书店员工的性别、年龄都成了我关注的焦点。明知这是内心醋意的泛滥，可就是无法克制，也无法搁浅。久之，竟成了习惯。

新华书店年轻女性颇多，哪位与先生相过亲呢？不好一一问询，每一位都是潜在的情敌。为了攻破内心狭隘的妒忌，常常拜访书店。该买的书，不该买的书，倒腾到家许多。

随着年龄增长，醋意也渐渐稀释而淡忘，而逛书店成了生命中的习惯。况且梅河口新华书店坐落在梅河口市中心，是我逛街的必经之地，所以，每次逛街逛累了，都要到书店坐一坐，一边看书，一边休息，离开时，再淘弄一本书，是多么快乐和幸福的事。至于曾在先生生命中出现的女人，也不重要了，况且与我年龄相仿的几位女员工，曾经暗藏心底的情敌，也同我一样老去。新华书店悄然无声地由情敌变成挚友。

这件事，在心底，一直没与先生提起，他一直敬佩我爱读书，也支持我常买书，只可惜，他不知这其中的端倪。他只知道，我与新华书店有着非同寻常的感情，这份感情源于我对图书的欢喜，对文字的热爱。

新华书店每年都组织各式各样与文化有关的活动，只要有消息，我必须光临学习。一次活动中，见到了我初中的老师，从参与活动的老师们口中，得知她竟是新华书店的经理。这位老师曾是我初三的化学老师，学生期间，老师的才学，老师的气质，老师的为人，都让我迷恋，潜移默化，老师成了我的偶像。只因那时年龄小，小女孩的羞怯，不敢与老师沟通，这份感情也只好埋在心底。这一见，勾起学生时代的诸多回忆，借此机会，把藏于心底对老师的敬爱说出来。最值得兴奋，老师桃李满天下，居然还记得我。新华书店与我又有了新的情缘。

这时，不知为何，情敌一词又翻腾而出，很想与老师沟通，圆了恋爱时的好奇心。想想作罢，婚姻走过几多岁月，就连娃娃都成了新华书店的常客，心底这份酸，更多的是生活的调味；这份好奇，更是岁月的花，开在心底，却不凋零，长此以往，心底要多美有多美。

二〇〇九年，工作之因，离开生活二十五载的梅河口。乔迁长春后，逛书店的习惯一如既往，只是每次逛省城的书店时，梅河口新华书店的记忆又在眼前开屏，回味着，幸福着，回去看看的意愿，几度萌动。只因如此，每次回梅河口，尽其所能去书店看看，哪怕只是路过，看看"新华书店"那四个大字，眼里暖暖的，心底甜甜的，书店存于心底的记忆缓缓流淌，拨动我锈蚀的心弦，凭借这种感触，我知道，原来，我一直眷恋着它。

有记忆的城市，有故事的书店，还有以往青春的酸涩，伴随人生不离不弃。

想想看，新华书店的情敌也如我一般，人生近半百，只是不知，她是否还记得与我先生的一面之缘。然我却一生也难以忘记她。不知是新华书店让我记忆永恒，还是情敌让我难以忘却新华书店。总之，梅河口新华书店与情敌一样，都成了我生命的片段，无法割舍，无法忘却。

我，只是新华书店的过客，作为行者，那里只是我生命中的一段风景，随意还有有意，总有瞬间的感动与怀想，来过，用心体味，离开，自会经久地回味。有种牵怀，与人生相依，满满的回忆，也能涂满生命的空白。

## 混的连书都不如

从小养成的习惯，愿意买书。看是一码事，买却是另一码事。用时髦话说，我买书成了习惯，已经上了瘾。看到书摊，就挪不动步；见到书店，就像见到了亲人。如今，网络购书，方便了，快捷了，花钱也更容易了，推动鼠标，感觉在掏别人的钱，美着乐着，一点也不心疼。

居住县城时，房大屋宽，为装书特腾出一屋做书房，虽不是学者，也不是文人，但满腾腾一屋书，至少能滥竽充数把自己定性为文学爱好者。那时，我购书随心所欲，买书更是为所欲为，这也买，那也要，一股脑把原本空空荡荡的书柜，愣是塞得满满的。看着买回的书，一本本挨着，一点也不孤单，让他们相互簇拥着取暖，我的心也随之暖洋洋幸福着。

如今，搬到省城，房子少了几十平，屋子少了两间。人居住都紧挨紧，哪还有书柜的一席之地。尽管这样，我还是为我的书柜挤出一方天地，愣是把衣柜的地方安放了书柜。至于衣柜的衣服，我只能像摆摊一样都挂在墙上，外人看罢，第一感觉我不是搞服装设计的，也是做服装批发的，因为满墙的衣服，自然让人联想到这些。

书柜有了安身之处，那些图书自然有了栖身之所。从县城来时，很多家具送人，可我心爱的图书一本也没另寻婆家，足足装了四十多个纸箱，随我一同进城。

如果不买书，书柜还不告急。而我不安分的心却总与书过不去，两天一本，三天一套，不知不觉又淘弄回几百本。新书有新样，自然要在书柜中显摆，旧书便被我安放到床下。书多了，我的床下都被塞得满腾腾，敲锣打鼓般地热闹。这时，我挖空心思为书找安稳之地，在我可怜的居住面积中，为它争得有限的空间。

我每次往家搬弄书时，先生都会说："买书可以，想想往哪放啊。"

我笑着说："有我的地方，就有书的位置。"

渐渐的，床头、电脑桌、书桌……只要有角落，都能堆几本书。很多书，被请回很久，还没时间为它开封。每次打扫房间时，都得搬搬挪挪，我倒是无怨无悔地搬挪着，而有洁癖的先生却不悦，每次挪书时都唠叨一番："就知道买，也不知道看，这婆娘无可救药了……"

明知理亏，先生咋说都不还嘴，只要容下我这些书，我甘愿装聋作哑，也情愿给他当牛做马。

最可恨之处，当当网和亚马逊等网站总搞活动，不是三百送一百，就是一百减免二十，我见不得便宜，一见有促销，购书的心就膨胀就冲动。这时，我像做贼一样，偷偷摸摸地推动鼠标，又大手笔地淘回许多。

当我辛辛苦苦捧着书回家时，先生沉下脸："不是告诉你别买书了，家里小，没处放，再发现你买书，连你和书一同扔到窗外。"我嬉皮笑脸地凑到先生面前："扔书你能舍得，扔我你舍得吗？"先生瞪我说："有啥舍不得，旧的不去新的不来，再买书，我换新人。"哇，问题升级化，事态很严重。我意识到先生真生气了。暗想：别买书了，安心过日子吧。四十好几的人了，真扔了，若没人捡，那可惨了。

人啊，最没记性。才发誓没几天，又不知不觉登陆亚马逊，居然五折。经不住诱惑，我又拍下许多。这次有记性，没往家搬弄，而是放在办公室的柜中。办公铁柜一人一个，放些工作的文件后，没有太多的空间让我利用，那就摆在办公桌上。没多久，办公桌也摆得透不过气来。同事纳闷问我："咋不把书拿回家呢？"我回答："先生说，再往家搬弄，书和我一起扔出去。"同事鸣掌叫好："好啊！好啊！""好啥好。"我不理解地问他。"我去你家捡。""真的啊？"听到同事这么说，我忒高兴。接着又说："还是你好，你捡走了我，以后就与你混了。""哪啊，谁捡你啊，那么老，臭美，我去捡书。""咋这样呢？"我居然混得连书都不如，心里挺不是滋味。

这时，我的手机有短信来，翻看方知是当当网发来的：当当网十五年店庆，五十万种书五折抢，十万种图书五元封顶。

看了，心又痒了，买还是不买？

## 借书还书都管饭

多年来，我购买了一些书，其中一些被同事和同学借去，迄今未还。一本书十几元，借给人家，如若追着人家索要，显得自己多么小气。可是，时间久了，借出多了，还的少了，很影响心情。最初把书请回家，满腔热血，一定是自己喜欢的。他人若借，又不好拒绝，满心不舍，也要装作无所谓，不在乎。为此，很多时候，我宁愿多买几本书，送给朋友。这样，我的藏书不减，情谊也不减。只是长此以往，委屈了自己的钱包。本就狼狈，还要雪上加霜。

一老友，绰号站不住风。他把一本自己很喜欢的日本作家的代表作，借给了一位小朋友。几天后，这位小朋友在 QQ 里告诉他，看不懂，不想看了。站不住风便告诉小友，那就还给我吧，正好我写小说需要这本书里的素材。小朋友回复，可以。就这样，他俩定好本周六中午，在他们上次借书的老菜馆聚合。站不住风还告诉小友，还书时请她吃饭。

这个好消息，站不住风第一时间告诉我，并约定周六中午见。

有饭局，自然是好消息。担心忘记，便记录在日历上：周六中午老菜馆还书宴。写下这笔，暗自窃笑，如今各种宴会层出不穷，可还书宴还是从未听说，难不成，自己是这个词语的缔造者。

周六中午，兴致勃勃地去了老菜馆。站不住风计划还书宴四人参加，请客者是书的主人，被请者有借书人，还有我和借书人的老师为见证人。除了借书人，我们三人几乎脚前脚后抵达老菜馆。

拨通借书人电话，居然关机状态。站不住风有些束手无策，这顿酒的主请居然失联。

等待一刻钟，三人商榷后决定，边吃边等。

席间，站不住风告诉我：我有很多绝版图书，想看可以借给你，看完必须还。

我问站不住风：我借书看完后还书，也请我吃饭吗？

好啊，也请。

那您老人家有多少藏书啊？

八百多本呢。

我伸出手指掐算着，如若每周借一本，一年暂按五十周计算，八百多本书够我看十六年。最吸引人之处，还书还有饭局。哇，真是一举多得。这样的美事，何乐而不为呢。只要细细琢磨后，都不会拒绝。掐算完后，诡秘地告诉站不住风：十六年里，每周都有酒喝。我报名借书。

我的这番话，出乎站不住风的预料。可是，君子一言，驷马难追，说出的话，泼出的水，哪能说收就收，只好圆场：当然可以，只是以后还书时，就给一碗面。

一碗面也不赖。反正，我是乐天派，容易知足的。

酒过三巡，菜过五味。借书人才打来电话说：手机没电了，家里有事不能赴宴，书暂时还不上了，见谅啊。

知晓了借书人没来之因后，恍然大悟，之后窃喜，该来的主角没来，不该来的陪客竟然一个没少。

酒足饭饱时，我悄悄地问站不住风：是不是下次还书时还有饭局？

站不住风笑而不答。

后来，站不住风急于查找借出去的这本书上的资料，去了借书人家的楼下，取回了书。是否有酒局，属于未知。反正没有通知我喝酒。

这件事后，让我想起了当下流行关于借钱的怪现象，借钱的是孙子，欠钱的是大爷。书和钱对拥有者而言，一样可以套用这句话。

前些日子，省图开放，文友们纷纷前去借书。我也想去追风。可是，距离远，惰性大，再好的资源也只能遥遥相望不相许。去不上省图，又不甘心，只好找个理由说服自己和告诉文友们：站不住风有藏书近千册，每周一本，能读近十六年呢。最主要还书还有酒喝。

经过这件事后，我暗暗发誓，我的藏书不外借。同时，也不再添新书了，借书看多牛，不必掏口袋拿钱，还书时，有酒喝，有饭局，其实饭局酒局都是小事，最吸引人之处，借书看，还书时还管一碗面，顺理成章当回大爷。牛！真牛！

## 从五分钱买书开始

我记忆中读的第一本书是小人书。

那年，我七八岁，家住农村，家里又没有藏书，可我却痴狂地喜欢供销社的小人书。那个年代供销社的小人书不让读者先去阅读，只有买到手，才能知道书中的内容。每天放学，我都绕道去供销社，蹲在柜台前，傻傻地痴痴地盯着那些小人书。看着那手工绘制的封面心也欢喜。

那时，家里不富裕，自己知道父母不会拿出几分钱或几角钱为我买上几本小人书的。为此，盼着夏天的来临，只有夏天妈妈会每天给我五分钱买一根冰棍解暑。偏巧，那年夏天，供销社的小人书减价处理，每本五分钱，比起从前一角钱，或是一角二分钱，真是便宜到家了。每天我都从妈妈手中接过五分钱，之后奔向供销社，如愿以偿地买回心仪的小人书。整整一个夏季，我只能眼巴巴地看着同学们吃冰棍，很可怜，我的避暑方法就是看小人书。

自从有了狂买小人书的经历，我养成了积攒零花钱买书的习惯。自从养成爱看书的习惯，买书便一发不可收拾。

上初中后，随父母进城，我终于见到了书店，那时的书店也是柜台式，不买书是没有权利知道书中的内容的。一部分书全凭封面的吸引而生出购买的想法。

父母节俭，给我的零花钱也是屈指可数，所以每买一本书都要等待一段日子，一分分地积累才能攒够一本书。儿时的愿望就是长大后，可以随心所欲地买来自己喜欢的书。有时还想着长大后去书店工作，这样就可以不花钱就有书看多好。

买来每一本书都很不容易，所以格外地珍惜，包上书皮，悉心呵护，不折页，不乱画，爱护每一本书如同爱护自己的脸。有些同学买不起书，我便借给他们，之后，新书被看得狼藉，心痛后暗下决心，我的书不借他人。

工作后有了收入，不再为买书尴尬。每个月都会拿出少部分工资换来几本书，偶尔出差时，也会去异地的书店淘弄几本新书。反之，我却不像小时候那样痴迷地读书。忙工作，忙恋爱，忙一些杂事。好多书买来迄今还静候在书柜等待我光顾。看书的热情淡了，买书的热情依然不减，很多书买来放在书柜是一种虚荣，是在装裱书柜的繁荣。

儿时养成书不外借的习惯，参加工作后，同事却总来借书，碍于面子不好拒绝，书借出去，至今还有很多没有还回。一本书对于我很珍惜，对于他（她）却无足轻重，多次计划索要回来，都因碍于面子而搁浅。

网络普及，书店不再停留于一手钱一手货面对面的销售，纷纷开设网点，身边书店自然离我渐行渐远，想看啥书，淘宝网、当当网等一搜，推动鼠标便能完成买书的过程。买书方便到家，只是选择书籍上全凭感觉和兴趣，不能翻翻看，有时爱冲动，不加选择地买回许多不适用或不喜欢的书，浪费成为必然。

时常望着自己满腾腾的书柜，些许自豪，些许汗颜。自豪自己日积月累中把书柜装得满腾腾，汗颜自己摆出种种理由而怠慢了那些未读的书。

如今，物欲横流，人心浮躁，能够安下心来读书，难能可贵。而我多么期待自己每日能有闲时，沉浸在一杯茶一本书中静静地品读。忙成了借口，那些淘回的书暂且不求能读，但求拥有。

## 邀月同读

盈满书香的这片土地，三十年前曾是我居住过的城市——

敦化，徜徉读书声的匠心书苑曾与我的家比邻。

闲时，幻想着如何邂逅家乡，访亲会友？游山玩水？种种想象都撒欢般纯粹和美好。然而，以阅读的方式遇见却是意外。

中秋刚过，与作家采风团敦化行第一站，相聚在匠心书苑，一同倾听琅琅的读书声。

这是一个独具诗意的夜晚，月亮美而圆。都说天是家乡的蓝，月是家乡的明，此情此景，恰如其分，契合心境。因为我在家乡的书苑，品味着家乡的月色，倾听着乡里乡亲的读书声。皎洁的明月，似乎也应邀而至，在与我们一同倾听美妙的读书声，倾听，倾听……

这次被朗读的作品都是此行作家的文章。伴随着悠扬的旋律，那一段段优美的文字在月光中流淌。我仿佛置身在文字的境界里，仿佛跃动在文章所及的场景里。杨树老师的《家乡的月色》，丁力老师的《书店之行》，还有格致老师，任林举老师，肖达老师……这些文字承载着作家的故事和思想，曾经读过，而此时，伴随着音乐的旋律，文字从读书声中满溢开来，再度相遇并与其对话自是别种感受。其实，阅读一篇好文章，似乎与高尚的人在交谈，以朗读的方式相遇和交流。倾听着，似乎这就是人间的仙境，文字与声音仿佛来自天籁，来自月光中。

细细想来，匠心书苑的地理位置，与我曾居住的家园比邻。天地间，万物之逆旅；光阴者，百代之过客。不知不觉思绪飞回往昔。虽然我在这里居住的时间短暂，但此处是我从农村进城的落脚点。附近有座小学，是我读书的学校；附近有座电影院，因为无钱买票，在夜色中看电影如打游击，东躲西藏，常常在电影散场后被惩罚去打扫偌大的电影院作为代价；附近还有一家图书馆，略为远些，但也是我常去的地方，因为买不起书，常常去那里借书，只因借书证丢失，便搁浅了借书看的生涯。但每每忆起，有辛酸，也有惬意；有无奈，也有温暖。

如果那时有这么一个书苑该多好。少去看电影院打游击的恐惧，少去借书证丢失而不敢借书的尴尬。如果有一个可以阅读和倾听的书苑，可以无所顾忌地读书，可以尽情游历在书海，可以在我渴望阅读的年代里，阅读到张笑天老师的作品，让我在年少时就知道桑梓地有一位著名的作家。那么多那么多的如果，有遗憾，有无奈，想想便泛起心痛与心酸。可如今，这里有了匠心书苑，是我一直向往的书苑，与我的家比邻，与我的心比邻，与我的渴望比邻。此时，我却是以过客的身份隔着时差在阅读着，沉静而美好，在情怀里，与作家们彼此取暖；在视野中，与家乡相互拥抱。

阅读是一生的事情，阅读是幸福的，阅读是温暖的，阅读还是快乐的，而倾听阅读却是一种洒脱和超然。伴随月光，伴随琴声，伴随琅琅的读书声，我度过了难忘的夜晚。这个月圆之夜，会镌刻在心灵深处，因为别有洞天，而沉淀成永恒。待回想时，我会兴高采烈地向好友们讲述着敦化月圆之夜的读书故事。虽然读书声不能与我相依相伴，但在心灵的领地会长相厮守。

因为有阅读的夜晚，月亮是那么让我欢喜，那么地让我赞叹。读书声中所有的话题与月有关，与书有关，似乎覆盖了心中的喧嚣和烦恼，心的旅程再一次经历了文字的洗礼。在欢喜之余，感到一种痛，一种别离家乡的痛，一种失落与失去的痛。原本远方是我的向往，而如今这里却成了我的远方，成了我的向往。背井离乡并非我所愿，那时，尚未成年的我只能随父母工作的颠簸而离开这里。因为离开，让我失去了这里琅琅的读书声。因为有前缘，因为有牵挂，所以我再度邂逅这里的读书声，再次相遇家乡的月色。此行最大的收获就是邀上了圆月与我们共读同听唯美文字的奔流。

阅读的时光，照亮了家乡的一角。这是令我心动的书苑，不仅仅她在我的家乡，在我的比邻，因为它承载一代人的阅读渴望，也在弥补一代人的阅读遗憾，还在延续一代人的阅读传承。

倾听读书声的时间似乎瞬间，却刻骨铭心。

如果再有人问起我，你的家乡在哪里？我会说，我的家乡有书声相伴，有书读的地方是天堂，我的家乡就在天堂。

## 精忠报国

先生没有酒量，但逢酒必喝，喝酒必醉。多次好言相劝，都未见效果。先生喝酒的理由很简单，酒越喝感情越深，总比打麻将去舞厅的好。细细想来，也的确如此。男人嘛，总要有个应酬，吃喝总比嫖赌抽强上百倍。既然自己都这样认同，就不能再干涉先生喝酒了。

先生军人出身，八一建军节，每年必聚会。我知道，每逢战友聚会都是一场酒的较量。男人喝酒最讨厌媳妇一遍遍地打电话，尤其与战友喝酒，媳妇打电话就会成为战友们的笑柄，会被狠狠地埋汰一番。先生三番五次开导和教育我："媳妇，俺喝酒你别打电话，给俺点面子，回家后俺会变成一只羊，乖乖地听你教导。"

当然，人怕软刀子，这番话，也够诚恳，自然给足他面子。

陪孩子写完书法已是晚九点，先生还没回来，担心自己睡下听不到他敲门的声音，先生喝多了找不到开门钥匙是常有的事，进屋想喝水更是必不可少……诸多的理由都是对酒后的先生不放心，便坐在书房看小说，不知不觉趴在书桌上睡着了。

一觉醒来，扭身看见先生盘坐在地毯上，笑嘻嘻地瞧着俺，憨态可掬，蛮是可爱。先生的前面放着一篮鲜花，我睡眼迷离地问先生："啥日子买鲜花啊？""七夕啊，我这么晚回来就是给你买花去了。"看来先生这次酒局战果很惨烈，新买的真丝短袖被撕扯成一条条，像门帘一样挂在身上。如此憨态，如此滑稽，我都不知道该说啥。本想夸奖他的鲜花，看见变成门帘的短袖衫又突生了气愤，扭身离开不去理他。先生尾随其后就是笑，笑得百般开心，乐得千般愉悦，笑声中好像藏着看喜剧的兴奋点。回头狠狠剜一眼，没好气地问："遇啥喜事了，这样开心？""没有。就是想笑。"先生都回来了，我也得去睡觉了。

第二天早起，邻居媳妇来叫我陪她去浴池洗澡。走进浴池脱衣后，更衣室里凡是看着我的人眼神都怪怪的，似笑非笑，很让人费解。我瞧瞧邻居媳妇，邻居媳妇又左右看看我，都没啥异样。于是，我俩一前一后往洗浴区走去。这时，邻居媳妇笑了："你后背谁给你写的毛笔字啊？""什么字？"我惊讶。邻居媳妇笑得前仰后合，从牙缝挤出四个字："精忠报国。"我一下子明白了昨晚睡前先生醉态的不怀好意的笑，原来是他的恶作剧，导演了我此时此刻的难堪。

怒火瞬间升腾，草草冲洗，急忙离开浴池，欲与先生理论。到家后，先生见我一脸严肃，立刻变得像乖乖羊。没等我问罪，他先开了口："媳妇，俺知道错了。本想买花给你惊喜，进屋看你睡着，看见窗台的砚台，又看见你露出的后背，猛然想起岳母刺字，俺就把这四个字写上了。"

面对这么一个酒鬼，怒不起，笑不来，长叹气，摇摇头。先生又说："媳妇，你说俺喝酒后写的毛笔字是不是老漂亮了？"

## 烫　发

爱美，女人的专利，无可厚非。不分容颜的美丑，女人都在刻意打造自己的形象，不仅仅是面对众人的目光，更多的是与生俱来的天性。

心中忧郁中未加思索便剪短发梢，一头直发依然飘逸着沧桑。本不年轻的容颜顿添寒霜，无奈！只好借助美容师的手在创造出发丝的弯曲，发丝的随意。虽然并没有感到增色，但也能弥补岁月的无奈。

看着美发师飞舞的剪刀，还有灵动的手指，看着一根根杠子的旋转，配合烫发药水的作用，笔直的发丝改变了耿直，变得随波逐流，适应于社会的审美观念，适合于复杂的人群。头发如此，人呢？人不也常常被经历的感悟磨平了棱角，违心地改变了最初的真诚，为了生存，为了适应，人变得世故，变得油滑。

　　说来真是奇怪，看着没有怎样特别之处的烫发药水竟能将直发折成弯曲随和，还能将弯曲拉成笔直飘逸，与社会风气和坎坷斑驳相比要厉害几分，短暂的时间内竟能改变初衷。

　　那些看似液体，无异样之处的染发水，涂抹发丝之上就会把黑发染成各种颜色，把彩发还原成人之初的本色，似魔术师的手法犹如大变活人一般，似彩灯旋转中迷乱人的心思，刚刚的稳重娴熟的发式，转瞬间变得张扬，变得富有个性，充满着朝气。

　　都说照相馆的药水是用来泡人的，那么美发师手指流溢的又是什么？能够把丑陋变得美丽，能够把苍老变回青春，能够在张狂与稳重间变着戏法，给世界以扑朔迷离之感，给眼睛一种变化莫测的思索。改变了发式，也就改变了心情，美发师就是改变心情的剪刀，剪去忧郁，剪去琐碎，但愿剪去恼人的苦楚。

　　烫发染发药水如此神奇，是谁的发明创造？缕着思绪放飞心境，去想象"妙水"的奥秘，烫发水、染发水、洗像水、医院的药水……都在微妙中发挥独特。可否有这样的药水，把忧伤的心稀释，把落后的观念更新，把贫穷的影子洗去，把无奈变得神采奕奕。也许这是空洞的想法，但是内心深处却一直徘徊着这些离奇的感叹，什么样的药水可以改变人的惰性，可是人本身所沾染的缺憾又靠什么来改变，只有靠观念，那么我就寻求改变观念的神奇妙水吧，我期盼着国之兴旺、繁荣、祥和、安康！

　　水本身的功能就是清除肮脏，改变心思的流动，未加神奇也能给世人以纯洁的心境。美发师借助于诸多妙水的功效在创造美，引申而言也是创造着和谐。点滴积累的形形色色的妙水就是改变社会的基础，有水的城市更加富裕，无水的乡村裸露贫穷，水是发展的源泉，水是富裕的积累，水是新兴城市必不可少的元素。

不就是一次烫发吗？却搬弄出这么多古怪的念头，怪只怪那一滴滴的"水"，勾起了我的遐思。千字归宗，我还要继续琢磨这些神奇微妙的"水"，生活中必不可缺少的一个分子。

心中殷殷流淌一股渴望，怎样的"水"才能改变宇宙，让宇宙中没有罪恶，充满祥和，充满活力，充满和谐。这些也许是幻想，但我还要一直想下去！

## 叛逆流行

泡泡烫，威娜烫，千变万化，给女人们带来了异样的美丽，而我却另类地叛逆流行，将卷发拉直求得耿直的代言。当直发飘飞街头巷尾之时，我则倔强地将直发剪短，出奇另类地成为街头的别样风景。

爱美之心人皆有之，况且爱美属于女人的绝对专利，我是女人，所以也不例外。由于服药的缘故，长发一缕缕脱落，看罢心痛，面临日渐稀少的长发只好忍痛割爱，剪短是万全之策。面对理发师的剪刀，无奈地闭上双眼，任凭剪刀飞舞。稍后，睁开眼眸，长发飘逸下的贤淑全无，镜中的我却平添几分顽皮，沧桑中略显些生气。看来，长发剪短后弥补了心灵的苍老，但也削减了一份美丽的向往。

从剪刀落下的瞬间，注定我将与长发拜拜，心痛的感觉不亚于割爱，为了一个漫无目标的治疗，只好以短发作为结局。街头流行的发式多以花样繁多的卷发为主流，再就是飘逸的直发，细细观之，年轻的女子，以及中年的女性很少用短发装扮容颜，短发禁锢了发型的变幻，无形地阻挡了美丽的张扬。我则不然，我成为流行的叛逆者。谁不希望美丽永驻？谁不期待赶超潮流？穿黑衣的时代，以暗色调为流行；穿红裙的风中，以艳色为主旋律。而长发、卷发风靡大街小巷之时，梳短发者就是另类，就是叛逆，而我恰恰决然地挑起叛逆者的大旗。

自从长发剪短后，走路的眼神都在捕捉女人头发的新奇，为卷发者的媚气暗慕，为直发者的飘逸心动。而我的眼睛也在苦苦寻觅，短发则是寥寥无几，我终于明白了流行的暗语。女人们在为流行而流行，尽管卷发修剪的价格不菲，而追赶流行的女人们会毫不吝啬。女人们都在紧追不舍地抓住流行的影子，追赶着流行的列车。什么是流行？什么是美丽？什么是主旋律？女人将发丝烫弯，将发丝拉直，追赶流行的同时，也是在弯曲着心灵，为了流行不惜代价。

有些人为了追赶流行，整容、隆胸、修骨，不计后果，成为流行的奴隶，这种流行的残酷和代价无法用文字诠释。美丽我求，爱美我追，付出沉重的代价换来的美丽，我宁愿放弃。不能因外表的平凡而断定对人的评语。我情愿叛逆流行，做一个心理健康的人。

有些人为了追赶流行的豪华的楼宇，囊中羞涩却举债满足虚荣，之后的生活拮据，只有自己心知肚明。面对这样的流行，我情愿蜗小屋住陋室，只要生活快乐，何必在意奢华，我依然叛逆流行，做一个快乐自由的无忧之人。

流行风气日隆的时代，都在为流行打拼，作为流行的叛逆者，淡然将直发剪短，给流行风在自己的理智中刹车，不能盲从追赶流行。量体裁衣，量力而行。观镜中的短发，感觉自己年轻几分，至少洋溢着运动的气息，青春的样子，虽缺少女人的媚气，但也不乏给人以蓬勃的生机。

我敢于向流行挑战，也许这里有我的难言之隐，但是，敢于叛逆流行也是生活的一个法宝。没有忍受化学试剂变魔术的发质，就不要反反复复折磨那原本笔直的丝发；没有乌黑油亮的毛发，就不要将枯黄的丝发散落，直发的美丽更挑剔发质。我知道我的短处，我知道我难以融入流行，索性用短发弥补自己的残缺，微黄的发丝无法飘起，毅然用短发打点青春。只有短发可以脱离药水的浸透，摆脱发质的不足。虽然短发让我与流行无缘，与媚气无边，我依然固执地选择，作为流行的叛逆者，用短发包拢下的笑靥依旧笑傲江湖。

背叛流行，并不是背叛生活，而是对生活的另一种诠释。

## 权当取暖费涨价

新居初年交取暖费，必先到热力公司办理开户手续，取得缴费号码方能缴费。

早与热力公司咨询过开户需要准备的资料，以及办理手续的具体地址。

临近取暖期，便择一日，借助高德地图，选择最合理的路线，驾车急三火四奔往热力公司收费处。

新居在新区的城乡接合处，"跋山涉水"来到此地。这里路宽人稀，只因收费季，宽宽的街道都停满车辆，我只能驶车到最前处停泊。而停车时，一直扭头关注车后，担心与后车冲突，用心用情至深，而忽略了车的前方。这时，只听"咣当"一声巨响，右前车轮与马路牙摩擦后，"爬"过马路牙，而攀上了人行道。此时，也深知自己足力过猛，忙慢加油再倒车，待车停稳后，一路小跑去办理缴费手续。

事与愿违，缴费人数之多，致使收费处门前爆堵，工作人员却在一一劝退，告知今日缴费人数多，系统负担重，明日早些来。

无奈，只好失望地离开收费处回到车上，准备驱车离开，无论车钥匙如何转动，车都冷若冰霜，车子居然打不着火了。

怎么办？

忙下车观察，这时发现上马路牙的轮胎居然被刮破了一寸左右圆圆的口子，车漆也被刮破半尺长而露出底色，车轮毂也多出一片划痕，此情此景，如同刮破的是自己的肌肤。然而，自己皮肤刮破，有自愈能力，慢慢都会长平长好，而车子不行，看来千元钞票要破费了，心里这个痛啊。

很不情愿地拨通先生的电话，怯怯地告知发生的一切，先生说："我在九台，这就往长春赶，得等一会，不要着急。"

在这人稀之地，只好静候先生的救援。

等待总是漫长而无奈的，等待又是焦急的，此刻无所事事，只能坐在马路牙上发呆，不知为何，心里委屈，眼泪噼啪噼啪落下来。

偏巧这时，闺蜜群有消息来，打开看，原来就在我车轮上马路牙的档口，闺蜜发了一个轿车上树的视频。闺蜜本无意，可我却觉得这是在取笑我，之后，发了个大哭的图标，并把坏轮胎拍了照片发给她们。图标一发出，蜜蜜们都探出头来询问为何掉眼泪。我如实坦白此时自己的境况和尴尬。

蜜蜜纷纷出主意，有人说：给保险打电话，由他们解决。

有人说：给修理部打电话求助救援，随后还发来维修救援电话。

还有人说：看看马路牙坏没坏，你这是破坏公物。

……

蜜蜜们的关心解决不了实质性问题，但心里宽慰些，毕竟心中落寞无助时，有关怀在，有温暖在。

城郊的温度低于市内，风儿野蛮地抽打着我，而坐在马路牙上的我，似乎麻木。先生一边驾车，一边电话安慰："没事，车子不会是大毛病，不是你的错，都是马路牙太高啊。"

先生越发安慰，我越觉得挫败，暗暗自责，连车都开不明白，还能干点啥。

如果在市里开车遇到麻烦，厚颜可以求助附近的司机。可眼下，千呼万唤也找不到求助的人。天色渐渐暗淡，心中隐隐恐慌，真怕在先生未赶到之前太阳落山，那样，胆小的我该是多么的无助。

越发恐慌，眼泪便把持不住，每一滴眼泪似乎都是委屈。

左顾右盼，先生来到我面前，他前前后后看看车身，并在轮胎上"狠狠"地踢了一脚，再上车，居然车启动了。

见车灯闪亮，我破涕为笑，一半兴奋，一半疑惑问先生："车没坏啊。"

"你以为是自行车呢，哪那么容易坏啊。"

随后，先生车在前，我车随后，缓缓地踏上回家的路。

待车停稳后问先生："车啥毛病打不着火。"

先生诡秘地笑了笑："是吓得！"

诧异："是我，还是车？"

"车的胆量比你都大。"

一直在"发奋图强"要游刃有余地玩玩车，结果却被车玩得无地自容。

之后不情愿地对先生说："轮胎坏了，车漆破了，轮毂划了，又要破费了。"

先生瞅瞅我说："权当今年取暖费涨价吧。"

明知这是安慰我，可我的内心却在权衡：取暖费每平方米27元，如果把修车的款项计入今年的取暖费，我家取暖费大约47元。以往每平方米交27元取暖费时，最高室温可达到27℃，这样想来，我家岂不达到47℃。如是这样，待在家中，有非洲旅行的热度。

哈哈！原来我与马路牙的私会是为非洲之旅做前期铺垫哦！

这时，想起星云大师的话：任何一个出现在你生命当中的人或事都是上天给你的缘，而你要做和能做的就是经历它。

好吧，那就经历它！

## 短发安全

很多年来一直留过长发，压过直板，烫过波浪，编过辫子。也曾把长发当作资本，三天两头地把满头的烦恼丝折腾一番，本以为经过自己的折腾后，能变得年轻些，变得洋气些，变得更有女人味，尽管如此，还是一副疲倦的样子，一副豆腐渣的容颜。况且头发被接二连三地折腾后，缺少了光泽，缺少了柔韧，缺少了质感，只好听信美发师的忠告，焗营养，做护理，再度折腾，搭上人民币，又搭上时间，看似有所改善，再过时日，又是稻草般杂乱。去找美发师理论，可人家却说：护理需隔天做一次。你初一一次，十五一次，哪能有效果？看看，错误反倒是自己的不及时，不作为。

烫过的发梢都已枯焦，试想把头发浸在焗油膏中，也未必能有多大效果。被秋风吹枯的叶子，浇上多少营养液也不会再绿。

怎么办？面对弯弯曲曲的长发，我唉声叹气。本期望用长发飘飘装饰自己，结果事与愿违，却成了美丽的败笔。

突然，我由衷地喜欢起短发来，目光留意身边短发的人群，网上搜看明星的短发，杨澜成了专注的对象，翻来覆去地看人家的照片，很洒脱，很自然，很气质。还有宋丹丹的短发，很俏皮，很个性，很前卫。一时间，大脑里挤满了短发的照片。

同时，还上网搜索短发的好处，为何要剪短发等等帖子。

帖子说，失恋的人与头发过不去，愿意剪短发。想想自己，与失恋无关，况且已是明日黄花，失恋于我而言，可是件极其奢侈的事情。可是，我为啥有剪短发的冲动？不是仅仅与发梢的枯焦有关吧。再继续翻看网页，居然有人说，剪了短发，人的运气好。不知真假，索性信以为真。

想想上次剪短发，是因为身体的缘故，虚弱的双臂无力打理头发，只好忍痛剪短，之后，懊悔许久，哀叹许久，自卑许久。先生也很生气，他说：女人就该留长发。

为了赢得先生的喜欢，精心的期盼中，头发一点点地长到齐肩的长度，而内心又萌动了对短发的钟情。

说剪就剪。到了梦之幻，找出店里最好的师傅，告诉他：我不想烫头，用你的剪刀为我剪出最美丽，最流行，最时髦的发式。

好的。其实你个头不高，最适合梳短发。师傅说。

一剪子落到头发上，长长的头发"刷"一下飘落。那一刻，并没有觉得心疼，来到梦之幻就想换个发型，之后再换个好心情。师傅一寸寸修剪，很专注，他说他要发挥长项，为我送上独一无二的发型。

修剪完毕，戴上眼镜，我看到一个不一样的自己。这时，师傅也很惊讶，说：原来你梳短发这般精神。我自己无法评说好坏，权当师傅的这番话发自肺腑。每次修剪过头发，不管好与坏，都有一小段日子心情低落，是不舍，还是未适应，自己也莫名其妙。

回到家，先生一脸不悦：不听话，像个假小子。一点女人味都没了。一起逛街，会有人把我俩当作兄弟。

儿子瞅我一眼，也不开心：头发剪这么短，你先生咋不狠狠地教训你呢。

得不到两位帅哥的期许和赞赏，心里挺郁闷，挺失望，然木已成舟，剪落后的头发不会回到从前。

次日上班，同事不知是恭维，还是真心，都说剪短了精神年轻。听完他们这番话心中疑惑，难道长发时苍老萎靡，还是惨不忍睹？为了求证同事的这番话，我突然喜欢上镜子，左照右瞧，自己也看不出哪里不尽如人意，但也说不出哪里好来。人长得普通，穿多大牌子的服饰，都会让人觉得是地摊货。正如我的短发，不论请多高端的技师，都无法彰显师傅的手艺。这时，我似乎明白，长发短发，对美女而言，咋修剪都是魅力的源泉；对我而言，人长得不尽如人意，咋修剪都无法倾国倾城。于是，我不去问询他人看法，不想逼着人家说些言不由衷的话。

下班的班车上，同事们莫名地评说起长发和短发来打发时光，等红灯时，一美女从车前飘然而过，黑黑的长发如瀑布铺满肩头，班车司机惊奇地说：我就喜欢这女子的长发，一看就是中国货。之后有一个女同事与师傅调侃说：我要留这么长的头发，可否也喜欢我。

司机说：不管是谁，只要留有长发，我心都要摇曳。

女同事说：看见短发的女子呢？

司机不假思索地说：女人都剪了短发，犯罪率都会降低。

这一句，满车的人都瞅着我笑。看着他们诡秘的笑，我有些难为情，用手挠挠短发说：短发有啥不好，不会扰乱治安，多安全。

至此后，我的内心突然变得强大了，感觉周遭一切都是安全的，接触的人和遇到的事，都对自己无伤害，因为短发是安全的载体。

既然短发不是男人的最爱，就让自己来爱自己吧。

## 小妹的第一份订单

小妹当专职太太很多年，相夫教子是主业。近来，外甥上了初中，小妹不必像以往那样奔波和操劳。闲下来的小妹总感觉没着没落，时常无缘无故发脾气，家人也为之焦急。

偏巧这时，一亲属创办一个幼教中心，聘请小妹去管理。最初，小妹摇头拒绝，她说：自己很多年不工作了，可能都不会工作了。

经亲朋好友再三劝说，小妹勉为其难地应了下来。

半个月过后，业务不熟，任务颇重，况且都已散漫多年，朝九晚五的时间约束，小妹有些吃不消。为了签订单，拉客户，小妹的嗓子沙哑了；为了照顾免费体验的客户，小妹时常吃不到午饭，胃痛也悄悄地侵扰了她。这时，她暗暗酝酿要去当逃兵。

当晚，小妹就与外甥说起工作中的烦心事，想借此渗透给孩子要当逃兵的想法。小妹说：拉订单，抢客源，真头疼。很多客户只是看，却迟迟不下订单，磨磨叽叽地折磨人……

外甥目不转睛地盯着妈妈，之后说：我支持妈妈出去工作，不工作不知道外面的世界……您平日逛商店常常试一件又一件，最后一件也没买吧？家里买车，你看了宝马，也试驾了奔驰，最后选定了奥迪。难道销售宝马和奔驰的业务员都郁闷吗？妈妈，你要学会换位思考，站在对方的角度想问题，心态就会平和了。

年幼外甥的一番话，令小妹惊叹，十几岁的孩子却有如此平和的思想。细细回味，汗颜自己还不如一个孩子，暗暗佩服孩子这番话中的道理。之后，小妹告诉他：从今以后，不管遇到多大困难，妈妈都会坚持工作。

就这样，小妹一改消极工作的态度，且把工作当作很幸福的事情。

天性要强的小妹，不想在工作中碌碌无为，虽是亲属的企业，但小妹却没有把亲属作为依靠。销售业绩不见起色，小妹心急火燎，似乎幼教中心的兴旺和发展与她息息相关。这时，她尽其所能的去接触客户，不厌其烦地向客户推荐幼教中心教育理念，又介绍幼教中心先进合理的教育方法，还推荐系列学习套餐……

经过这段时间踏实地工作，小妹摒弃了当逃兵的念头。一天，小妹打电话告诉我：我要无怨无悔地工作下去，这里有年轻的同事，这里有可爱的孩子，与她们相处，我心情开朗了，感觉自己也年轻了。想想工作的乐趣，这些年当全职太太荒废了我许多大好时光。

听小妹这番话，悬着的心稳帖许多。我一直担心小妹难以适应工作而打退堂鼓。我知道工作收入对小妹而言并非重要，妹夫的收入完全可以让小妹和孩子过得衣食无忧。只是，小妹如果继续宅在家里，无所事事，胡思乱想，莫名发脾气，闲散的生活会滋生小妹内心的病态。眼下，小妹能够认同这份工作，并能全身心地投入，这该是多么愉悦心情的事情。

一日中午，小妹又来电话了。听筒对面小妹兴奋地说：我告诉你一个好消息，我昨天签了一个大单子。

我抢过她的话题：我说坚持一定有收获，付出一定有回报吧。

你知道我咋签的单子？

我哪知道，隔行如隔山。

这位客户领孩子来中心体验一次，业务员帮孩子设计几款学习方案，他都不理不睬。我知道这件事后，给他打电话。他却说已经在别家签了单子，我说买东西还要货比三家，孩子的教育你连比较都不比较，过后要后悔的……我这一番话，切实打动他的心，第二天就带孩子来体验，结果他退了签好的单子，与我签下了我的第一份订单。

祝贺你。

……

因为有了工作业绩，小妹说话比以往敞亮，不再唯唯诺诺地给自己泼冷水。

我接听小妹电话的手臂都麻木了，手机也烫手了，可小妹继续侃侃而谈。我说：我还有工作，改日见面再说吧。

小妹并不理会且继续说：我都想好了，你以后的孙子就来我幼教中心学习，我现在就给咱家孙子设计一套最合理的学习方法。

一听这番话，我乐得前仰后合，捂着胸口说：你这是第几个五年计划啊？

殊不知，我的儿子才上大学，以最快的速度进展，孙子也该在幼教中心第二个五年计划里出现。

管他几个五年计划呢，只要小妹开心，就让他为我设计孙子的未来吧！

## 玩它不成被它玩

三八女人节，闺蜜小美女来看我时，我正在摆弄那部蔫了吧唧不工作的手机，手指都要练成一指禅功，手机触屏还是艮艮地呆若木鸡。小美女见了，惋惜地吧嗒嘴："啧啧，亲爱的，你这是练的哪门子功啊。"小美女不吧嗒嘴，心还不堵，她这一吧嗒嘴，我的手指像练就成铁指神功，似乎能穿透手机触屏。

本来先生应允我三八节送我一部手机，可我一时间，就一门心思想做会过日子的媳妇。现款都已拨付囊中，却依然固守着这部一锥子锥不痛的手机。

"换部新的吧。"小美女试探问我。

"换吧，但你得陪我去买。"借坡下驴，我居然赖上了小美女。

与小美女提购物忒带劲，败家没她，我心里不踏实。

说去就去，雷厉风行。

三八节购物，哪里都是轰轰烈烈地热闹。小美女对我说："咱这次去买手机，只看大品牌，其余的手机与你手头的没啥两样，咱不买。"

提及败家，我在小美女面前从来都是言听计从。小美女说买啥咱就买啥，谁叫她是我的败家顾问了。

来到欧亚商都七楼，小美女轻车熟路奔向手机专柜，经过一番打听，无奈地对我说："你那败家的3G卡，买手机都要多花钱。"

"可我喜欢电信号的环保，更喜欢这个号，咋也得将就啊。"

小美女权衡我口袋中的人民币，又询问了一些手机的细节问题，之后为我做主，定下了一款最新款的手机。

我去交款，小美女监督装机，时间被我俩充分利用。

握着新手机，好生欢喜，感觉心情忒舒畅。小美女瞧着我美滋滋的样子说："这女人咋一花钱就高兴呢，我陪着你花钱都开心。"

是啊，败家开心是女人的通病，上帝造人时，一定给女人了这个特权。

回到家后，我摆弄着新手机，左看右看前看后看，咋也看不够。这时，又一个闺密妮子来电话，我用手指铆足劲去触，却没反应，任凭手指触痛，那悦耳的铃声不停地响着，可我却无能力接听。咋办？等待响铃时间到了，我忙回电话给妮子。这次，妮子却不接我的电话，心想：啥意思，我不接你电话，马上就报复啊。过了两分钟，妮子电话又打进来，还是不知道咋样才能接通，只好再次倾听铃声绕耳。在我第二次拨通妮子电话时接通了，我没好气地对妮子说："干吗啊，难为我啊？"

妮子呵呵笑着说："听说买新手机了，咋不接呢。"

"你咋知道的啊？"我很好奇，心想不出三小时，妮子真灵通啊。

"小美女如实向我汇报了你今日的行踪。"

原来小美女正与妮子网上聊天，妮子才得知我今日又去败家。小美女嘱咐妮子："快给面兜打个电话，试试新手机她习惯不？"

我说："我挂了，你再给我打一遍，我试探着咋接？"

"厉害啊，新买手机不会接啊。这可是轰动的笑话啊。"伶牙俐齿的妮子，不依不饶地埋汰我。

没办法，落下囧事给她当话柄，只好任由她奚落，

妮子来电，我小心地在触摸屏上一划拉，居然接通了。我终于明白了，原来智能手机不是触，而是划拉，一根手指手机不会待见，五指全用才能杀杀智能手机的锐气。

……

与妮子通话后，我又给小美女发短信，求助她也给我打个电话，我想再次试试手机接听功能是否完善。

这同时，小美女正与妮子聊天，早已知道我不会使用新手机接通电话。

接通小美女电话后，我把囧事说给她。小美女说："咱就是不接，买了新手机，咋也得端一会啊。"

呵呵，看来新手机也在恰到好处地配合我端着，买回手机容易吗？权当这次端着，给自己鼓鼓士气。

事实证明，凡是具备智能的，都不是好惹的，露怯在所难免，这是智能手机在与我比智商，本来我想玩它，它却把我先玩了。

## 萝卜白菜各有所爱

好久未追剧了，因慵懒而忽略了电视，还因无"臭味相同"的剧来挑衅胃口。

可是，近期街头巷尾市民的闲聊中，职场男女的神侃中，网络铺天盖地的评论中，《人民的名义》一时间成了家喻户晓的话题，因好奇，一猛子潜入剧中，一番恶补后，浮出水面再看此剧网络点击量，始料不及，一部传统正戏，却引来全民的追剧高潮。

食物是饮食男女的生存之源，而电视剧却是饮食男女的精神依托。与此同时，电视剧的男主角与餐桌的菜品相提并论，进而才衍生了"老腊肉"和"小鲜肉"之说。其实，老腊肉是很多地方新年餐桌上的必备食材。好的腊肉，色泽金黄，油润不腻。吃起来味道醇香，越嚼越有味道，随便一道小炒，就能让人多吃一碗饭。由此想到，一部精品电视剧就是一桌丰盛的年夜饭。而《人民的名义》就是由一盘盘"老腊肉"组合而成，不失美味，一盘盘，细细品，味道不同，唇齿留香，意蕴悠长。与其用快餐中的"小鲜肉"对比，"老腊肉"则地地道道成了岁月的留香。

然而"老腊肉"相对的"小鲜肉"，年轻朝气，未受到太多生活的摧残，情感单纯，经历简单，对世界还抱有"我的征程是星辰大海"式畅想。很多小鲜肉，初生牛犊不怕虎，尽管天真，尽管呆萌，尽管无畏，但浑身散发着青春的光彩。然而世间肉类都有固定的保质期，"小鲜肉"也不例外，限量版的青春总会用完，热情也渐渐褪色，而粉丝不会一直在原地鼓掌和助威，粉丝一定会转身去为新的"小鲜肉"击鼓欢呼。"小鲜肉"若想不过期、不过气，也只能慢慢历练，慢慢修为，慢慢打磨，才可让自己的保质期更久一些，以至于与岁月一起熬成"老腊肉"。

当下，是"小鲜肉"吸粉的时代，自然许多电视剧靠"小鲜肉"走流量，而《人民的名义》却依靠"老腊肉"为主菜，创点击率新高。如今，网络，流量，粉丝，成为流行的名词，很多人沉迷其中，既在买单，又在领受。随着网络经济的纵横，传统电视剧的审美变了味道，变成帅哥粉，妈妈粉。而帅哥粉却成了诸多粉中的头粉。眼下，网络追剧的受众群体又属于年轻人，而闲来沉入网络追剧的人群多为年轻的女性。由于男人是生活的王者，与生俱来的压力促使他们为生活奔波，无暇如女人一样沉迷网络，为此，在供求关系中，女人便在浩瀚的电视剧网络中遨游，自然成了电视剧的买单者。正因为追剧的女人众多，"小鲜肉"的得宠便大行其道。而更多的电视剧则侧重于经济效益，导演们抓住了当下变味的审美走向，在男主演上大做特做文章，渐渐地，"小鲜肉"统治了电视的收视率。由于男女的吸引法则，酿成女粉们疯狂迷恋男主角的现状。为此，很多电视剧不惜重金用"小鲜肉"赚取收视率。

《人民的名义》还烹饪了一碗"回锅肉"，那便是陆毅。陆毅算是影视剧第一代"小鲜肉"，如今的陆毅已为人父，介于"小鲜肉"与"老腊肉"之间，少了"小鲜肉"的天真，离"老腊肉"的沉稳仍差一些火候。而《人民的名义》却成功地让他回锅翻炒，给观众端出色香味俱全的"回锅肉"。而这碗"回锅肉"不及"小鲜肉"鲜嫩多汁，但贵在可塑性和适应性都极强，煎炒烹炸皆可。

如此看来，陆毅成为"老腊肉"的修炼之路，依旧漫长。

笔者徐娘半老，已过追星之年，且对帅哥产生了抗体，然而，每见电视剧中"小鲜肉"张扬抢眼时，内心转瞬也激起小浪花，但只是昙花一现，不留一丝回味和留恋。反之，那些老戏骨低调上演，只寥寥无几的台词，也能在心中激起千层浪，久久不散，久久留香。笔者也曾年轻，也曾追星，且痴迷度不亚于当下的小女孩。而笔者疯狂追星时，也从"小鲜肉"开始，如今的老戏骨那时也很年轻，譬如张丰毅、吴刚……这些艺术家当时的演艺也不算老道，但少了当下"小鲜肉"的张扬，这些老戏骨当时的戏份就已经注入了老汤来调味，从出道，到老戏骨，一路走来，我一路追随，不离不弃，历经原是"小鲜肉"的如今老戏骨的一路精彩。

追剧消遣时光中，品嚼"老腊肉"和"小鲜肉"之味道，而音乐陶冶情操，静听阳春白雪和下里巴人之感受。萝卜白菜各有所爱，自然有人喜欢下里巴人，有人酷爱阳春白雪。难道喜欢就好，不喜欢就坏吗？不尽然。喜欢与否因一个人爱好，一个人修为，一个人格局以及一个人的生存空间有关。阳春白雪，是古人之高雅音乐曲牌，自来就有曲高和寡之说。百姓闻之，木木然有如天音，实与对牛弹琴同矣。下里巴人，虽失之粗俗，但那才是百姓真正能听懂，并由听懂乃至参与的民俗音乐。而老腊肉当属阳春白雪，旋律清新流畅，节奏轻松明快，令人透彻心腑。越是高级的东西，应和的人越少。而小鲜肉可算俗情，通俗、平凡、大众化，追星人之多便可以理解。

行文至此，想起毛泽东《延安文艺座谈会上的讲话》中的一段话："现在是'阳春白雪'和'下里巴人'统一的问题，是提高和普及统一的问题。"虽说萝卜白菜各有所爱，萝卜永远变不成白菜，但是，下里巴人慢慢提炼，也可以变成阳春白雪。小鲜肉小清新，老腊肉重口味，"小鲜肉"经过岁月的历练，慢慢也就熬成"老腊肉"。

无可厚非。笔者，老女人，"老腊肉"堪称美味，令人垂涎，更得吾心，这其中的情怀，有岁月的烟熏味道。

## 伍佰元大奖

发工资好些天了，居然才想起给儿子汇生活费。在网银上忙活一番汇款后，就去洗衣服，却忘了电话告知儿子。

之后，拖着疲惫的身体靠着床边，准备伸伸懒腰时，发现有儿子的未接电话。近来，儿子忙活自己的事情，早把我这个老妈忘在脑后，我不打电话，他是不会主动联系我的。内心有些惆怅，但也无奈，儿子大了，翅膀硬了，有他的空间和朋友，还有他想做的事情。为此，想开了，便少了埋怨和失落。

既然儿子来电话，一定是有事的。回拨后，儿子笑嘻嘻地说："老妈，也不知谁把1500元汇错到我的账户，谁这么有爱心呢？"

这时，我方想起刚刚汇款的事。不开心地说："除了你老妈，还能有谁。"

"呵呵，我就知道是老妈汇的，我不需要那么多钱，我卡上还有呢。"

"卡上的先存着，留着备用。"

　　我与儿子你一言我一语地对起话来。儿子的风趣与他老爹的幽默堪称一绝，可谓同出一门。说说笑笑间，儿子问我："你那点工资给了我，是不是所剩无几了？是不是自己没钱了？""还好，汇完款，还剩一半呢。""对了，我抽屉的手机盒里有500元钱，老妈你先花着，花没了，儿子再告诉您下一个藏钱的地方。""你居然藏私房钱？"我很吃惊。"必须的。男人没有私房钱，咋收买老妈，以后咋取悦媳妇啊？再说，我最近利用休息时间在打工，也有了小收入。"

　　儿子大三了，长一岁，一个飞跃。开学后，他利用双休日去发传单，每日收入75元。收入不高，但让孩子懂得了如何生活如何理财，从中也体悟到更多道理，从而理解了父母，懂得了感恩，养成了节俭美德。如今，一家一娃，作为父母，都不想让孩子吃太多的苦头，能给予孩子的，父母都会尽其所能。我是母亲，当然不例外。我按照与孩子最初达成的协议，大学每月1300元生活费。之后，我私自为他提高到1500元。从内心而言，我不想让他打工，这样，可以腾出更多的时间学习。可是，孩子并不想一味依赖父母，从他的微博上，也常常能看到他对父母的付出发出的感慨。每每看到儿子理解和感恩的语言时，我的眼圈总是湿润的。

　　儿子抽屉里的手机盒，已经存放很多年了。上初中时，大多是一元面值的人民币，厚厚的一沓，也不超过百元。但对儿子来说，已有富翁的感觉。那时，我每天给他一元钱，用于买雪糕或是矿泉水，可儿子并没有买雪糕和矿泉水，而是买了冰棍，雪糕和冰棍的转换，每日能节省一半的开销，就这样，他每日都有五角现金入账。渐渐地，攒钱成了一种爱好，一种追求。他时常拿出自己的私房钱，向父母炫耀一番。随年龄的增长，零花钱的金额随之增长，儿子的私房钱也在增长。父母的生日，儿子送过手机，送过丝巾，送过巧克力……作为父母对孩子非有所图，但看到儿子的礼物，自然异常兴奋。这其中滋味不必言说，只知道甜着，美着，开心着。

与儿子电话沟通之后，心情错综复杂。内心也曾埋怨过儿子不常来电话，却没有理解他在打工在体验生活。当听到儿子的近况后，心里又生出诸多不安，儿子学业已经很辛苦了，还要打工，身体能否吃得消？转念又想，穷养儿，也该让儿子如此，这样，他才能在今后的成长中，更有担当，更有责任。

男人肩负的使命感是与生俱来的，只有经历风风雨雨后，才能历练成坚实的臂膀。

所以，内心翻滚着诸多的疼爱，也只能藏于心底。

500元，我如何处理？其实，500元无法缓解我"财政"上的赤字。但是，500元，却能抚慰我内心对爱的需求。

500元，儿子的馈赠，在我心底与获得福彩500万元一样的兴奋。我把500元的心得讲给同事听，又说与朋友听，我在"秀"幸福的同时，也在默默地感谢命运，其实我是一个幸福的人，遇到的每一个人，遇到的每一件事，都让我感到生活的幸福和快乐。

其实，上苍送给我的孩子，就是赠予我的最大的奖励。

# 第七辑：四季留感

　　伟大不只在事业上惊天动地，他时常不声不响地深思熟虑。

——克雷洛夫

## 马　六　哥

　　我三岁那年，父亲工作调动，我的家搬到林胜公社。也是从那时起，开始有了朦朦胧胧的记忆。

　　生命中第一个玩伴叫马六，邻居马大娘家的儿子，排行老六，比我大三岁，我喊他马六哥。他是家中老幺，他的哥哥、姐姐和伙伴都喊他鬼子六，些许因鬼子六的绰号，比我年长，却不比我高很多，大人说他是心眼多才不长个子。马六哥的妈妈与我的妈妈相处甚好，闲时，两家女主人爱凑一起唠家常，我的妈妈手巧，唠家常时，也在一针针纳着鞋底。马大娘人高马大，女人的手工活一样也不精通，她家的缝缝补补，都由我的妈妈代劳，两家为此相处得像一家人。

自然而然，马六哥成了我的玩伴，我也成了马六哥的跟屁虫，常常赖着人家。有时，马六哥想甩掉我，去找前院的伙伴玩，我形影不离地跟着，不给他一点机会。为此，吃饭都不回自己的家，唯恐走出他的家门，就没有人陪我玩一样，嘴里嚼着饭，眼睛却死死盯着马六哥。

马大娘看出马六哥嫌我碍脚，就严厉地对他说："好好看着小妹妹，你小妹生气，我就不让你吃晚饭。"那个年代的孩子，没有零食可吃，营养和饱腹全凭一日三餐。少了一顿晚饭，岂不是揪心一样。

马六哥没办法，烦我又得忍我，他怕惹怒我而吃不到晚饭，只好带着我去找他的伙伴玩。这时，他的伙伴会取笑他说："鬼子六又领着小媳妇来了。"那时，我不懂小媳妇啥意思，只见有人这样喊，马六哥就瞪着核桃一样的眼睛，他一瞪眼睛，我很怕，怕他打仗，怕他因此而不带我出来玩。这时，我怯怯地扯着他的衣襟："哥，回家，我怕……"

我这一扯马六哥的衣襟，成了伙伴们的笑柄，他们一边跑一边喊："鬼子六坐门墩，哭着喊着要媳妇……"马六哥举起拳头，气汹汹地撵着伙伴们，我也一边跟着马六哥往前跑，一边哭着喊："哥……"马六哥寡不敌众，只见他被伙伴们按倒而暴打一顿，他起来后猛兽般对我喊叫："离我远点，少跟我出来玩。"说着说着他也哭了。

回家后，他的晚饭自然吃不成，我弄不清楚他挨打和挨罚与我是否有关，还年糕一样嚷着他领我去河边捉小鱼。他像一头狮子一样对我嚷着："死丫头你烦不烦，自从你来，我妈都不喜欢我了。我恨你！"

从这以后，马六哥虽不敢贸然拒绝领我出去玩，但他不像以前那样有耐心地对我。

四岁时的冬天，吃罢早饭，我又按时去了马大娘家。马六哥兴高采烈地说："今个外面下雪了，我领你去抓麻雀。"农村的冬天，捉麻雀是最刺激的游戏。伙伴们打扫一米见方的雪地，把筛子支在扫过的雪地上，一根细细的绳扯入房门里，在筛子的下面撒上小米，然后，隔着门缝窥看和等待麻雀的到来，麻雀觅食很小心，它会观察片刻，才慢慢靠近食物。伙伴们要耐心去等待，不能轻举妄动，渐渐地，麻雀才向筛子靠拢，时机成熟，一扯绳。筛子下满腾腾的全是战利品，之后把麻雀放在火盆上烤熟食之，吃罢很久，唇齿间还残存着烤麻雀的余香。只因这样，伙伴们盼着冬天，盼着下雪。一听说马六哥要带我去捉麻雀，兴奋地手舞足蹈。

室外很冷，厚厚的棉衣也抵挡不住寒风侵袭，但是，我还是乐此不疲地喜欢在室外玩耍。

这时，马六哥指着栅栏边上直立的手推车说："小妹，你看见墙边的手推车吗？下雪了，老天爷把糖洒在上面了，车把很甜，不信你试试。"我一直很相信马六哥，毫不犹豫奔向手推车去，贪婪地把整个舌头伸向钢管制作的车把上，舌头刚刚贴到钢管上，就有一股强烈的痛，充满了整个口腔，我摆着双臂，扭动身体，小心地撕扯着舌头，舌头与钢管含无缝隙地纠缠着，我说不出话，只能喊，喊声惊动了马大娘和我的妈妈，她俩几乎同时来到我的身旁，妈妈边给钢管哈气边说："别动，别动……"我的眼泪顺着脸颊流出，顷刻间凝在脸上，发丝像河边的柳树条挂满了白霜。不知哪来的勇气，我铆足了劲，一跺脚，我的舌与钢管分离，这时，我的嘴巴像魔鬼刚刚吞食过动物一样血淋淋，车把上沾着粉红色的肉。

妈妈心疼地骂我："傻丫头，啥都好奇，活该！"

马大娘举起巴掌扇在马六哥的脸上，咬牙切齿地说："打死你这个坏小子，她可是你小妹啊……"

麻雀没捉到，自己却受了伤。这以后，我不再去马大娘家，妈妈去我也不去。我开始少言寡语，因为一说话舌头就疼，整个冬天，我常常趴在窗台看冰花，或是刮开一块冰花，看窗外的飘雪。

舌头渐渐地好转，痛也随之忘却，随着春天的到来，温暖的世界里，我又成了马六哥的跟屁虫。

五岁的夏天，我跟着马六哥去很远的黄泥屯，他说那里有好多好多黄泥，可以摔泥泡。走的脚痛，迈不动步，马六哥说："我背你吧。"说着就扯起我，就要背我，他的个头比我高不很多，且瘦小，哪能背动我这个远近闻名的胖丫头。没办法，我俩只好走走停停，太阳与树梢一般高时，我俩来到那个黄泥坑。

坑边散落很多黄泥，马六哥把黄泥聚拢在一起，在上面扒开一个碗大的凹面。和泥需要水，身后不远处虽有河沟，但没有取水的器皿，这时，马六哥说："你把脸转过去。"我听后乖乖地转过身去。这时，我听见哗哗的水流声后，好奇地转回身，看见马六哥在系裤子的皮筋带，马六哥生气了："丫头片子，啥都想看，羞羞！"

那时，我不知害羞，只有好奇。

泥和好了。马六哥递给我二分之一的黄泥说："自己学着捏个小碗。"我模仿他的样子也捏成了泥碗，马六哥说："把碗摔了，看看咱俩谁的碗结实……"我依然如法炮制，结果我捏的碗比较薄，摔下后碗底有漏洞，这样马六哥就得给我一块泥巴，之后，再继续重复刚才的游戏。没多久，马六哥的泥巴都被我赢来了，马六哥将手头仅剩的一块泥巴，凶巴巴地甩向我的脸上，我没躲开，只见泥巴沾在我的脸和辫子上，这时，马六哥说："我是你老师，你为啥要赢我。"我说不出理由，只知道哭。回到家后，我一五一十地向马大娘告状，那天晚饭，马六哥又被罚饭了。而我却坐在马大娘的身边，悠哉地吃着晚饭，那一刻，我感到很自豪，心想："让你欺负我，让你知道饿的滋味……"

从这以后，马六哥再也不领我出去玩了。

六岁那年，再次随父亲工作调动，我离开了林胜公社，自然断了与马家人的联络，马六哥成了我永远的记忆。闲谈中只要提及童年，抑或是初恋等等，我都会情不自禁想到马六哥，只是不知他在我生命中充当何种角色？

偶尔，还会思念马六哥，不知他现在何方？

## 多余的女孩

妹妹出生后，重男轻女的老爸开始唉声叹气，一对夫妻一对孩，两千金击碎了老爸拥有儿子的梦。

在我七岁那年的夏天，我被姑姑接到延吉市，理由很简单，姑父喜欢我，给他们做女儿。

姑父与姑姑不是原配夫妻，姑父没有孩子，他真心真意想把我当作他的女儿，给我买漂亮的布拉吉，给我买会眨眼睛的布娃娃，生活的质量远远超过在父母身边。我过户给姑父做女儿，父母就多了一次生育的机会，老爸就可以继续做儿子的梦。

然而，姑姑没有送我去上学，她说女孩子学习无用，以后工作的事她包了。那时，姑姑在针织厂上班，即将退休，几个堂姐翘首盼着接姑姑的班，可是，姑姑不但对她们置之不理，还告诉家族中的长者，她要把这份工作留给我，尽管我的年龄尚小。

我不懂工作的概念，姑姑每天唠唠叨叨地给我灌输："你小妮子命好，一成人就有工作。"懵懂中明白姑姑真的喜欢我。

姑姑喜欢勤快的孩子，且一遍遍地对我教诲："女孩子勤快才能过好日子，勤快的女孩子必须从小培养。"为了博得姑姑的喜欢，矮小的我，收拾完屋里，忙又去打扫屋外，那一刻，我担心姑父如果不喜欢我，我就没有安身之处。

姑姑家住在远离市区的车站家属区，我每天睁开眼睛就背起背篓，沿着铁轨边摘鹅食。每次摘鹅食时，我都要往家的方向走，走着走着，眼泪噼噼啪啪落下，我想回家，我想爸爸和妈妈，我想妹妹……我多想沿着铁轨走回家。这时，脑海中映出爸爸埋怨妈妈，未添男孩时的失落，我便止住脚步，心想：不能回家，回到了家，妈妈就没有机会再生小弟弟了。我控制不住对家的思念，便坐在枕木上大哭起来，边哭边喊着："妈妈，我想你……"哭够了，背起满腾腾的背篓，悻悻返回姑姑家。

一周后，我感觉鼻孔着火般热痛，时不时流出黄色的黏液，鼻孔的周围不知何时拱出粉红色的水泡，擦拭液体时，水泡随之破碎，渗出黏黏的血水。仅一夜功夫，嘴巴周围覆盖上黄色结痂。呼吸受阻，吃饭困难，有气无力的我，继续背着背篓摘鹅食。累时趴在铁轨上，幻想着自己有双翅膀该多好，那样我就可以悄悄地飞回家，看看日思夜想的妈妈，之后再飞回姑姑的身边。

半个月后，老爸来延吉市，看到我半张脸布满黄色的结痂，背着背篓站在门前，陌生地看着他，老爸眼圈湿润了。之后，告诉姑姑，要把我接回家。姑姑百般不舍，拉着我的手问我："姑姑对你好不？"我点点头。

"想回家吗？"我又点点头……

姑姑恋恋不舍地送我和老爸上了火车，那一刻，我似乎卸掉盔甲，感觉自己漫步云端，鼻孔周围的火焰也渐渐熄灭。回到农村的家后，我上了小学一年级。

九岁那年，妈妈怀孕了。老爸坚信妈妈腹中两个月的婴儿是男孩，然而，他们却没有生下这个孩子的指标。父母商量后，我又成了多余的人。第二天，老爸就领着我去了敦化县，把我过继给大爷家。因为大爷家离学校很近，户口和学籍也随之迁到敦化市，我莫名其妙地成了县城人。

老爸离开时，告诉我："人多时见到爸爸，要喊叔叔，老师问你爸爸叫什么名字，你就说大爷的名字……"

大爷家有七个孩子，三个哥哥，四个姐姐。我的到来，哥哥姐姐不惊不喜，在饭桌上时常忽视我的存在。那时候，细粮紧张，大娘把每月的白米，留给带饭上班的哥哥和姐姐，之后，家里仅剩下粗粮。吃饭时，我把饭菜盛在一个碗里，之后端着碗退到炕角，低着头狼吞虎咽地吃着，半碗饭还未能吃完时，桌上的盘盘碗碗早已见了底。每月还没有到月末，粗粮也见了缸底，只好靠地瓜维系生活。瘦小的我有时地瓜都抢不过哥哥和姐姐们。

我在半饥半饱中度过一个月，学习无精打采，放学不爱回家。大爷家的路口是敦化市的南关饭店，放学路过时，我常常趴在饭店的玻璃窗上，偷看饭店里热腾腾的馒头，之后，抿抿嘴，咽咽唾液，似乎这样就可以饱腹。

农村到城市地域的转变，爸爸和叔叔身份的转变，让我觉得眼前的世界，如此的陌生。为此，我变得很孤僻，少言寡语。

偶尔周日，结婚不久的叔叔会接我去他家，叔叔新房在郊区，离大爷家很远，不是叔叔来接我，我自己没有能力找到他家。婶婶很贤惠，给我包饺子，给我蒸馍馍，我在叔叔家大开吃戒，暴食的样子似乎要把亏空全部补足。

我离开农村的家后，妈妈一直为我担心，纵有诸多不忍，也不敢贸然接我回家。妈妈在怀孕六个月时的一个周日，悄悄地来到敦化，而我却去了叔叔家。妈妈没有看到我，却看到大娘一家人在包饺子。妈妈思我心切，忘记身怀六甲，步行来到叔叔家，看见我也在吃饺子，且是狼吞虎咽的样子，扭过身用袖口拭去眼角的泪。

妈妈离开敦化时，偷偷地揣在我口袋里几张粮票和几张角币。

这以后，我不用贪婪地盯着南关饭店里的美食了，偶尔饿了，就买一个馒头，坐在饭店的台阶上消化掉。

妈妈怀孕八个月时，妈妈的学校知道怀孕之事，尽管我的户口已迁走，仍不符合生育的标准。在工作和"儿子"的抉择上，父母选择了工作。找不到万全之策，爸爸只好陪妈妈来到敦化市医院，忍痛割爱将八个月的婴儿引产手术。妈妈出院回家时，把我也带回了农村的家。

虽然在县城生活六个月，但是依然感觉农村的家最亲，只是内心总悬浮着恐惧和不安。六个月间，让父母感到惊讶的是，我养成了很多怪癖，比如每次吃饭，我都会习惯地端着碗远离餐桌，蹲在炕角，低着头吃饭……经过六个月的锤炼，我也改掉了以前挑食剩饭的毛病。同时，我对食物的敬畏也深深根植在心底。

我又回到以前的班级，只是我不再是从前的班长。一次劳动课，新班长安排我去拾捡树林的垃圾，我领命后躲进树林里，痛痛快快地哭一场，之后用小刀在我以前栽培的小树上，刻下了四个字：我回来了。


## 又一年，醒来


在刀郎沧桑的音乐中，开启心之门扉，再次梳理心境。随着回忆，让我感受到中年烦躁的心情。

曾经，既复杂又单纯，既无奈又无怨，既悲伤又欢喜。

寒冷的夜晚，备一壶暖暖的红茶，点一盏朦胧的灯，还有一份平淡而又忧郁的心。

一直把周遭看成美丽，润色着每一个人每一件事的光彩。每每这时，都会感受到世界在以光辉灿烂的笑靥迎接我。今日，2010 年的第一天，365 天的伊始，美丽的开端，尽管内心徘徊着落寞无奈随之与朋友的攀谈而淡去，卸载了内心的压抑和负重。

有时回忆只会让你再次掀起心灵的伤疤，而此时，早把经历看成收获的我，把曾经的阅历当成一个故事娓娓道来。

能够生存本不易，生命本身很悲悯，生命里，到处铺满如谜般的轨道，就算心态如此的自如坦然，有些事情依然令人无法探索，也无从明白，更无法掌控。这时，我惊愕这个世界如此的简单，又如此的复杂。回头瞥见记忆中褪色的画。我知道，我曾经是如此鲜艳如此清晰。生命中模糊的颜色在回忆中自然会生出些许怅惘，可我的内心容不得我后悔和失望。既然都已走过，便把这些琐碎的记忆写成爱的盛典。

未来难以预知，随性随情，我行我素，有阳光就尽情地陶醉，有风暴就勇敢地挑战，逃避和沉迷都不是我的性格。

此时，感觉自己在自言自语，不去在意倾听者的感受，说出，是释放，释放后便是轻松的解脱。随着生命的积累让我了解黑与白的背后，我愈发珍惜眼前的一切，也许是卑微，也许是渺小。我便安静，知足，从容，不会后悔曾经的步履和选择，对错与否，都是命运的安排和前世的造化。有时违心的表象，是自己找不到答案的解脱。

新一年，新一天，冷，超出以往。而我不知不觉地追溯回三年前元旦的感伤，虽已成为过去时，可记忆却无从遗忘。而今天的到来，如此平和，如此坦然，让我惊喜，而且又以思考的方式度过，如此的珍贵，我含笑领收命运的礼物。

一直以来，我都保持敬畏之心，对时光，对美丽，对痛楚，还有人。我的生命是静夜中那片雪花的生涯，不管我如何舒展六瓣羽翅，最后还要随着时光的辗转静默消失。

于是，轻轻地折叠起此刻的心境，让温暖在心底流淌。

我知道，伊通河畔，用烟花迎接 2010 年的到来，而我不想亲临，感觉那朵朵烟花在点燃生命痛楚后，又归于宁静。

不知从何时开始，感觉自己时常对一些事情，一些人心存留恋，心有暖意。或许这是生命的神性所在。

写下这些字，吐出自己的心情，想说的就这些，算是新年的封面吧。

## 挥手二〇一二

此刻，我凝视银屏许久。大脑一片空白，内心一潭静水。细数 2012 年，我做了什么？却不知所云。

上半年，为孩子的高考忙碌着，结局不理想，成了心伤。细细梳理心境后，释然，一切早有定数，我无能扭转乾坤。

下半年，调理身体和心情，睡眠充足，白细胞稳中有升，感冒少了许多。只是偶尔咽喉疼，牙疼……大多浸满思念的味道。

工作，三年中最稳定的一年，年初稍有变动之意，自己还算有主意，并未深思熟虑，就坚决地拒绝了。

这一年，乐在逍遥。

文字，惰性使然，勤奋与之远去，看笑话看小说成了主业。或许人之老矣，没了灵性和勤奋。还好，年末荣获吉林日报荣誉作者，算是慰藉心灵吧。

生活，三点一线，虽乏味，却喜欢。静谧是常态，却不怕孤独。反之，喧闹之地却常在回避。

资助，是这一年做得最多的事情。数额不大，但却是我收入的八分之一。

遗憾，出行是梦想，却一直搁浅。这一年，梅河口四趟，哈尔滨二趟，吉林二趟。长春市内去过净月、新立城及老虎公园。细细盘点，就连逛商店都屈指可数。下班后，蜗在家中成了我对时光的兑现。

昨天，成为身后的足痕，留下的是恋恋不舍。其实，2012年的自己碌碌无为，懊悔中，眼泪却噼噼啪啪落下。

充满向往的2012年如此安静地度过，也顺利地完成年轮付诸的使命。

一直来，我对每一天都在忐忑，都在恐慌。人与人情感淡漠，人与事错综复杂，事与事悬浮莫测，让我多些忧虑，多些无奈，多些无助。我极力回避与人接触，与事瓜葛。然而，没有世外桃源，只能披上冷漠的外衣来保护自己。

忐忑每一天的同时，我又在敬畏每一天。睁开眼，看到阳光，就是人生的福分。为此，我珍爱每一个新的一天。不管这一天经历什么，我依然感恩于上苍给了我一个全新的日子。

挥挥手，2012 年成为记忆。在回忆中，品味 2012 年的酸甜苦辣。

2013 年，我该做些什么？这是每一个新年都在叩问的问题。然而，惰性全盘湮灭了誓言。

为此，我不敢承诺什么，随缘自在，随性随行，不问前程，不问收获，活好自己，其余都是背景。

感恩是主题。这些年来，每一次转身，都是贵人相助。何德何才，扪心自问，感谢帮助我的人。受滴水之恩，当以涌泉相报。

总之，2013 年，但行好事，莫问前程。

挥手间，我泪流满面，一颗心柔弱得经不起月转星移，因为我不够坚强。

笑与哭，每一次都有痛楚，尽可能让生命主旋去清洗岁月的忧伤。迷离中，2013 年，就芬芳盛开。

## 从二〇一三走到二〇一四

2013 年的最后一天到来了。

晨起后，我倚窗望着天空，脑海天马行空地飘着一朵朵云一样的梦想，梦想自己以怎样的姿态迎接新一年、新一天的到来。之后，晨练时，御花园的每一处风景，都引我涌动无穷的想象。这时，海道来电告知，新文化报征文获奖的消息，瞬间，一股温暖浸入心扉。心想，这是新文化报送给我新年的祝福，我将揣着这份喜悦，迎接 2014 年的到来。

索然无味的 2013 年，借助获奖征文做一小结。其实，懒散的我，看淡荣誉，看淡得失。写字为心情，看书为消遣。更多时，把文字当作谋生的技术，成为职场的工具。尽管如此，一份敬畏之心，也是心头的使命。然而，这份微弱的奖项，暂且给 2013 年最后一天，带来无比愉悦的兴奋。不为炫耀，只为给这一年一个完美的交代。

梦想自己守候时光，用虔诚的目光，凝注年与年的跨越。

然而，回家的途中，胸口憋闷，四肢酸痛，随之，咽干头疼。我知道，办公室的流感，我未能逃避，中招是意料，只是没想到会在今日，会在 2013 年的最后一天。体内如同被注入了火焰，体温腾腾地升起。踏入家门那一刻，眼前模糊，脚步似乎都灌注了铅水，体温计 38.5℃。吃罢退烧药，便一头栽入被窝。

恍惚中，不想睡去。我想守着流年的时光，以崭新的姿态迎接 2014 年的到来。我想躲在时光的一隅，倾听 2013 与 2014 的窃窃私语。我曾幻想过，年与年交替时，嘱托，期望，安慰，告别……如同恋人分别时的泪洒衣襟，如同挚友告别时依依不舍，如同……我的想象赋予了诸多情感，把年与年的交替，幻化成情感戏，每种想象，用情之深，用心体悟。

然而，我的双眼已不受我掌控。恍惚中，我不停地奔跑，后面有数不清的人在追赶，有军队，有魔鬼，有同学，有同事，有朋友……追赶的人，不停地变换角色，不停地变换表情……筋疲力尽的我，拼命地跑着。突然，被一块石头绊倒，还未爬起，周遭全是屏障，我摇摇头，叹息末日将至，哀叹难以逃脱。这时，一个冷战，我睁开眼睛，窗帘透过微微的月光，方知这是一场梦。

打开手机，时间 2014 年凌晨二时。

我是以怎样的姿态迎来 2014 年？恍惚？睡梦？奔跑？

我绞尽脑汁回味刚刚的梦境，不知何意？试想如不醒来，该是怎样的结局？

其实，2013 年我一直在奔跑。我感到疲倦，感到慵懒，感到憔悴。梦是一个注解，为我一年的常态做一解析。梦之境，我在奔跑中摔倒，之后，醒来。我想不出结局的含义，不知梦的吉凶。急忙上网找周公，然而，周公也无言以答。

拭拭湿漉漉的额头，知道高烧已退。一把火焰，一场梦境，为我的 2013 年和 2014 年架起一座桥。只是这座桥，尚有玄机，而我，愚笨地无法解析。

偶然中的必要，必要中的偶然。一切都冥冥中注定，梦境为我开启了 2014 年的门扉。

梦境是一个谜，谜底将会在行走的途中揭晓。

不想让一个没有结局的梦境，影响新一年，新一天的心情，暗暗告诫自己，只要心中充满阳光，只要内心谨记恩情，只要懂得包容，只要善待一切生灵。我想，我的 2014 年将会铺满光芒，将会绽开美妙，将会顺意乐达。

不管以怎样的姿态迎来 2014 年，都是人生的一次收获。因为经历了，才知道，流光是生命旁听者，梦境是年华的过客。

2014 年的时光，也将会从指间缓缓滑过，心有所愿，看一场姹紫嫣红的春光，不管浓烈；喝一杯赏心悦目的清茶，不论暖凉；做一个洗尽铅华的女子，不管对错。淡然心弦，修因种果。

# 在期盼中老去

四季流转，光阴就这般散淡地流逝。时光匆匆，那份仓促，让人无从追赶。

2013 年里，值得回味的片段，也随着流年隐遁于记忆的相册中。所有的时光，不知不觉，被我挥霍，昨天还是繁花似锦，醒来便是落花深埋。看似惋惜，却也无奈。此刻，端坐流年的窗舷之上，扭头看来时的路，经历的人群，发生的故事，看着，看着，眼前模糊。2013 年的雾霾如同屏障，隔开了昨天与今日，切断了过往与未来。

细细想来，这一年，值得回味的片段很少，值得留存的记忆稀薄。生活、工作，平静如斯。机械地，格式化地，没有创新，没有起色，无波无澜，无风无雨。其实，这正是我所期盼的活法。不想端然于水面，只想俯身于尘埃。

正月里，曾回故里，只因友人的一次意外事故，直入吾心，为之伤感，而惹来一场大病，这一病，注定了 2013 年与医院结缘。借用同事的话：上半年住院，下半年吃药。尽管如此，这股突来的火焰，还未从心底熄灭。残存的火苗，不合时宜地还来骚扰。把 2013 年燎的不温不火，不冷不热。

一年来，身体倦懒，怠慢了文字，大脑处于空白，常常望着窗外发呆，却不知在想什么？似乎在修炼，却不知修成了什么？虽与世无争，虽不争强好胜，虽寡言沉默，但这些源于内心没有奢望，没有渴求，似乎自己置身于红尘之外，与尘世隔离。似乎放下了什么，给懒散找到了一个合理的说辞。

这一年，做得最多的事情是购书看书。或许因无所事事，读书成了一种常态，而遗憾之事，读了很多，记住甚少。记忆不知何时溜走，忘性却与自己形影不离。曾经笑话长辈的笑谈，如今时不时在自己的身上上演。看来，我也老矣。本不该这般认为，可是，诸多琐事，总有失忆相伴。本以为看书可以开智，可我愚钝的连记忆都低落尘埃。

尝试盘点一年来的收获，口袋空空，大脑空空，心也空空，唯有额头多出五线谱，发丝中多出银丝，眼前多出了灰尘。

审视一年来接触的人群，发生的故事，却是黯然。虽然每日穿梭于人与事之中，随着失忆成了别人的故事。失忆也好，忘却也罢，我喜欢这种空灵，没有嘈杂的日子，很静谧，很安然。世界是喧哗的，我能做到的，只有沉默。只是人生还需在曲曲折折的生活和纷纷乱乱的世态中游离，无法拒绝，无法躲避，唯一的方式，就是迎合。为此，百般无奈，放下昨日。放下，才能活得自在。

圣诞的夜晚，交通之声专题节目：2013 年最幸福的事情是什么？

登时，我也沉浸回忆之中，打捞一年来幸福的片段。挖空心思，也未曾找到答案。

难道我不幸福吗？不。其实，岁月待我不薄，让我的幸福很平静，平静的连风都没有吹过。让我的幸福很简单，简单的不问世事，甚至忘掉了自己的姓名。

这一年里的每一天，我都在期盼中度过。周一盼着周五，周五盼着周一，一周周随盼望而累积成一个年轮，盼望如刀，在额头刻下皱纹。

2014 年即将到来，网络热传一个"马上……"的游戏，马上有钱，马上有房……诸多网友把心中的梦想给予了马上，而我马上的愿望却是健康。2014 年马上健康是我对新一年的期望。

山高水长的岁月里，要不断地自我救赎。上天给予我诸多的安好，可还有一份念在心头踌躇。不是倦了，就有温暖的巢穴；不是渴了，就是清凉的泉水；不是冷了，就是火红的暖炉。诸多意愿，不是自己所能掌控，所能操纵。心头的这份念，就是自己的期盼，我将会期盼中等待安稳，我将在期盼中垂垂老去。

盼望催人老，然而，我无悔。

## 红彤彤过大年

越来越不喜欢过年，而又无能躲避。无法改变现实，就只能去改变自己。

为了年的到来，一进腊月，便开始为年准备着。八小时后，洗洗涮涮，大到窗帘被褥，小到遥控器包装。之后，开始扫雷一般地打扫房间，挖死角，找纰漏，唯恐落下一席之地，影响过年的心情。

年未到，我已筋疲力尽。

过完小年，开始买春联，买碗筷……同时，一家人从里到外备置新衣。

年未到，钱包空了，筋骨酸了，值得欣慰的是，家里红彤彤地洋溢着年的味道。为了迎接马年，买来小红马，为了图吉利，买来中国鱼，为了求富裕，买来发财猫；陋室虽小，却被红色点缀得喜气洋洋。我喜欢这种氛围，契合我喜欢红色的心情。

年，是红色，借助红色洋溢我内心的激情。

明知年的到来，自己又长了一岁。纵有童心无限，也无法叫停岁月的步履。明知自己目光锈蚀，已无青春的痕迹，而又不得不去改变自己来适应眼前的季节。

年与我只是一个过程。在一个年一个年走过后，沉淀的是一种思想。

礼尚往来，是春节的一个程序。这其中的五味杂陈令我看到世间的诸多面孔。有些必须拜访，因为有恩；有些不能不去，因为有过；有些不得不看，因为有预知的未来。这种无法言说的滋味，只能在内心暗自消受。

每一个年，都会令内心结集矛盾，之后，自己再一丝丝地剖解。在解结的过程中，历练心境。也许因内心聚集庞大的心结，不知所措，又找不到梳理的源头，索性剪短发，不知是妥协，还是在逃避。

仅准备年的一个腊月，给我带来的心情，等同于其余的十一个月的岁月。

尽管对年不敢恭维，但还要兴高采烈地迎接。年是老人的盼，为了一份孝心，也要把年打扮得新鲜靓丽。

我做到了。

翻开为春节买来的新衣新裤，有些失望。本想买件红色的裙装，装点年的心情。左思右想，不妥，毕竟奔五之人，已不是穿红裙的时光。纵有喜欢，也要克制。无奈，买来红袜，用那一抹微红点缀满目的沧桑。

还有几日，年来到，满屋的红，绽开满眼。看着，欢喜。我在红彤彤的年味中沉醉。

生活在"红"尘，该是眼前的风景。

对生活无太多苛求，平安，健康，该是我最虔诚的盼。

为了这份期盼，我向世俗妥协，内心的高傲暂且置放一处。为了这份盼，我向民俗求知，把年俗搬进自己的生活。为了这份盼，我改变自己，虽喜欢阳春白雪，也得做得起下里巴人。

其实，细细想来，年味中衬出俗气。然而，为了这份俗气，多少人乐此不疲地追寻。其中我也是追寻者之一。

有人说，红色俗气。但这份俗气却能唤起内心的一份向往和激情。

年，就在俗气的装扮下，红起来，如同火的颜色，燃烧着每一个对生活向往的凡心。

我是红尘中的凡人，俗人，所以，红彤彤过大年，是我眼下备足的心情。

唯一的缺憾就是，没有红裙为我招摇。


## 二十二年的温暖


1992年5月2日，我与先生完婚的日子。距今，整整二十二周年。

每年的5月2日，都是假期，为此，多出时间去怀想，去回味，去憧憬。

　　我们属于裸婚族。简单的家具，简陋的酒席，将两个简单的人结为连理。婚后，为了拥有一处自己的蜗居，先生四处奔波赚钱购置新窝。孩子出生那年，我们拥有一处自己的窝，窝很小，却是靠自己拼搏而来。随之一次次地搬迁，居所的条件渐渐提升，1999 年，拥有了一处心满意足的住所。高档的装修，时髦的家具，温馨的摆设……处处洋溢着欢快。

　　世事变迁，这些年来，我们经历了喜怒哀乐，经历了雨雪风霜，经历了贫穷富裕，经历了……每一次经历都是婚姻的收获，也夯实了婚姻的基础。

　　有过矛盾，有过偏激，有过埋怨，有过冲动……冷静地思考之后，检讨自己。婚姻不是过家家，不是演戏，涉足生活必然会有这样那样的冲突，这样那样的矛盾。反之，没有冲突和矛盾的出现，又怎能从矛盾中升华，又怎能找出冲突的焦点而彼此改变。

　　2009 年，也是婚后十七载，告别了居住二十几载的县城，搬迁到长春，住处由百余平落至七十平，居住面积少了一半，有种一落千丈的晦涩。可是，能力有限，暂且也只能去接受，去适应。

　　搬迁长春后，在他人眼里该是多么幸运的事情，而我们的内心也曾窃窃的欢喜，然而，来之外界的压力，生活的压力，让原本无忧无虑的我多出些许忧郁。随之健康告急，在困苦中，先生不离不厌不弃，一点点地抚平内心的沧桑。渐渐地，脸上又回归了从前的微笑。

　　随年龄的增长，看开许多，放下许多，简单生活，低调做事，在无欲无求中迎来了结婚二十二周年的日子。

历史上的 5 月 2 日多是阳光明媚的日子，而今年的这个日子却是冷雨敲窗。在这个阴沉沉的日子，心情也黯然失色。望着窗外细雨，思绪也随之淅淅沥沥。二十二年历经的一个个片段播放眼前，二十二年感情的一幕幕装帧记忆。借助这个飘雨的日子，腾出了更多的回忆空间，从牵手到婚姻，从婚姻到生子，从养育孩子到孩子走入大学……

傍晚，与先生就 5 月 2 日这个话题展开，谈及这些年来各自的感受和对未来的憧憬。

我说：再搬家我想买八个门的书柜，我的梦就是拥有一个敞亮的大书柜。

这个能做到，还要尽力为你营造一个书房。

我说：以前有过很多幻想，都实现了，只是劳累了你。如今老了，不敢多梦了，人生不易，只要彼此健康，只要彼此相守，虚荣是身外物，幻想不可取，简单地生活吧，不苛求，这样才能多出快乐。

只要你敢想，就该告诉我，我想我们会有一处你喜欢的楼房，有一个你喜欢的书房，我还想为你准备一个衣帽间。

我说：真的啊!

女人嘛，衣帽是最大爱好。

先生的一番话，倍受感动，温暖蔓延。不仅仅是衣帽间的幻想，而是他心中装着一个我。

时光如白驹过隙，彼此携手走过二十二载。物质上我们贫穷，而精神上却是富足。今后，要永葆平常心，安宁，平和，尽管偶生幻想，但不要过分苛求。人生本不易，何必让自己多出毫无目的的烦恼。

其实，健康地活着，就是生命最好的诠释。

## 一场虚惊后的感动

那日，在净月电力培训中心参加吉林省作协举办的文学研修班，午休时，我与同寝的美姐，还有别寝的一位靓妹，在寝室调侃着，她一言，我一句，她一语，相互掐着，嬉笑怒骂间，无比的释放，无比的轻松，无比的开心。正在我们肆无忌惮地大笑时，我的手机响起了铃声，摸出手机一看，陌生的号，我的来电一向很少，少到手机铃声一响，我都有些不知所措，不知是兴奋，还是胆怯。况且陌生号码打来的电话更是少之又少，看着这个陌生的号码，猜测是打错了电话，眨眨眼，有些诧异，接还是不接，踌躇片刻后，手忙脚乱地接听：你是博林的妈妈吧？

是啊！是啊！我边回答边点头。

我是博林的老师，他突然胃出血，现在需要手术。

瞬间，大脑膨胀，身体摇晃几下，似乎要晕倒。眼前闪过一道血光，随之，几种揣测的画面聚焦在大脑中。孩子吃饭不定时饿出了毛病？还是与同学去喝酒喝坏了胃？还是……尽管无穷的想象狂风一样刮过，但我还是强打精神地回答：在哪家医院，我马上去哈尔滨。

在哈尔滨医大一院，家长马上过来呀，手术费需要三万元。

三万元！一下子让我去哪里淘弄三万元。捏着手机的手哆哆嗦嗦:我马上去,请医生马上给孩子手术,钱一分也不会少给。

我合上手机,慌乱地东瞧西寻,迷迷糊糊的我,一下子,找不到了鞋子。不知是惊吓,还是转身过猛,眼前的房间东西摇晃,险些跌倒,忙扶住墙壁。这时,美姐问:咋了,妹,孩子病了吗?

扶着墙的我连连点头,泪水簌簌落下。当我找到鞋子穿上后,又掏出手机拨通先生的电话:孩子病了,快准备三万元。

我没与先生说更多的话,而是命令的口气让他做着一切。

刚刚还在欢笑的美姐和靓妹,也为我的慌张和焦急担起忧愁来。美姐说:我这里有张银行卡,你拿着,去银行取现金。

靓妹摸摸口袋:我口袋还有一千多元钱,你先拿着应急。

听着她俩这么一说,眼泪如决堤一般,喷涌而出。我抹着眼泪说:先不感谢了,我马上下楼打车去高速公路。

我的话音未落,就听靓妹说:等一等,这里不好打车,我找台车送你,这样节省时间。

说着,靓妹麻利地跑出寝室,去求助班里的同学了。

我急匆匆来到楼下时,靓妹找了又一个寝室的同学,一位有车的小美女。我们三人坐到车上,小美女刚要启动轿车时,我的手机又响了,迫不及待地接听:到哪里了,博林昏迷,不交钱,医院不给手术。你先把钱汇来,别耽误孩子的手术。

不知为何,似乎有人狠狠推了我一下,还向我的脑袋重重地捶下一拳,一下子冷静了,向车里的三位女友说:我突然感到这件事有些蹊跷,为啥老师这么着急要我汇钱?

小美女说:快给孩子打电话。

幸亏提醒,暗骂自己榆木脑袋,为何不先给孩子打电话沟通,了解具体情况。我颤颤巍巍地拨通了孩子的手机,居然不在服务区。心再一次紧紧揪起来。真的病了吗?是在上课?还是发生了什么意外?一边划拉手机屏幕,一边不着边地猜测,手机屏上的手指居然不听自己摆布,划拉几次才查找到孩子老师的电话。找到后,拨通,语无伦次地说明情况后,老师居然听懂了,忙告诉我:吃中午饭时还与博林通话了,他不会有事,千万不要汇钱。

听到老师这番话后,心里的石头总算落下。

与老师刚通完电话,便接到博林的电话,他告诉我:我在图书馆看书,那里信号不好。刚才同学来找我,才知道妈妈被骗了。

我把事情的来龙去脉讲给了孩子,孩子忙安慰我:儿子是阳光男孩,不会有事的。今天是一场虚惊,代我谢谢阿姨们,让他们受惊吓了。好人一生平安,她们是好人,我遥祝阿姨们心想事成。

之后,我扭身瞅瞅车内的姐妹们,她们几个居然抱在一起,都在哭泣,而泪花中闪烁的却不是忧伤。看着她们被这场虚惊扰乱了午休,很难为情地说:对不起,打扰了你们的午睡。以前总听到这样的骗局,还笑话被骗的人,今天我遇到了,为何却不淡定,咋这么笨呢,居然失去识别骗子的能力了。

美姐说:换了哪位母亲,接到这样的电话都会慌张。今天虽然被骗局骚扰了,过些日子再遇到这样的骗局,你还会上当。骗子最高的骗术,就是用亲情去制造骗局。

　　还未平复这场虚惊带来的慌乱，快到上课时间，我们都回寝室，想洗洗脸上哭过的痕迹。之后，我来到教室时，老师都已端坐在讲台，我却发现靓妹的桌位是空的，环顾四周，别的位置也没有她的身影，她哪去了？我掏出手机准备给她发短信，这时，靓妹缓缓走进了教室，脸色异常的苍白，嘴唇青紫，看着她和刚才谈笑时判若两人，不知何因，诧异地看着。待她回到桌位后，忙发了短信问：咋了？脸色不好。

　　刚才被骗子惊吓了，心脏病犯了，没事，我刚吃过速效救心丸。

　　该死的骗子。心里暗骂。同时，更深的内疚潜入心里。

　　整整一个午后，我无心听老师的讲课，眼睛时不时地瞄着靓妹，看着她虚弱无力地靠着椅子，看着她没有血色的脸，看着她那双疲惫的眼睛，我的心里无比地忧伤，无比地内疚，无比地抱歉，同时，一遍遍地懊悔，默念着：都怨我，都怨骗子。

　　瞬间，刚才的一幕幕再度在脑海中播放，本是一个骗局，却让我对骗子恨不起来，而是更多的感动盈满心海。骗局开始，姐妹们为我焦急，为我筹集医疗费，为我找车，为我落泪……这份感动暖暖的，在眸子中闪动;这份感动甜甜的，在脑海徜徉;这份感动美美地，在心底回味。

　　其实，我们几位虽然都生活在长春，最初是陌生人，不交集的，因为这次学习，我们成了学友，因为这次骗局，我们成了好友。往往在平静如斯中，学友，还有好友，甚至是恋人，都无从感受到彼此间的感情有多深，只有一同经历的磨难，一同携手闯关，一同经历某种事件，一同……才能验证友谊的含金量，才能体味到情感的真实度，正如古语说：患难见真情。

傍晚时分，靓妹的脸色才见好转，我们又一同天南海北地神侃起来。

这场虚惊，虽然找不到契合感激之情的语言去表达，但是这场虚惊，让我与一同经历这次骗局的姐妹们，拉近了距离。突然，我感觉到，这是一份从心底萌动的情感。幸福的，熨帖的，难忘的。

培训结束，姐妹们各奔东西，为了生活，又去迎接命运的一次次考验。为此，相见难。虽然如此，可内心却不孤单，因为曾经的一次感动，已经镌刻心底，伴随时光的流转，更加凝重，更加清晰，更加深刻。偶有闲时，我便拨开尘封的岁月，再度品味那一时的感动，那一刻的感触，似乎那哭声就在耳畔，那笑容就在眸前。

经历了这场虚惊，并未令人无奈，反之，收获而来的感动，才是恒久的记忆。

# 寻找终南捷径

已不是学生，却又成了学生。省作协在净月风景区举办作家高研班，我有幸成为学员。

坐了一天硬板凳，像小学生一样听课，对于成年后的人，该是很疲倦很辛苦的。晚餐后，学员们三两结伴去散步来缓解一天学习的疲倦，因我对周围环境并不熟悉，只好随通化的学员同行。

这次省作协高研班的培训地点是净月公园栅栏外的电力培训中心，培训中心附近的别墅群处，有一处铁栅栏被游人折断，为此，游人略微躬身便可以从这里逃票进入公园。我们也从此处潜进园中，看风景，听水声，闻花香。早看日出，晚听涛声。无比惬意，无比悠哉，无比美妙……无声中，这个缺口成了我们进入净月的门，也在心中认可了这扇门。从这个门进入净月可以省下 30 元门票。30 元门票对于我们而言不是负担，可是，培训中心毕竟离净月公园的正门还有几站地。从这里进入园中算是捷径，可以直接进入公园的栈道，不劳神脚步，就可以欣赏到潭水的波光，聆听布谷鸟的啼鸣。

连续几日如是，这个缺口成了我们心中的门。培训接近尾声，几位不喜散步的学员突然想去净月散步，我自告奋勇担任了导游。我信心十足地在前面引路，他们随着我谈笑风生地来到这个缺口。凭借记忆，路线无错，的的确确应该是这里。可是，我看到的却是完整的栅栏，且闪着被焊条烤过的热辣辣的光，栅栏被焊条焊接上，还没来得及涂上黑色油漆，钢铁原本的黄黑真实标注在眼前。同行的学员问我是否记忆有错，我摇摇头，这个缺口之门已成了心中的捷径和依赖，又怎能轻易忘却。可是，我看不到曾走过的那个缺口之门。我心中的捷径就此断裂，记忆就此断裂，一片希望也就此断裂。

捷径就这样消失。净月的正门一直为游人打开，是不会被铁筋焊死，是不会阻拦游人脚步。而我为了少走几站地，为了省下 30 元门票，而选择被别人折断的栅栏处，当作进出的门，看似捷径，其实却干扰了心情，助长了惰性，产生了依赖。随之捷径的消失，便多出失望和失落，以及无助。其实，这条路，这个缺口，自始至终都不属于自己，它不是正常的路，也不是真实的门，更不是真正的捷径。而我，在发现它之时，有窃喜，有兴奋，有希望，本以为这条路能伴我走很远，能为我省下 N 个 30 元，同时还节省了进出净月公园的时间。

就这样，我被这扇看似捷径的门，扰乱了原本就不踏实的心。

这次培训中，我最喜欢的授课老师是薛为民，他讲课说过的每一句话，用的每一个词，我都铭记于心间，因为喜欢聆听薛老师的授课方式，便斗胆向老师提出了一个极其幼稚的问题："写作是否有捷径，如何写好文章……"我的提问在其他学员眼里是幼稚的，低级的，可笑的。可是，这个问题却是我一直迷茫的，一直困惑的，一直奢望的。薛老师的回答很中肯，笑容可掬地告诉我："文学不是百米，而是马拉松，没有捷径，要一步步地走，好文字要用一生来证明。不要在意当下的一点虚荣，更不要贪图眼前的私欲，踏踏实实地看书写字，不要受外界干扰，就像侍弄秧苗一样，浇水，施肥，从幼小到强壮，从春天到秋天，不能拔苗助长……"

恰好，聆听薛老师这堂课的当天，我发现进出净月公园捷径之门的消失，冥冥中感觉这是命运使然，是给我一种暗示，也是给我一个启迪，更是给我一种警醒。万丈高楼平地起，愈高的大楼，需要愈稳固的基础。人生没有捷径，它需要脚踏实地的过程，创作也如此。

作家林清玄谈到自己的写作时说："我是个农夫的儿子，我就有一个体会：庄稼每年只能收成一次，但每天都得下田工作。

而作家的精神也是如此，这也是我给自己的规范。"20年来，他不断地写作，从未间断，从未幻想过找捷径。细细想来不仅仅只有作家写作如此，从事每一种行业，都应该学习农夫的精神，每日耕耘，时候到了，总会看到收成。

所谓的捷径，是最近便的小路，是能较快地到达目的地的巧妙手段或办法。很多人一夜暴富，还有很多女人嫁入豪门，看似他们的人生经历缩短了，付出的努力缩短了，坎坷的煎熬缩短了，可是，他们幸福吗？其实幸福是没有捷径的，幸福更多时，是在享受过程，并非刻意强调结果。很多时候，我们羡慕那些奥运冠军，可是又吃不了那份辛苦，只能对冠军赋予仰望的姿态。人生没有捷径，幸福没有捷径，每个人都想找到一条通往山顶的捷径，如同很多人到股市买进卖出都是为了赚到钱，谁也不想血本无归。希望有捷径知道某只股票是潜力股，就一定买进，同样道理，假如一只股票看似垃圾股，即使以后会涨，也不愿买进。

譬如坐电梯时，很多人就在等待搭电梯上楼，与其等待不如去走楼梯，很多时候，有些人不肯去走楼梯，走楼梯的人早已到达了目的地，等电梯的人还在因人多苦苦地等待。如果放弃电梯，走楼梯尽管有些辛苦，但是，在登楼梯的过程中却能享受到另一番风景，却能收获另一种感受。放弃人生的电梯吧！成功是没有捷径的。

人生的目标，在于向前，也在于拐弯；人生的成长，在于学习，也在于经历；人生的修养，在于顿悟，也在于静修。人生，没有永远的伤痛，没有过不去的坎坷。还是让我们学学杨柳，看似柔弱却坚韧，狂风吹不断。人生与幸福要少走弯路，其实是没有捷径可言，有些过程无法省略掉，尤其是心灵的历程。如果有些路，一定要走，就不要逃避或耍小聪明，不要找捷径，否则才是真正地走弯路。

从古至今，没有谁能够用最短的时间，最直接的人生距离抵达目标。人生只有走出来的美丽，没有等出来的辉煌。最短的距离是从手到嘴，最长的距离是从说到做。付出时间，是唯一的捷径。

## 算盘情思

算盘是中国的"第五大发明"，如今很多年轻人，对它日渐陌生，但20多年前，所有商家离了它寸步难行。

不管岁月如何对待，而我对它却情有独钟，其中的情愫早已深埋心底，尽管岁月更迭，可与它的情感却常常萦绕脑畔。每次怀想，清脆的啪啪声会时常在耳边响起，带我穿越回到昔日青葱的岁月。

老人常说的"三下五除二"，出自一句珠算加法口诀，其引申意为做事干净利落。潜隐间，也成为我做事的标准和目标。还有一上一，二上二，三下五去二，四下五去一，五去五进一，六上一去五进一，七上二去五进一，八上三去五进一，九上四去五进一等珠算加法口诀，小时候，我没用算盘时就背得滚瓜烂熟。算盘中有文化，其内涵博大深远，做数学题，做生意算账，科学精密计算等，靠它节省了大量的劳动力，它完成了历史赋予它的重要使命，它见证了社会发展的历程，它凝结着财务工作者的心血。

从前，会计人员被称为账房先生。算账的最原始的计算工具就是算盘。那时，每一位会计必须会打算盘，最牛的会计，也叫掌柜，左手打算盘，右手记账，边打边记，这一手我一直羡慕，也在一直效仿。然而，时代在进步，还没练成，算盘便被先进的计算工具取代了。

因为算盘珠的圆润，我喜欢上了算盘，所以在选择职业时便倾心于财务。还因为痴迷而刻苦的练习，而成了名副其实的会计。那时，我的工作时间与算盘是默契的，是缠绵的，是厮守的，拨动算盘珠是我每日必修的功课。

刚工作时，因为年轻，被委派参加全市珠算大赛。练习是一件很辛苦的事情，为了在比赛中取得名次，我刻意添置一台微小的算盘，揣在口袋里，一有空闲就拿出来练习。一次去洗手间拿出小算盘练习着，却忘记了自己来此处的目的，很久没有出去，门外的同事等了很久不见人出来，不得不狠狠地砸门，这时，我才如梦方醒，很羞涩地离开。冰冻三尺，非一日之寒，因为我的刻苦，熟能生巧，功到自然成，在珠算大赛上，加减乘除毫无差错而成为冠军。成绩在，荣誉在，喜欢自然在。进而算盘在我的工作应用中发挥到了极致。因为它所带来的荣誉，我成为优秀的财务人。那时，财务人，也就是会计。他们的计算工具必须依靠算盘，明细账累加，月末商品账转成本，会计报表的加加减减……总之，企业的收入和支出都被小小的算盘掌控着，似乎算盘一响，日进黄金万两的感觉，在企业里，它是"哑巴"会计。而我也因自己在算盘上成绩的优势，得到企业的青睐和器重，常常代表企业参加各种财务竞赛和表演。算盘为我争取存在感立下了汗马功劳。

社会在进步，科技在发展。我与算盘迷醉在热恋中时，企业添置了计算器，巴掌大的计算器可以用一指禅即可完成计算工作，且计算结果准确无误，短时期就征服了很多财务人员。当时，作为财务人员能够拥有一台计算器也是很高的奖赏。虽然我的珠算甚好，但也想拥有一台现代化的计算工具。这时，我暂没有遗弃算盘，但却借助计算器计算乘除，计算器在慢慢替代算盘，我与算盘相濡以沫的岁月短暂。渐渐地，算盘被计算器征服了，算盘的使用率在日日降低，最终它也被我这珠算冠军所冷落。有了计算器介入工作，月末成本结算时减少了很多时间，结账轻松许多。随之年轻人充实财务队伍，算盘便变成了文物。无奈，为了顺应大时代大变迁，我只好把算盘收起，当作一个宝贝收起。

与此同时，大学里的会计专业也不再设有珠算课，对于我曾经苦练而考取的珠算证也定格在那段时期的辉煌。然而，计算器的使用仅属一个过渡。财务电算化的推进，计算器也成了进步的淘汰品。最初实施财务电算化，更多的是迷茫，因为神秘而缩手缩脚。那年，我参加了中油财务电算的第一次初始化，大量的明细账初识定格在电脑数据的终端。那时，因老财务人员对计算机的畏惧纷纷离岗，而我却是财务人员中年龄最小的"老"会计，只能单枪匹马承担整个经营处的财务结算工作，在这次初始化中，只有我一人将账务明细账全部输入计算机。之后，我发现，总账的明细并不是手工录入，而是点击计算机左上角的计算功能，总账明细清晰可见。其实，这是软件的优势，这是进步的优越，而我却兴奋得一夜未眠。太惊奇了呀，比算盘还准确，比计算器还快捷，仅仅点击一下计算，减少了多少时间。

记得有句话：时间就是成本，节省时间便是增加了效率。

从最初的自动计算总账，随后自动计算财务报表，我追随着财务电算化的一步步升级，以至于脱离手工制作凭证，手工记录总账，而今步入无纸化财务办公时代。仅凭一台电脑，便可以完成财务结算的全部过程。

在我工作之初，我的第一份财务工作便是银行账对账。首先要一笔笔地把银行发生的业务登记在账本上，之后再与银行提供的对账单一笔笔核对，把双方遗漏下的数据登记在一张纸上，而这里的计算全靠算盘完成。企业现金流量频繁，每日都有在途资金，无形中，银行对账工作冗长，劳累。只因算盘的功底甚好，减少了很多错误的发生，无形中也算节约了时间成本。而今计算机对账的启用，依靠软件清除相同的业务，对于未达账目也是自动计算而成，况且遗漏下的未达款项时间、来源和金额一目了然，少去以往翻阅凭证查找确定款项未达的原因。

面对先进的计算功能，内心小小窃喜后，未免有了一丝伤感，为自己算盘手艺不能发挥而失落。细细想来，算盘这个民族文化的遗产也该是人类最初的计算机吧。而自己也为涉足和使用过即将消失的文化遗产而欣慰。计算机普遍使用的今天，古老的算盘虽被冷落，但并没有被废弃，它的灵便，它的准确，在许多国家方兴未艾。万变不离其宗，最先进的电子计算机也是依靠算盘的加减乘除的传统方式去完成先进的计算功能。改革不间断，如今，云数据的应用，让会计结算工作更加快捷和方便，说来，算盘应当是发展的基础。

时间的进步，总会有新的程序取代旧的事物。回顾财务工作的几十年光景，目睹财务核算的一步步升级，其中的进步是我工作之初想都不敢想的。然而，飞速前进的列车已载我前行，不仅目睹，而且亲历，常常被这种飞跃式的进步惊喜得目瞪口呆，我深知，只能夯实自身的能力，否则将被进步的车轮落得无影无踪。

有时怀旧，拿出心爱的算盘一遍遍摩挲，它是开启我工作之门的钥匙。记忆的片段展开，练习算盘的冗繁，埋头计算的疲惫，计算报表的辛劳都已成为过去时。算盘同时镌刻着时代变迁与进步。如今，踏上科技的腾飞之船，作为老财务，常常被一次次软件的升级而撼动。每一次变迁，都是在脱开手工劳作的烦累，都是在鸣唱进步的交响，都是给社会递交满意的答卷。

算盘陪伴我曾经的荣誉，尘封在历史的长河中。可是，面对进步的计算机软件，又升腾无尽的自豪感，那些加班熬夜的财务结账工作也随算盘的隐居而退避三舍。

我为自己幸运，经历了财务软件的一次次升级，而让诸多财务人员成为"甩手的掌柜"。已被列为世界非物质文化遗产的算盘，我亲密的伙伴，此刻，你也一定与我一样，如同被强行抬下火线的战士，心底依然为战友们的冲锋、胜利而加油，是吗？

# 只为一句话

孩子面临高考，心焦气躁，本想利用周日清晨的休息与他沟通，没说上几句话，我与孩子间就弥漫着火药味。

我端出家长的姿态，想压住孩子的倔强；孩子不甘示弱，得理不饶人。彼此都无退让之意，矛盾达到白炽化。我被孩子的嚣张气焰惹怒，冲动地打开房门，告诉孩子，就算我白养你这么多年，你可以走了，我不要你这个孩子了。

话一出口，便后悔。身为家长又不甘放下家长的架子。只见孩子扭头去穿外衣，去背书包。问题的严重在话音落地时就已定音。怎么办？苦口婆心的良言，孩子不进言语；恼怒的气话，孩子却字字领受。进退两难之际，我想起孩子的老师，忙抄起电话拨通孩子老师的手机。

孩子的老师80后，很年轻，孩子刚上高中时，曾对这位乳臭未干的年轻人质疑，如此年轻，能管住以自我为中心的90后吗？渐渐地发现，这位老师，年龄虽小，教育方法却很老到。我粗枝大叶地告诉老师，由于我与孩子谈心时，方法不对，语言过激，愤怒之下撵孩子走，没想到孩子真要离家。老师授意我将电话递给孩子，只听见孩子哭哭啼啼地向老师说我如何如何不理解他，怎样怎样地歪曲他。师生二人你一言我一句地唠着，我只能听见孩子数落我的种种不是，却听不见老师如何说教，慢慢地，孩子的语气平和，不停地点头，说着是的，我错了。

搁下电话，孩子回到自己的房间，没有离开之意，我的心才算安稳。

很长一段时间，孩子的话语很少，但却很乖巧，一喊即来，啥事说一遍便能去做。我的心头一直迷惑，老师说了什么话，让孩子变得如此地听话，胜过家长日复一日的说教？

过了一周，学校公布月考分数，孩子回家后欣喜地向我报喜。看孩子心情极好，便试探着问，那日妈妈气头上，撵你离家，老师与你说了啥，你改变的念头？

也没说啥。我说父母不理解我，总挑我毛病。老师说，你知足吧，如今我想让妈妈挑我毛病，想让爸爸打我，都没有人了。孩子告诉我。

我知道年轻的小老师前年父亲去世，今年发现母亲又得了重病卧床不起，老师也在痛苦中与孩子进行心灵的沟通。

看着孩子，我无语。

孩子继续说着，这些日子，我也在想，有父母骂我打我，是我的幸福。那些孤儿，想得到父母打骂的机会都没有。只为老师这句话，改变您和我当时冲动的决定。我没有出走，想来，我做得不对了，才让妈妈那样的生气。

有时，唠唠叨叨，喋喋不休，起不到教育孩子的目的。往往一句话，看似简单，蕴藏深刻，却是和风细雨。

## 妇女节饺子赛

"三八妇女节，包饺子比赛，谁报名？"组长公布企业工会组织活动的消息。

包饺子，我的强项。只是从没有用此技能参加过什么比赛。正在琢磨是否参加时，一小姐妹拍拍我的肩说："姐，你能行。报名吧。"

我极其听劝报了名。

从报名参加到比赛时间只有四十八小时，虽不赢天，也不赢地，可心里还是揣着忐忑。隐隐担心，比赛巧手露怯，多丢人现眼啊。

原以为包饺子，只是生活抑或是饮食的一个片段，没想到会纳入赛事，小小压力袭来，心骚动着，又期待着，决定临阵磨枪，赛前演练。当日回家，便和面，剁馅，自己热火朝天地演练一番。秒表计时，按时间算出产出。求数量，忽略质量，九分钟包了六十枚水饺。还未等下锅，就发到微信朋友圈，让微友们分享。

在期待中，赛事以分钟的速度临近，我在安抚忐忑之心的同时，脑海设想比赛的节奏和步骤。比赛三人，一男两女，还好，比赛成员都是一个战壕的战友，平日工作磨合默契，眼神有时都能解决难题。出乎意料，有人爆料说："机关另一个队的男选手是大厨出身。"听到爆料，跃跃欲试之心降了温度。

比赛前，穿上工会买来的大厨服装，戴上厨师帽，镜子前面一站，蛮有厨师的"范"，为了留下纪念，在朋友圈发了心情：包饺算一技，足以混生活，三八入赛事，岁月不蹉跎。

比赛条件：二十分钟必须完成一百五十个饺子，不准剩饺子皮，比赛结束，面板收拾干净利索，服装不能沾有面粉。

比赛在食堂进行，很隆重，有领导出席，有员工助威，还有志愿者服务。当主持人喊出"开始"，一块面，三人揉，之后分工，一人揪面团，一人擀皮子，我负责包。立刻，热火朝天，连抬头都觉得是浪费时间，由于过于专注，耳朵都成了摆设。连领导来观战，同事来喝彩，都被忽略。二十分钟很快，感觉刚投入赛事，便迎来了结局。一句停止，我放下了最后一枚饺子。裁判按规则计分后，我们队包了二百一十五枚饺子。得分排名第一，赢得冠军。

很兴奋，我突破了练习时一分钟七枚饺子的纪录。

赛后，同事问询为啥包饺子这么快？

这时，我才认真去想为啥热衷包饺子，速度略比他人快一些。想想该是父亲愿意吃饺子，他又不自己动手去包，母亲贤惠，总是默默地承受着家里的一切，在我小的时候，包括包饺子，都是母亲自己在做。我在观察母亲一举一动中渐渐懂事，七岁便开始帮母亲做家务，虽然最初总帮倒忙，一点点参与，一点点地分担了母亲的劳累。包饺子时一定帮着母亲，这样，便减轻了母亲一半的辛劳。久之，练就了自己的这份技能。其实有些能力是无奈地获得，却能成就人生。只可惜包饺子只能算生活的一点技能，无法与人生相提并论。

比赛是三月四日进行的。三月八日我去看望母亲，没有给母亲买礼物，我想给母亲包饺子过节。我一边包，一边给母亲讲比赛的过程，及荣获了冠军的感受。母亲听后很开心地说："我就知道我姑娘能行！"

其实，我一直在母亲"你能行"的目光中，踏实地走着人生之路。潜移默化间，我一点点模仿，一点点学习母亲的持家及生活之道。母亲是我人生的第一位老师，她教会了我做人和做事。

如今，母亲老了，也病了。我与她老人家开始生活换位，一如她养大我一样，我成了她的家长。她陪我长大，我陪她老去。

## 生　日　面

似醒非醒，还在回味梦中的情景。这时，手机滴答声把我唤醒，微信有消息，打开很惊喜，原来是食堂的妹妹发来生日快乐的祝福。顿时，睡意全无，美滋滋地回复谢谢，并为这份意想不到的祝福感动着。

其实，我都忘记了这个日子，感谢这位妹妹的提醒。

近些年来，我抵触过生日，孩提时对生日的期盼早已变成了如今的恐慌，恐慌皱纹，恐慌白发，恐慌病痛……每年经历一次生日，便与衰老更近了一步，所以内心对生日持排斥的态度。

六月末，企业为家和文化的推进，党办收集了员工的生日信息。出生时，父母只记得我阴历的生日，五月二十一，今年阳历七月四日是我阴历的生日。因为阴历是动态，每年的生日都不是固定的日子。

人的内心是矛盾的，潜意识里对生日是排斥的，却欢喜和领受来自生日的祝福。即使不想轰轰烈烈地过个生日，但却在意好友的祝福。

我在祝福的短信和红包中，兴高采烈地来到了单位。

单位食堂经过改造重新装修后，在食堂的大门左边挂着一块温馨生日的提示板，粉腻的背景明晃晃写着我的名字，瞬间，被幸福拥抱，突如其来的祝福让我不知如何是好，万语千言也无法形容内心的激动。

我是幸运的人，也是幸运的员工，七一启动生日祝福后，我是第一位领受生日祝福的人。

望着提示板上红彤彤我的名字，心头暖暖，这是来自企业的温暖，这是一个大家庭给予的关爱。移步进入餐厅，一碗盛满祝福的长寿面摆在餐桌上，红绿相间的配菜，雕花的鸡蛋如同一双可爱的眼睛望着我，似乎又在等待我来为它剪裁。这不是一碗普通的面，在我的眼里，这碗面，气壮山河，徜徉着企业无边无际的爱，以及企业殷殷的祝福。

我幸福地捧着面，却不忍心食它，唯恐搅乱了这份祝福的美好，唯恐破坏了这幅画面的美丽。

记忆中，吃过的生日面几十碗，有妈妈的手擀面，有爱人的刀切面，有孩子水煮挂面……唯有眼前这碗面，是企业的祝福，盛满领导和全体员工的祝福。这时，这碗生日面幻化成一朵朵微笑，一个个音符，我的眼前翻飞着员工们的祝福，我的耳畔似乎弹奏着生日的歌谣。

我满眼飘着热雨，幸福地品尝着别有味道的生日面。

一碗面，企业所赐，幸福感爆棚，从这碗面的情愫中体味到温暖。一碗面，很简单，却包容着万千百十的祝福，我在受宠若惊中感动，并在感动中感恩。

这碗面，温暖的铺垫，内心荡漾着满满的激情和憧憬，我又怎能辜负企业辜负家，将会在感恩中回报我的企业我的家，努力经营着自己的工作。

本想悄然地度过生日的这一天，可是，这碗生日面让我无法低调地沉潜，因为这份幸福从天而降；本不喜欢过生日，而热腾腾的生日面让我幸福感爆棚。如此而来，生日变成了盼，不问青丝白发，不问皱纹沧桑，不问步履蹒跚，只为生日面中热情的拥抱。

## 恩情相伴

"你的书法入吉林省书法展了！"

得知这个消息时，我很惊愕，且不敢相信。毕竟我是初学者，只是心中有个与生俱来的梦而已。

孩提时，常常对着课本发呆，因为书中的铅字，如此美妙，注视着，似乎在赏读一段段舞蹈，似乎在欣赏一朵朵花开，似乎在与古人对话。那时的我，有些呆，有些傻，常常为一个汉字而变得安静，也常常因为一个汉字而变得恐慌。我对每一个字想入非非，我又对每一个汉字传递爱意。

为此，常常在报纸上用铅笔临写。

逐渐认识毛笔后，莫名喜欢，小女孩的梦里，希望自己也有一支毛笔，一支神笔马良一样的毛笔。梦想终归是梦想，童年的毛笔成了永恒的盼。

读师范时，毛笔梦如愿了。可惜，每周只有一堂课。平日还有这样那样的功课需要进修，有了毛笔，临帖却时常倦怠。就这样，初一握握笔，十五研研墨，青年人的不踏实，我成了代言。

尽管如此，对书法痴迷的感觉依然在。

时光荏苒，一晃我也即将步入半百之列。心中的梦也被岁月尘封，童年的那份欢喜也随之淡去。

2015 年 5 月，长春分公司成立了文化活动中心，其中一项是书法。带着试试看的心态，我走入文化活动中心。眼前一亮，中国书协会员马国有竟是我们的书法老师。

中国书协会员，那绝不是徒有虚名，能入中国书协，全凭真功夫真本事，全凭岁月的打磨，全凭自身努力的修为。内心由衷地敬佩马老师之时，暗暗给自己鼓气：有如此功力的书法老师授课，那可是难得的福分，必须重拾笔墨，圆孩提的梦。

就这样，在马老师的指导下，我从一点一捺入手，一笔笔练，一笔笔悟，尽管写出的字幼稚可笑，而马老师却一直鼓励，明知马老师的鼓励是激励，并不是自己真实能力的体现，但也乐此不疲地接受着。

同年十月，长春市工会举办职工书法展，马老师建议我试试写作品。在马老师一字字指导下，我有种初生牛犊不怕虎的精神，写了一幅毛泽东诗词的隶书参加，之后，不抱有任何希望，而继续去琢磨碑文。不久，我得知作品荣获长春市工会职工书法展三等奖。

听此消息，揉揉耳朵，确认真实。这可是我习帖练字的处女之奖，于人生的意义何等重要！这时，盈满心怀的全是感恩，感谢分公司领导成立文化活动中心，感谢马国有老师耐心的指导。

有了第一次获奖的激励，练字的热情高涨。与此同时，放弃了平日的许多游戏时间，开始沉入字帖碑文的琢磨和练习。

我很珍惜文化活动中心每周书法练习时间。人生濒临半百，已浪费了许多光阴，追忆中全是遗憾和懊悔。当下，企业文化的推进，才有此习字的机会，这是人生的偏得，更是生命的珍贵。珍惜这次机会，不亚于珍惜自己的生命。

时光的指针滴答滴答转到 2016 年，与我，生命又减少一年。

越发觉得生命可贵，越发觉得自己愧对人生，习字的态度便更沉实。

前不久，吉林省基层书法展，马老师再次鼓励我参加。依然忐忑，依然迷茫，但有马老师作为后盾，内心的恐慌略减。交出一副对联后，依然是参与的态度。毕竟吉林省内大家云云，我等鼠辈不求花儿开，只做无名草。当得知作品入展吉林省书法展时，我真想借助电波，抑或麦克，把我内心的澎湃传播。一颗激动的心，跳跃的全是感激。

感谢企业，感谢领导，感谢老师。

这时，我想起汪国真的一首诗《感谢》：让我怎样感谢你，当我走向你的时候，我原想收获一缕春风，你却给了我整个春天……

其实，我握起毛笔，本想圆孩提的梦，可命运却给了我意想不到的收获。

这次收获是企业、是领导、是老师给予的恩情。人生近半百，忽略许多，唯有恩情与我一路同行。

因为恩情相伴，我的远方花香四溢。

## 一半欣喜，一半感恩

家是停泊的港湾，家是幸福的源泉，家是心灵的驿站。我们的企业我的家，任我们停泊，让我们栖息，为我们助力。

身为企业的一分子，内心满满的自豪感。

最近，长春分公司推出了"我爱我家"书画摄影展。看到此信息，心花怒放。儿时的爱好与书画结缘，只因喜欢，看得多，练得少，至于赛事多是敬而远之。最主要内心缺少底气。

然而，这个消息如静水中的一枚石子，在心湖中激荡起涟漪。欣喜过后，有些忐忑，跃跃欲试，又止步不前，矛盾中，马国友老师鼓励我："写幅作品参加展览吧，只有参与才能看出差距，才能进步。"

想想自己一直的胆怯，才让自己故步自封。要听马老师的诚恳建议，所以这次撇开羞涩，大胆地参与作品的研磨。心想，只有这样，才能看到自己的不足。这次，想法和行动同步，回家找出《道德经》句子认真地在宣纸上开始了研磨。写好第一篇拿给马老师审阅，马老师指出不足及提出建议，茅塞顿开，正好弥补研磨时的疑惑。接连三四天，每天都拿出作品让马老师审核，最后交上了一幅作品。

"我爱我家"书画摄影展展出当日我在休假中，在同事的朋友圈看到一幅幅作品如一个个士兵笔直地站在长廊中，很威武，很潇洒，又很大气磅礴。

当休假归来后，迫不及待地去欣赏展品。但见长廊中展出了书画摄影作品，我的这幅拙作却被挂在第一排，字形丑陋，落笔幼稚，却被挂在首位，受宠若惊，欣赏中，面色绯红，更多是愧对于这次活动。同时，内心泛滥成"灾"的全是感激。

从心而论，即使天才，没有舞台也无法成就天鹅的梦。而我况且只是爱好，如果没有企业这片艺术的天空，我又怎能重拾笔墨驰骋于墨色间。是企业文化的引领和助推，让内心的艺术之花萌芽，至于开出怎样的花朵，全凭后天的勤奋和努力。企业把艺术的框架架起，企业把艺术的舞台搭建，员工们可以尽情地发挥自己的才能，彰显自己的艺术潜能。

感恩企业，感恩老师。

曾几何时，我悄然地遗憾自己骨子里的那份艺术渴望没有土壤去培育，也因惰性，还因迷惑，是企业的家和文化开启了员工追求艺术之门，并提供各领域的老师指导和引领，在天时地利人和的当下，艺术的渴望被唤醒，才让一颗颗萌芽吐露了端倪。

纵然我的作品不尽人意，但是，儿时的梦没有沉沦，在家和文化的助推中，为自己内心的渴望找到了沃野。

随之思绪渐渐沉静后，我逐一地欣赏了同事们的佳作。平日里，看似不显山不露水的同事，居然胸怀锦绣，画出意蕴悠长的画作，写出遒劲有力的书法，拍出韵味深远的作品，我们的企业藏龙卧虎。曾经自怜自己没有艺术的引领，当下，这些作品，这些作者都是自己艺术的老师，也是艺术的引领。三人行必有我师焉，这些怀揣艺术天分的同事都是我的楷模。

同事是上天送给自己的兄弟姐妹，这些怀揣艺术细胞的同事是企业送给自己的老师。在这样的企业里工作和生活，幸福感爆棚，企业想你所想，做你所做。

在书法的道路上，我如蹒跚学步的孩童，可是，内心的梦确一直伴随着我，有企业的助推，为我书画求索的征程增加了捷径，减少了弯坡。同时，也坚信，随着家和文化的一步步前行，离自己梦想也越来越近。越发这样去想，越发感恩我的企业我的家。

## 磕绊二〇一八

忙忙碌碌，不知不觉，抵达岁月的渡口，与昨天且行且远。

每一年的岁尾，似乎都要有仪式感，那就例行公事总结一番。

不知为何，此时此刻，端坐屏前，内心如泄气的皮球，没有任何激情荡漾，不愿去总结流年，也不想去告别过往，因为内心深处有落花，世事沧桑牵绊眼。但是，人生的记录不能随波逐流，不能任性索然。那好吧，满腹不情愿，也要强作欢颜。

虽然二〇一八年，一路磕磕绊绊，多少光阴逝去，多少流年更改。但是，我依然对过往的遗憾后，更多的是对时光的眷恋。在日历被一张张扯光，迎来的却是新的朝阳。只因内心有纠结，有委屈，荧屏前却泪流满面。

不平静的一年，每一天有色彩，每一天有温度，每一天都是故事的原创。因为不平静，所谓的波澜成了故事。

虽然身体多年来小病缠绕，但并无大碍。所以年初的偏头疼并没有在意，吃药不见效果，但也继续为药店奉献。扳着手指细数年轮，想来该是更年期的段落。这样想来，身体的不适便有了说辞。然而，三月份，回故乡殡仪馆送朋友母亲后，不知是天意，还是偏差，激烈的头疼不得不让我去看医生，随后被按下住院，之后的二十一天里，经过针灸理疗，及静点药水和服用中药，偏头疼奇迹般地治愈。本来突发的头疼很无奈，住院却疗治了顽固性的头疼。

十一去威海度假回来，脖颈疼痛，看医生后，方知不受欢迎的纤维瘤悄悄入侵。与手术刀一番"肉搏"后，病理又节外生枝，只能去北京进一步确诊。一番折腾，破财，也算免灾。随着时间的沉淀，心态的好转，把医生的恐吓也置之耳外。

在每一个新年来临之际，都会对崭新的未知寄予期望，所谓的计划或目标如浪花，只在新年伊始澎湃。而不期许的忧伤又总在不合时宜时不请自来。人生既然如此，目标的畅想只能取悦自己，不受待见的忧伤权当插曲。人生就是心电图，若是一帆风顺，生命便戛然而止。有插曲，有波澜，便是生命的存在。未知的畅想，便也成了昙花一现。

一年一次的出游并没有因为囊中羞涩而搁浅。本意国内走走也算了却一份心愿。而先生单位员工带家属日本旅游，我借光又走出了国门。回来不久，不安分的心还未平稳，与朋友又去了海参崴。行走让人心中愉悦，尽管耗费财力，但也无憾。只可惜，生活的牵绊，工作的束缚，回到长春后，只能把心放逐在路上。世间最美的抵达，便是自己的内心。

一年里，工作之余的爱好依然是写作，不敢妄言成绩，只因大部分时间都与撰写的中草药缠绵，并没有太多作品刊发。但是，省作协却恩赐了我，先后随儿委会和散文委员会采风梅河口和敦化。这两座城市曾是生我和养我的城市，与我有着无法割舍的情缘，借采风之际，故地重游，拾捡回来好多回忆，一路风光，一路感受，也一路感动。尽管健康频闪警报，我依然埋头完成生命中的第一部书稿，中草药系列，二十万字的书稿如自己的孩子经过怀胎十月而诞生，虽然尚未找到出版商，但毕竟是我砥砺冬寒夏燥一字字劳动的结晶，书稿的优与劣，暂且不去评判，自己的孩子尽管其貌不扬，但在妈妈的心中总是最美。

父母成了候鸟，寒冬在海南，一年中的大部分时光都与我隔着电波交流，回到东北只有四五个月时光，如此短暂。可是，东北的寒冬已不适合多病的父母，满满的孝心因距离遥遥而寄托给远方。

孩子工作后，成了顶天立地的男子汉，在单位独当一面。孩子的成长和成绩斐然，然而，工作强度的重压，无暇顾及父母，每周一个电话成了我的盼。周五深夜的来电成了我的兴奋点。为此，多眠的我在周五的晚上，想尽一切办法让自己清醒。

岁月的恩赐，结识了几位国学老师，整整一年，开心而忙碌地去学习传统文化，虽然记忆欠佳，存于心，记于脑，并不多。在一次次碰撞后，大脑产生醉氧感，记住的经典却藏于心底，无比珍贵，千金不换。因为参与聆听，一样洗涤心灵。无欲无求中，用经典历练心境。

内心不管如何纠结，感恩常在。工作中，企业给予了宽绰的政策，同事温馨，领导温暖，似乎工作与我是最快乐的事情。默默地感激企业，感激领导，感激同事。并非冠冕堂皇，而是源于心底的感动。我是幸运的，遇见的人，都是发热体，总能在我寒冷之时，送我一份拥抱，让我不至于沉落和失望。感恩常在，幸运常在。只是，我亏欠的人亏欠的情随生命的长度而增多。我总在想如何去感恩，如何去报答，而这个问题却一直没有付诸行动，让内心的亏欠还与日俱增。

时光滴答，岁月潺潺，又是一年的终点。终与始的交汇点，易怀念，惜当下，畅未来。一切过往，皆为序章。在新的一年，对人对事依旧有所期待，躺下忘掉旧事，醒来便是重生。不管岁月如何待我，一如既往地去热爱生活。不去在意生命短长，活着就是最大的快乐。转身刹那，即是经年，面对岁月，先干为敬。

梦还在继续，路还在期许。天高云尚远，但我看得见。

## 细说猪缘　笑谈祝愿

猪的绰号很多，笨猪，懒猪，馋猪……仅仅这三个都早已被我冠名好多年。

说我笨猪，有理有据。我并不是早产儿，可四肢的协调却总出问题。女孩子的玩具，跳绳，跳皮筋，扔口袋……我样样都不会。最初，同学玩游戏带着我，可我总是不能正常发挥，不是被绳绊脚，就是横竖都跳不过去，同学开始讨厌我。而我，并不知趣，却总缠着她们，万般无奈，她们只好让我帮着数数，却还口口声声说我学习好，数数准确。不知香臭的我还真信以为真，数得蛮认真。可她们并不厚道，背着我送一个绰号——

笨猪。

最初听见，哭了鼻子，找母亲讨公道，母亲可怜我，用一根麻绳拴着一个口袋让我踢，我以为这样就可以胜过同学，结果同学变本加厉，居然指着鼻子喊我笨猪。喊的遍数多了，学校里很多人居然不知道我的名字了。

年龄小，心事简单，本以为换了环境就可以换个角色活色生香。师范时，尽管体育不及格，常常被罚站，但无人喊我笨，笨猪自然离我远去。随之而来的却是贪睡贪吃，常常贪睡影响早操，被老师堵在被窝，老师望着不成才的我，送我新的绰号，懒猪。民间有句俗语，死猪不怕开水烫，因为得以绰号后，变本加厉，贪睡误了早操是常有的事，反正名声在外，那就让懒合情合理，发扬其"光大"。

那时，学校的伙食很差，清水白菜汤，无滋无味，很难下咽。常悄悄地跑出校外，买袋方便面，买盘炒菜……那个年龄也算少女，情窦未初开，那点心思都用在吃上，不学无术，上午的第四节课，满脑子都是中午吃啥。年龄大我的女生送我馋猪的雅号，只因为馋猪冠名，哪还有男生青睐，在青春萌动时，我却无心去恋，也无人恋我。

尽管如此，也没有改变习性，渐渐地，懒被说成了有福气。馋被说成了吃货。叫法优雅了，可本质却无从改变。不管如何定位我，一个关键的"猪"却不离不弃。

猪之缘与生俱来，却源远流长。

都说没有绰号不发家，我的绰号一箩筐，没见发家，却见发福。其实，发福也不奇怪，典型的猪的生活习性。贪睡，贪吃，不爱运动，不胖都对不起白花花的米饭，还有夜夜美梦的恩惠。随之的胖猪成了我的名字，反正与猪缘分资深，加何修饰，都还是与猪字不离不弃。想起小时候，骂人的一句话，你是猪。其实，这些年来，在他人的眼里我就是一头猪，笨，懒，馋，胖……只是修饰不同，主语不同。这样想来，我比较专一，从未移情别恋。

最主要，我的伙伴们对我的定性也没有改变。从不曾改变，不是我的能耐，而是别人对我的认同充满信任，对我的认可也从没有怀疑。

早期，对"猪"之光环罩着，还有伤感，时不时叩问自己哪里做得不好。时间久了，真的不在意了，不管如何喊我猪，户口本上还是有一席之位，这点就是我与猪的区别。有时，在身心疲惫时，想想真成了一头猪也挺好，看上去永远是无忧无虑，吃饭永远是津津有味，睡觉永远是酣然而睡……我真羡慕你呀，唉，有时候想想，像你那样做头猪也挺好的。有吃有喝不用劳动，不用思考，不用伤心，哼哼呀呀，开开心心，完成短暂的一生。可惜，我依然还是一个人。

时代变了，如今被冠名为猪，却是昵称。可惜人已近半百，牙口不好，睡眠不佳，懒，馋不知何时离我而去，至于笨，年龄老矣，名副其实地属于我。眼下的胖，与日俱增，想来不会有变故，只会在胖的基础上变成 N 次方。

我与猪的感情就这样深厚了，与猪之间的瓜葛也这样深刻了。猪年来临之际，我比较兴奋，似乎我当了主人一样，再宴请流年，365 天都成了朋友。我将如何款待岁月？思来想去，就用自己笨拙的笔给自己画出一张张自画像，用猪的五官，我的思想，合成一幅靓照。作为人，我的思维肤浅，把我的思维付诸猪，猪会变得渊博。

虽然我有诸多与猪有关的绰号，归根结底，我还是人。所以我在猪年里畅想，不用舞姿，不用歌声，只用笔，一笔笔把心里的歌谣描绘，把心中的祈愿寄托。有梦就有远方，猪的梦想付诸笔端。

世间对猪的微词很多，我可对猪一往情深。猪的优点很多，憨厚，敦实，天真。我的优点也恰恰如此，这并不是自夸，而是喊我猪的人恩赐与我的祝福，难怪被冠猪名，更难怪十二生肖，猪最得青睐。

很多年来，猪肉被嫌弃着，这其中是别有用心的人怠慢了猪的粮食，一味地提供不健康的食料，而把猪最本质的肉香扼杀，从而让猪承受不白之冤。生肖猪年，心中唯愿，无论人类，还是猪族，吃得健康，睡得踏实，活出自我。让黑心商人见鬼去吧，世界又是一派祥和。而我不去理会胖瘦，只要健康，只要平安就好。

猪年有猪缘，猪年有祝愿，猪缘，猪愿，祝愿，谐音中诠释的都是美好的心声！